KB166533

하드리아누스 황제의 회상록 1

Mémoires d'Hadrien

세계문학전집 195

하드리아누스 황제의 회상록 1

Mémoires d'Hadrien

마르그리트 유르스나르

곽광수 옮김

민음사

Animula vagula, blandula,
Hospes comesque corporis,
Quae nunc abibis in loca
Pallidula, rigida, nudula,
Nec, ut soles, dabis iocos……

P. AELIUS HADRIANUS [*]

차례

2권 차례

일러두기

1. 번역 대본은 갈리마르 출판사의 플레이아드 판을 사용했으며, 작품 속에서 쓰인 라틴어와 영어는 그대로 표기한 후 각주로 뜻을 달아 주었다.
2. 외래어 고유명사 표기는 원음주의를 원칙으로 하나, 원 명칭을 확인할 수 없는 고대의 명칭은 오늘날의 명칭을 그대로 사용했다.
3. 저자가 단어 첫 글자를 대문자로 표기해, 보통명사를 고유명사처럼 사용하거나 특별한 뜻을 부여한 경우 고딕체로 구분했다.(단, 번역자의 글에 사용된 고딕체는 강조의 의미다.)
4. 쌍점(:)은 우리말 문장에서 잘 쓰지 않는 문장부호이나 번역자의 의도로 사용했다.
5. 별도의 표시가 없는 각주는 모두 번역자의 것이다.

ANIMULA VAGULA BLANDULA[1]

---

1) 원문에 이처럼 라틴어만으로 나와 있다. 이하 모든 장 제목이 마찬가지로 라틴어만으로 나온다. 앞서 제사(題詞)로 사용된 시편의 첫 행이다. 제사 밑의 우리말 번역대로 '방황하는 어여쁜 영혼'이라는 뜻이다.

친애하는 마르쿠스[2]여,

나는 오늘 아침 시의(侍醫) 헤르모게네스의 거소에 잠시 머물렀다. 그는 상당히 오랜 기간의 아시아 여행에서 여기 별궁[3]으로 돌아온 지 얼마 되지 않는다. 진찰은 식사를 하지 않은 상태에서 받아야 했으므로, 오전 이른 시간에 약속을 정했었던 것이다. 나는 망토와 속옷을 벗고 침대에

---

2) 『명상록』의 저자로 유명한 금욕주의 철인 황제 마르쿠스 아우렐리우스이다. 하드리아누스 황제의 후계자는 안토니누스(Antoninus) 황제인데, 하드리아누스 황제가 안토니누스를 양자로 책봉할 때 안토니누스는 또 마르쿠스 아우렐리우스를 그의 양자로 책봉할 것을 그 조건으로 했다고 한다. 따라서 하드리아누스 황제의 세손이 되는 셈이다.
3) 로마 시 동쪽에 있는 도시 티볼리에 그 유적이 남아 있는 하드리아누스 황제의 별궁. 이 별궁의 내력과 장려함에 대해서는 이 소설의 본문과 창작 노트를 통해 알게 된다.

몸을 뉘었다. 나 자신에게나 세손(世孫)에게나 똑같이 달갑지 않을 세세한 이야기와, 만년에 접어들어 심장성 수종(水腫)으로 죽음에 대비하고 있는 한 인간의 육신에 대한 묘사는 하지 않겠다. 다만 내가 헤르모게네스의 지시에 따라 기침을 하고·숨을 들이쉬고 내쉬고 멈추고 했으며, 그가 이토록 빠른 병의 진전에 놀라움을 숨기지 못하고 그 점에 관해 그의 부재중 나를 치료한 젊은 의관(醫官) 이올라스를 책망하려 했다는 것을 말해 둔다. 의사 앞에서는 황제로 처신하기가 어렵고, 또한 인간적 품성을 지키기도 어렵다. 임상의(臨床醫)의 눈은 나한테서 체액들의 덩어리, 림프와 혈액의 슬픈 혼합물만을 볼 뿐이었다. 오늘 아침 처음으로 나의 몸, 이 충실한 동반자, 나의 영혼보다 나에게 더 잘 알려져 있고 더 믿을 만한 이 친구가 종내에는 그의 주인을 집어삼키고 말 음험한 괴물에 지나지 않는다는 그런 생각이 문득 들었다. 안달복달하지 말자……. 나는 나의 몸을 사랑한다. 그것은 나를 잘 섬겨 왔다. 게다가 모든 면에서. 그리고 나는 그것에 필요한 보살핌을 아끼지 않으려 한다. 헤르모게네스는 아직도 확고한 기대를 하고 있지만, 나는 그가 동방에 가서 구해 온, 약초들의 놀라운 효능과 광물염(鑛物鹽)의 정확한 용량에 대해 더 이상 기대를 하지 않는다. 그는 여간 명민하지 않은 사람인데도, 너무나 평범해서 아무도 속일 수 없을, 위로가 될 만한 모호한 처방들을 나에게 연이어 늘어놓는 것이었다. 그는 내가 그런 따위 속임수를 얼마나 미워하는지 알고 있지만, 30년 이상 의술을 시행하며 책잡히지 않을 수는 없는 법이다. 나는 나에게 나의 죽음을 숨기려는 그의 기도(企圖)에 대해 그 훌륭한 봉사자를 용서해 주기로 한다. 헤르모게네스는 박식하고 심지어 예지롭기까지 하다. 그의 성실성은 여느 평범한 궁내 의관이 따라올 수 없는 월등한 것이다. 나의 운명은 환자들 가운데 최선의 치료를 받는 사람이 되는 것이리라. 그러나 아무도 정해진 한계를 넘어설 수는 없는 법이다. 나의 부어오른 두 다리는 이젠 로마의 기나긴 의식 동안 나를 지탱해 주지 못한다. 나는 숨이 가빠진다. 게다가 나는 이제 나이가 예순이다.

하지만 오해 없기 바란다 : 나는 아직 두려움이 불러일으키는 상상들에 굴할 만큼 약하지는 않다. 두려움의 상상은 거의 희망의 상상만큼 터무니없는 것이지만, 물론 그보다 훨씬 더 고통스러운 것이다. 만약 내가 착각을 할 수 있다면, 나는 차라리 그것이 안심하는 쪽의 착각이었으면 한다. 그로써 내가 더 이상 잃을 것도 없으려니와 고통도 덜 받을 것이다. 더할 수 없이 임박한 나의 종말이지만 그것이 반드시 당장 이를 것은 아닐 것이다. 나는 아직도 매일 밤, 다음 날 아침까지 살아 있으리라는 희망을 가지고 침상에 든다. 조금 전에 말한 넘어설 수 없는 한계 내에서는 나는 나의 위치를 결사적으로 방어할 수 있고, 심지어 잃어버린 땅을 조금이나마 되찾을 수도 있다. 그렇더라도 내가, 삶이 누구에게나 패배로서 받아들여지는 그런 나이에 이르렀다는 것은 사실이다. 내가 살날이 얼마 남지 않았다고 말하는 것은 아무런 의미도 없다. 그것은 언제나 그러했고, 우리들 모두에게 그러하다. 그러나 우리들이 간단없이 그리로 나아가는 그 목표를 우리들로 하여금 잘 식별하지 못하게 하는 그 장소와 시각과 방식의 불확실성은, 나의 치명적인 병이 진척됨에 따라 나에게는 감소되어 간다. 누구라도 얼마 안 있어 죽을 수 있지만, 그러나 환자인 나는 내가 10년 후에는 더 이상 살아 있지 않으리라는 것을 알고 있다. 삶의 기간을 예측함에 있어서 나의 망설임의 폭은 이젠 몇 해가 아니라 몇 달이다. 내가 심장에 단검을 맞든가 낙마를 하여 나의 삶을 마칠 가능성은 더할 수 없이 미미해지고 있다. 페스트의 감염은 있을 법하지 않고, 나병이나 암은 결정적으로 거리를 두고 있는 듯이 보인다. 그리고 나는 이젠 국경에서 칼레도니아[4]인들의 도끼에 맞거나 파르티아[5]인들의 화살에 꿰뚫려 쓰러질 위험을 무릅쓰지는 않는다. 폭풍우는 나를 죽게 하는 데에, 몇 번 주어진 기회들을 이용하지 못했고, 내가 익사하지는 않으리라고 한 주술사의 예언은 옳았던 것 같다. 나는 티부르[6]나 로마에서 죽거나, 그렇지 않더라도 고작 나폴리 정도에서 죽을 것이고, 호흡곤란의 발작이 일을 해치울 것이다. 열 번째 발작이, 아니면 백 번째 발작이 나를 앗아 갈 것인가? 문제는 모두 거기에 있는 것이다. 에게 해의 섬들 사

---

4) 지금의 스코틀랜드 지역에 대한 로마인들의 명칭. 하드리아누스 황제는 칼레도니아에 칼레도니아인들의 공격을 막기 위해 '하드리아누스 황제의 장벽'을 세운다.

5) 이란 고원 북쪽, 카스피 해 남동쪽에 있었던 나라. 파르티아인들은 이란계의 호전적인 반유목 민족으로 로마와 파르티아는 기원전 1세기부터 2세기까지 간헐적으로 쟁투를 이어 왔다.

6) 티볼리의 옛 이름. 하드리아누스 황제의 별궁이 있었던 곳이다.

이를 항해하는 여행객의 눈에 저녁녘, 부유스름한 옅은 안개가 솟아오르는 것이 보이고 조금씩 조금씩 해안선이 드러나듯이, 나에게도 나의 죽음의 윤곽이 보이기 시작한다.

이미 나의 삶의 어떤 부분들은, 가난해진 소유자가 그 전체를 사용하기를 포기해 버린 너무 넓은 궁전의, 비품들을 치운 방들과 흡사해 보인다. 나는 더 이상 사냥을 하지 않는다 : 에트루리아[7] 산들의 노루들이 반추를 하고 뛰어노는 것을 방해하는 것이 나뿐이라면, 그것들은 정녕 마음 놓고 있어도 좋을 것이다. 나는 숲의 디아나[8]와 언제나 한 인간이 사랑하는 대상과 가지는 변덕스럽고 열정적인 관계를 유지해 왔다 : 청년 시절 멧돼지 사냥은 나에게 지휘를 하고 위험을 만날 수 있는 최초의 가능성을 제공해 주었다. 나는 거기에 열광적으로 탐닉했다. 그런 행동에 있어서의 나의 과도함은 트라야누스[9] 황제의 질책을 받았다. 에스파냐의 어느 임간지에서 사냥개들에게 먹이로 사냥한 것들을 나누어 주었을 때, 그것은 죽음, 용기, 짐승들에

7) 기원전 8세기경에 이탈리아 반도에 나타나 기원전 4세기에 로마인들에게 완전히 정복된 에트루리아인들은 반도 북서쪽의 토스카나 지방을 중심으로, 반도에서 로마 문명 이전에는 가장 중요한 문명을 이루었다고 하는데, 에트루리아는 대개 현재의 이탈리아 토스카나 지방에 일치하는 지경을 가지고 있었다고 한다.
8) 로마 신화에 나오는 여신으로, 숲과 수렵의 신. 그리스 신화의 여신 아르테미스에 대응된다.
9) 로마의 황제(53~117). 선대 황제인 네르바 황제에게 양자로 책봉되어 황제가 되었고, 하드리아누스를 양자로 책봉하여 후계자를 삼는다. 뛰어난 군인으로, 정복 정책을 펴 로마 제국의 지경을 최대로 넓혔다. 그리고 거대한 토목 공사도 많이 수행했다.

대한 측은한 마음, 또 그것들이 고통을 받는 것을 보는 비극적인 즐거움 등에 대한 나의 가장 오래된 경험이었다. 성인이 된 다음에는 사냥은 내가 부닥친, 나에게는 너무 영리하거나 너무 아둔하거나 너무 약하거나 너무 강한 적수들과의 그토록 많은 은밀한 투쟁들에서 오는 피로를 풀어 주곤 했다. 인간의 지능과 야수의 통찰력 사이의 그 공정한 싸움은 인간의 음험한 계략에 비하면 놀랄 만큼 결백해 보였다. 황제가 된 후 토스카나에서 내가 한 사냥들은, 고급 관리들의 용기와 능력을 판단하는 데 나에게 도움이 되었다 : 나는 그 사냥들을 통해 적지 않은 관리들을 버리기도 하고 선택하기도 했다. 나중에 비티니아[10]와 카파도키아[11]에서 나는 큰 규모의 몰이사냥을 축연의 구실, 가을날 아시아의 숲 속에서 베풀어지는 개선식과도 같은 흥겨운 잔치가 되게 했다. 그러나 나의 최후의 사냥들을 함께한 사냥 벗이 젊은 나이에 죽어 버렸고, 그 난폭한 즐거움에 대한 나의 취향은 그가 떠나간 이후 많이 떨어졌다. 하지만 심지어 여기 티부르에서도, 나무 밑에 있는 사슴 한 마리의 갑작스러운 콧바람 소리만으로도 나의 내부에 다른 어떤 본능보다도 더 오랜 본능, 나로 하여금 나 자신을 황제로뿐만 아니라 치타처럼도 느끼게 하는 그런 본능을 전율케 하기에 충분한 것이다. 누가 알랴? 아마도 내가 그토

---

10) 오늘날 터키에 속해 있는, 소아시아의 북서 지방에 있었던 나라. 기원전 1세기에 로마에 합병되어 로마의 한 속주가 된다.
11) 오늘날 터키에 속해 있는, 소아시아에 있었던 나라. 1세기 초에 로마의 속주가 된다.

록 야수의 피를 많이 흘렸기 때문에, 그 때문에만, 내가 인간의 피를 그토록 아꼈을지 모른다. 나는 때로 은밀히 인간들보다는 야수들을 선호했던 것이다. 그것은 어쨌든, 야수들의 영상은 나를 더욱더 사로잡는다. 그리고 나의 저녁 초대객들의 참을성을 시험할 끝없는 사냥 이야기들에 빠져들어 가지 않기가 나는 힘들다. 물론 내가 트라야누스 황제의 양자로 책봉되던 날의 기억은 매혹적이지만, 그러나 마우레타니아[12]에서 한 사냥에서 죽인 사자들의 기억도 나쁘지 않은 것이다.

승마를 포기하는 것은 한층 더 괴로운 희생이다 : 야수는 적일 뿐이지만, 말은 친구였던 것이다. 나의 신분을 선택할 가능성이 나에게 주어졌다면, 나는 켄타우로스[13]의 처지를 택했으리라. 나의 애마 보리스테네스와 나 사이의 관계는 수학과도 같이 정확했다 : 보리스테네스는 나에게 복종하기를, 제 주인에게가 아니라 마치 제 뇌에 그리하듯이 했던 것이다. 일찍이 내가 한 인간이 나에게 그리함을 받아 본 적이 있었던가? 그토록 전적인 권위는 다른 모든 그런 권위와 마찬가지로, 그것을 행사하는 사람에게 있어서 잘못을 범할 위험을 포함하는 법이다. 그러나 장애물 도약에 있어서 불가능을 시도해 보는 즐거움은, 견골의 탈구나 늑골의 골절을 후회하기에는 너무나도 컸다. 나의 애마는 인간의 우정을 복잡하게 하는, 칭호, 직능, 이름 등의 서

---

12) 대체적으로 지금의 모로코와 알제리 일부 지역에 해당되는 곳에 있었던 나라. 1세기 중엽에 로마의 속주가 된다.
13) 그리스 신화에 나오는, 인간의 머리에 말의 몸을 한 괴물.

로 비슷한 수많은 관념들을, 나의 정확한 체중을 아는 것
만으로 불필요한 것으로 만들어 버렸다. 보리스테네스는
나의 도약에 나와 동등하게 참여하는 것이었고, 나의 의지
가 나의 힘과 분리되는 한계점을 정확히, 아마도 나보다
더 잘 알고 있었다. 그러나 나는 이제, 한 짐승의 등에 스
스로 몸을 올려놓기에는 너무나 허약한, 물러진 근육의 환
자를 짐으로 태우는 일을 더 이상 보리스테네스의 후계마
에 부과하지 않는다. 나의 부관 켈레르는 지금 프라이네스
테[14]로 가는 도로 위에서 그 말을 훈련하고 있다. 속도에
관한 나의 지난 모든 경험들이 나로 하여금 그 기수와 짐
승의 달리는 즐거움을 공유하게 하고, 바람 불고 해 뜬 날
전속력으로 내닫는 말 탄 사람의 감각들을 가늠하게 한다.
켈레르가 말에서 뛰어내릴 때, 나는 그와 함께 땅과의 접
촉을 다시 얻는다. 수영에 있어서도 사정은 마찬가지이다 :
나는 수영을 포기했지만, 물의 애무를 받는 수영하는 사람
의 희열에 아직도 참여한다. 더할 수 없이 짧은 코스 위에
서일지라도 달린다는 것은 이젠 나에게, 예컨대 카이사르
의 석상 같은 육중한 조상(彫像)에 그것이 불가능하듯, 그
만큼 불가능할 것이다. 하지만 나는 내가 어린아이였을 때
에스파냐의 메마른 언덕들 위를 달리던 것을,[15] 숨이 차는
극한에까지 가곤 하던 나 자신과의 놀이를, 그렇게 숨차하
면서도 완전한 나의 심장, 손상됨이 없는 허파가 몸의 안

---

14) 지금의 로마 시 동쪽에 있었던 옛 도시.
15) 하드리아누스 황제는 에스파냐 출신이었다.

정을 회복시켜 주리라는 것을 확신하던 것을 회상하며, 긴 경기장에서 달리기 훈련을 하는 어떤 육상 선수하고라도 지적인 통찰만으로는 얻을 수 없을 의기투합을 느낀다. 이렇듯, 할 수 있는 시기에 단련했던 각각의 육체적 기예에서 나는 이젠 잃어버린 즐거움을 부분적으로 벌충해 주는 지식을 이끌어 내는 것이다. 나는 믿어 왔고 또 행복한 순간들에 지금도 믿고 있는 바이지만, 모든 사람들의 생존을 그런 방식으로 공유함이 가능할 것이다. 그리고 그런 공감이야말로 불사(不死)의 가장 철회되지 않을 양식의 하나일 것이다. 그러한 이해가 인간의 차원을 넘어서려고 노력하여, 수영하는 사람에서 파도로 이행하는 그런 순간들이 있었다. 그러나 거기에 이르러서는, 나에게 정확하게 깨우쳐지는 것은 아무것도 없었고, 나는 변화무쌍한 꿈의 영역으로 들어가는 것이었다.

과식(過食)은 로마인들의 악덕의 하나이다. 그러나 나는 식사의 절제에서 관능적인 기쁨을 느꼈다. 헤르모게네스는 나의 식사 습관에서 아무것도 고치게 할 필요가 없었다. 아마도, 나로 하여금, 시장기의 욕구를 단번에 끝내 버리려는 듯 어디에서나 어느 시간에나 주어지는 요리를 어떤 것이나 탐식하게 하는 나의 그 조급성을 제외하고는. 물론, 궁핍은 의도적인 것 이외에는 조금도 경험한 적이 없거나 혹은 궁핍을 마치 전쟁이나 여행 중의 다소간 자극적인 대단찮은 사건처럼 일시적으로만 경험한 부자가 음식을 배불리 먹지 않는다고 자랑할 자격은 없을 것이다. 어떤 축제일들에 배를 잔뜩 채우는 것은 언제나 가난한 사람들의 갈망이요, 기쁨이요, 자연스러운 자랑거리였다. 나는 군대 축연 때의 구운 고기의 향내와 냄비 긁는 소리를 사랑했고, 병영의 연회(혹은 병영에서 축연이었던 것)가, 그것이 언제나 그리되어야 할 것, 즉 평일의 내핍에 대한 흥겹고도 거친 벌충이 되기를 바랐다. 나는 사투르누스 제(祭)[16] 때 공공장소에서 튀김 냄새가 나는 것을 아주 쉽게 허용해 주곤 했다. 그러나 로마의 향연은 나에게 너무나 큰 혐오감과 권태를 불러일으켰기 때문에, 나는 내가 탐사나 군사 원정을 하는 도중에 때로 죽을 것 같다는 생각이 들면, 나 자신을 위로하려고, 적어도 이젠 만찬을 들지는 않게 되겠다고 속으로 말하곤 했던 것이다. 그렇다고 나를 평범한 금욕주의자로 치부하는 모욕을 나에게 주지는 말아 다오. 하루에 두세 번 이루어지는, 생명을 양육하는 것을 목적으로 하는 식사라는 것은 확실히 우리들의 모든 정성을 받을 가치가 있다. 하나의 과일을 먹는다는 것은 스스로의 내부에, 우리들과 마찬가지로 대지의 양육과 시혜를 받은 아름답고 살아 있는 이물(異物)을 들어오게 한다는 것이며, 하나의 제물 봉헌, 그것을 통해 우리들이 사물들보다 우리들 자신을 더 아끼는 그런 제물 봉헌을 완수한다는 것이다. 나는 병영에서 주는 커다랗고 둥근 빵을 베어 물 때, 그 정성 들여 만든 묵직하고 거친 빵이 피로, 열로, 또 아마도 용기로 변할 수 있다는 것에 경탄하지 않은 적이 한 번

---

16) 로마 신화에 나오는 농경의 신 사투르누스를 위해 12월 말에 열리는 축제. 로마의 큰 축제 중 하나였다고 한다.

도 없었다. 아! 어째서 나의 정신은 그것이 가장 훌륭할 때일지라도, 결코 육체의 동화력의 일부분밖에 소유하지 못하는 것인가?

내가 비교적 근자에 기원이 있는 우리 로마인들의 호사로움에 대해, ──마늘과 보리로 포식을 하던 검소한 농부들과 간소한 식사에 만족하는 군인들로 이루어진 이 백성들이 어떻게 동방 정복을 통해 갑자기 아시아의 요리들에 빠져, 그 복잡한 음식들을 기갈 든 농부들처럼 촌스럽게 아귀아귀 삼키게 되었는가에 대해 생각하게 된 것은, 바로 로마에서 장시간의 공식 연회들에 참석하던 중에서였다. 우리 로마인들은 멧새들로 숨이 막힐 정도로 배를 채우고, 소스를 뒤집어쓰며, 양념에 중독된다. 아피키우스[17] 같은 사람은 그가 베푸는 연회에서 연이어 나오는 여러 요리들에 대해, 그 연회의 훌륭한 순서를 이루는, 시거나 감미로운, 걸지거나 정묘한 그 일련의 요리들에 대해 자랑스러워한다. 그 각각의 요리가 따로따로 대접되어, 완벽한 설유두(舌乳頭)들을 갖춘 미식가에 의해 공복에 섭취되고 학문적으로 평가되듯이 음미된다면, 그래도 괜찮을 것이다. 그것들은 나날의 범상해진 과다량 가운데 마구 뒤섞여 대접되기에, 식사를 하는 사람의 입과 위 안에서 혐오스러운 혼합물을 이루어 그 속에서 각각의 향내, 맛, 자양분이 그 고유의 가치와 매혹적인 정체성을 잃어버리고 마는 것이다. 또 그 어처구니없는 루키우스[18]는 옛날 나에게 희귀한

---

17) 당대의 유명한 식도락가. 굴을 보존하는 방법을 창안했다고 한다.

요리들을 만들어 주면서 즐거워하곤 했다. 그가 고기와 양념을 조예 있는 솜씨로 배합하여 만든 꿩 파테[19]는 음악가나 화가에 못지않게 정확한 기예를 보여 주는 것이었다. 하지만 나는 그 아름다운 새의 아무것도 첨가되지 않은 고기를 아쉬워했다. 요리에는 그리스인들이 더 정통했다 : 그들의, 수지(樹脂)로 풍미를 돋운 포도주, 참깨를 장식처럼 붙인 빵, 해변에서 석쇠 위에 뒤척이며 한결같지 않게 검게 구운 생선——거기에는 여기저기 모래알이 붙어 있어서 씹힐 때 빠드득 소리를 내어 입맛을 돋우지만——은, 우리들의 가장 단순한 즐거움을 너무나 많은 복잡한 것들로 둘러싸지 않으면서 순수하게 식욕만을 만족시키는 것이다. 나는 아이기나 섬[20]이나 팔레론[21]의 누추한 식당에서, 너무나 신선하여 식당의 심부름하는 아이의 손가락들이 더러움에도 불구하고 더할 수 없이 깨끗하게 유지되어 있는 음식들을 맛본 적이 있다. 그 음식들은 아주 소량이었으나 아주 충분한 것이어서, 가능한 한 가장 축소된 형태로 어떤 불멸의 정수를 지니고 있는 것 같았다. 사냥이 있었던 날 저녁에 구운 짐승 고기 역시 그러한 거의 성사(聖事)적이라고 할 특질을 가지고 있어서, 우리들을 더 멀리로, 원시

---

18) 루키우스 베루스(138년 사망)를 가리키는 듯하다. 하드리아누스 황제는 136년 이 루키우스를 양자로 책봉했으나, 2년 후 그가 병으로 죽자, 안토니누스를 다시 양자로 책봉한 것이다.
19) 고기나 생선 다진 것을 밀가루 반죽으로 싸서 구운 것.
20) 그리스의 아티카 반도와 펠로폰네소스 반도 사이에 있는 조그만 섬.
21) 아테네 서쪽으로 멀지 않은 곳에 있는 해변 마을.

상태에까지 올라가는 종족의 기원으로 다시 데려가는 것이었다. 또 포도주는 우리들을 땅의 화산적인 신비에, 땅속에 숨겨져 있는 광물들의 풍요에 접하게 했다 : 정오에 가득한 햇빛 가운데서 마시거나 혹은 반대로 겨울 저녁 피로한 상태에서 집어삼킨 사모스 한 잔은——그 피로 상태는 횡경막의 공동에서 그 술의 따뜻한 흐름을, 그것이 동맥들을 따라 확실하고 뜨겁게 퍼져 나가는 것을 곧 느끼게 해주는데——거의 성스럽다고 할, 때로는 인간의 머리에는 너무나 강렬한 감각인 것이다. 그 감각을 나는 로마의 번호 매긴 지하 술 저장고에서 나오는 술에서는 그토록 순수한 상태로 느끼지 못한다. 그리고 명산지 포도주의 유명 감정가들의 현학적인 태도는 나를 참을 수 없게 한다. 더욱 경건하게 느껴지는 바이지만, 손바닥에 받아서나 혹은 샘에 입을 바로 대어서 마신 물이 우리들 몸 안에서 대지의 가장 은밀한 소금과 하늘의 비를 흐르게 한다. 그러나 물까지도 환자인 나로서는 이젠 절제하지 않으면 안 되는 진미인 것이다. 무슨 상관이랴 : 죽음에 임해서라도, 그리고 마지막 마시는 물약의 쓴맛에 섞인 것일지라도 나는 입술에 물의 신선한 무미(無味)를 맛보려고 애쓸 것이다.

나는 철학의 여러 학파들을 따라 식육을 절제하는 것을 단기간 경험한 바 있다. 그 철학의 학파들을 통해 그 각각의 행동 방식을 한 번씩은 시도해 보는 것이 좋은 것이다. 나중에 아시아에서 나는 인도의 힌두교 나체 고행자들이 오스로에스[22]의 천막 밑에 차려놓은, 김이 오르는 통째로 요리된 새끼 양고기와, 영양의 큰 고깃덩어리들을 외면하는 것을 본 적이 있다. 그러나 이와 같은 절제의 실천은 세손의 젊음에 합당한 엄격함에서 보기에는 매혹적이겠지만, 식도락 자체보다도 더 복잡한 정성을 요구한다. 그것은, 거의 언제나 공적이고 대부분의 경우 성대함이나 우정이 지배하는 그런 활동인 황제의 식사에 있어서는, 우리들을 보통 사람들로부터 너무 갈라놓는다. 나는 평생 동안 매 식사 때마다 나의 회식자들에게서 금욕주의를 과시한다는 비난을 받기보다는 차라리 살진 거위나 뿔닭 고기를 먹겠다. 이미 나는 초대객들에게, 나의 주방장들이 만든 데코레이션 케이크들이 나를 위한 것이기보다 차라리 그들을 위한 것이며 그 케이크들에 대한 나의 호기심이 그들의 호기심에 앞서 사라진다는 것을, 건과들이나 천천히 음미하며 마시는 한 잔의 술로써 가장하려는 데에 상당히 어려움을 느낀 바 있다. 이 경우, 철학자에게 주어져 있는 자유를 군주는 가지지 못하는 것이다 : 군주는 한꺼번에 너무 많은 점에서 보통 사람들과 달라지려고 할 수 없는 것이다. 그런데 나의 다른 점들—비록 그 가운데 많은 것들이 드러나 보이지는 않는다고 나 자신 자만하고 있지만—은 이미 너무 많아져 있다는 것을 신들은 알고 있다. 힌두교나 체 고행자의 종교적인 조심성, 짐승의 피투성이 고깃덩이 앞에서의 혐오감을 두고 말할 것 같으면, 사람들이 베어 내는 풀의 고통이 목을 따 죽이는 양의 고통과 본질적으로 어떤 점에서 다른지, 또 살해된 짐승 앞에서 우리들

---

22) 파르티아의 황제. 이 소설 중반에 이 인물에 관한 이야기가 나온다.

이 느끼는 혐오감은 특히 우리들의 감수성이 짐승과 동일계(同一界)에 속하는 것이라는 사실에 기인하는 것은 아닌지 나 자신 자문하는 일이 있는데, 그런 일만 없다면 나는 그들의 그 조심성과 혐오감에 더 감동을 느낄 것이다. 그러나 삶의 어떤 순간들, 예컨대 의식(儀式)적인 금식의 시기, 혹은 종교적인 입신(入信) 의식이 진행되는 동안, 그러한 때, 나는 여러 형태의 식음(食飮)의 절제나 심지어 의도적인 영양실조, ──육신으로 하여금 부분적으로 무게를 덜어 내게 하고 그것이 속하지 않는 세계로 들어가게 하는, 그리고 죽음의 차가운 가벼움을 예시하는, 그 현기증에 가까운 상태들이 정신을 위해 가지는 이점들과 또 위험들을 경험한 바 있다. 또 다른 순간들에는 그 경험들은 나로 하여금, 어떤 철학자들에게서 볼 수 있는 의도적인 영양실조에 의한 죽음──그것은 일종의 역(逆)방탕이라고 할 것인데, 인간을 이루는 물질의 고갈에까지 이르게 한다──과 같은 점진적인 자살이라는 관념과 유희를 할 수 있게 했다. 그러나 하나의 정신적 체계에 전적으로 찬동하는 것은 언제나 나의 마음에 들지 않는 일이었을 것이고, 또 그러한 체계의 신조에 기인하는 조심성 때문에 돼지고기 음식을 양껏 먹을 권리를, 혹시라도 그것을 먹고 싶었거나 그것이 유일하게 쉽게 구할 수 있는 것이었다면, 나는 버리고 싶지 않았을 것이다.

견유주의자들과 도덕가들은 사랑의 쾌락을 상스럽다고들 하는 향락들 가운데, 마시는 즐거움과 먹는 즐거움 사이에 있는 것으로 치부하는 것에 동의하는데, 동시에 게다가 그들은 사람들이 그것 없이도 생활할 수 있다고 단언하는 만큼, 그것이 후자의 즐거움들만큼 필요불가결하지도 않다고 언명한다. 도덕가들은 무엇이라고 하더라도 당연하지만, 견유주의자들이 그렇게 잘못 생각하고 있는 데에는 나는 놀란다. 어쨌든 그 양자 모두 사랑이라는 마귀에 저항하든 자신을 방기하든, 그것을 두려워하며, 그것이 주는 쾌락에서 거의 무섭다고까지 할 그 힘──거기에 그들은 압도되고 마는데──과 그 이상한 신비로움──그들은 거기에서 길을 잃은 듯이 느끼는데──을 제거하기 위해 그 쾌락을 폄하하려 한다고 생각하기로 하자. 이와 같이 사랑을 순수하게 육체적인 기쁨들(그러한 기쁨들이 존재한다고 가정한다면)과 동일시하는 것을 나는, 식도락가가 사랑에 빠진 사람이 연인의 젊은 어깨 위에서 그리하듯 자기가 좋아하는 요리 앞에서 환락으로 오열하는 것을 내가 보게 되는 날이 있다면, 그날 나는 그것을 믿게 될 것이다. 우리들의 모든 유희들 가운데 그것은 영혼을 전복해 버릴 위험이 있는 유일한 것이며, 또한 그 유희를 하는 사람이 필연적으로 육체의 광기에 자신을 방기하게 되는 유일한 것이다. 술을 마시는 사람이 이성을 포기하는 것은 필요불가결한 일이 아니지만, 사랑에 빠진 사람이 이성을 계속 간직한다면 자기의 신에 끝까지 복종한다고 할 수 없다. 절제와 무절제는 사랑 아닌 다른 모든 행위들에 있어서는 모두 당사자만의 문제이다 : 사랑에 대해 자기 규제와, 만부득이한 것인 만큼 이성적으로 수용한다는 태도가 스스로 드러나는 디오게네스[23]의 경우를 예외로 한다면, 관능에 관계되는 일체의 행위 과정은 우리들을 타자와 대면케 하고, 선택의 요구와 선택에의 예속에 연루되게 한다. 인간이 이보다 더 단순하고 더 불가피한 이유들로 결정을 내리고, 선택된 대상이 이보다 더 정확히 그것이 가지는 가감 없는 환락의 무게로써 계량되며, 진실을 사랑하는 사람이 벌거벗은 인간을 판단할 수 있는 가능성을 이보다 더 많이 가지는 그런 선택을 나는 알지 못한다. 거부와 책임과 기여로 이루어지는 복합체, 가련한 고백, 취약한 거짓말, 나의 쾌락과 타자의 쾌락 간의 열정적인 타협, 끊어 버리기는 불가능하면서도 너무나 빨리 풀어지는 그토록 많은 관계의 끈들, 이런 것들이, 죽음의 경우에 필적하는 헐벗은 상태에서, 패배와 기도의 경우를 능가하는 겸허에서 출발하여, 매번 다시 이루어지는 것을 보며 나는 경탄한다. 육체의 사랑에서 인격체의 사랑으로 건너가는 그 신비로운 작용은 나에게 무척 아름답게 보였으므로, 나는 거기에 나의 삶의 일부분을 바쳤던 것이다. 말은 진실을 그르친다 : 쾌락의 말은 모순적인 현실들을 감싸 안고 있는데, 포근함과 부드러움과 내밀한 육체적 관계와 같은 관념들과, 폭력과 단말마의 고통과 외침과 같은 관념들을 동시에 포함하는 것이다. 세손이 육체의 두 국소의 마찰에 대한 포세이도니오스[24]의 외설적인 짧은 문장을 세손의 학교 공책에 얌전한 어린아이의

23) 그리스의 대표적인 견유주의 철학자(기원전 413~327). 알렉산드로스 대왕이 그에게 원하는 것을 물었을 때, 자기를 비추는 햇빛을 막지 말아 달라고 했다는 그 유명한 일화의 주인공이다.
24) 그리스의 중요한 스토아(금욕주의)학파 철학자의 한 사람(기원전 135~51년경).

열성을 가지고 베끼고 있는 것을 나는 본 적이 있는데, 그 문장이 사랑의 현상을 규명하지 못하는 것은, 손가락으로 퉁기는 악기의 현이 거기서 나오는 악음의 기적을 설명해 주지 못하는 것과 같다. 그 문장이 모멸하고 있는 것은 관능의 쾌락이라기보다는 육체 자체, 근육과 혈액과 피부로 이루어져 있는 그 도구, 영혼이 번개로서 비추는 그 붉은 구름인 것이다.

그리고 고백하거니와, 사랑의 경이 자체를 대면하여, ── 육체가 우리들 자신의 몸일 때에는 우리들이 그것을 씻고 섭생하고 가능하면 고통에서 막아 주기만을 염려하며 그토록 괘념하지 않는데, 바로 그 동일한 육체가 다만 우리들과 다른 개체에 의해 생명을 부여받고 있기 때문에, 또 그것이 어떤 아름다운 윤곽을 보여 주고 있기 때문에──게다가 그 윤곽의 아름다움에 대해서는 최선의 판단자들이라도 일치된 의견을 가지고 있지 않거니와──그토록 열정적인 애무의 욕구를 우리들에게 불러일으킬 수 있다는 것, 그것을 가능케 하는 그 기이한 집념을 대면하여, 이성은 당혹스러울 뿐이다. 이 경우 인간의 논리는 신비의 계시의 경우에 있어서와 마찬가지로 한계를 넘지 못한다. 민간전승은 그르지 않았는데, 그것은 언제나 사랑을 입신의 한 형태, 신성과 비밀이 만나는 점의 하나로 보았던 것이다. 관능의 경험은 아직도 신비체험에 비교되는데, 최초의 접근이 비입신자에게, 다소간 무섭고 수면과 식음의 친숙한 기능들과는 엄청나게 격(隔)해 있는 하나의 의식──그래 농담이나 수치감이나 공포의 대상이 되는──과 같은 효과를 준다는 점에서 그러하다. 바코스 신의 무녀들[25]의 춤이나 키벨레[26] 여신의 사제들의 광적인 고양 상태와 똑같이 우리들의 사랑은 우리들을 하나의 다른 세계, 다른 때에는 우리들에게 접근이 금지되어 있으며, 격정이 꺼지거나 향락이 끝나자마자 우리들이 방향을 분간할 수 없게 되어 버리는 그런 세계로 이끌고 가는 것이다. 사랑하는 육체에 마치 십자가에 못 박히듯이 붙박혀 나는 삶에 관한 몇몇 비밀을 깨달았는데, 그 비밀들은 회복기의 환자가 쾌유된 후 자기 병의 신비로운 진실들에서 멀어지거나, 방면된 수인(囚人)이 질곡의 고통을, 승리의 이취(泥醉)에서 깨어난 개선장군이 영광을 잊게 되는 것과 동일한 법칙의 효과로, 나의 기억 속에서 이미 무디어져 가고 있다.

나는 때때로 성애(性愛)에 토대를 둔 인간 인식의 체계, ──타자의 신비와 존엄이 바로, 한 다른 세계의 그 지지(支持) 점을 자아에게 제공하는 데에 있음을 주장할 인간 접촉 이론을 완성하기를 꿈꾸었다. 이 철학에서 관능적 쾌락이란 그 타자에 대한 접근의, 더 완전할 뿐만 아니라 또한 더 특수화된 형태, 우리들 자신이 아닌 자에 대한 인식을 돕는 또 하나의 기술일 것이다. 가장 덜 관능적인 조우

---

25) 그리스 신화에 나오는 주신(酒神) 바코스를 위한 바코스 제(祭)를 집전하는 무녀들로서, 머리를 풀어헤친 채 짐승 가죽이나 가볍고 투명한 긴 옷을 입고 광란의 춤을 추었다고 한다.
26) 그리스·로마 신화에 유입된 프리기아의 여신으로, 자연의 생산력을 상징한다. '위대한 어머니', '위대한 여신', '신들의 어머니'로 경배되었다.

(遭遇)들에서도, 감동이 태어나거나 완결되는 것은 여전히 접촉 가운데서이다 : 나에게 진정서를 제출하는 늙은 여인의 다소 역겨운 손, 임종의 고통을 당하시는 나의 부친의 축축한 이마, 부상자의 씻은 상처, 심지어 가장 지적이거나 가장 객관적인 관계들도 육체의 그 신호체계를 통해 이루어진다 : 전투일 아침 작전을 설명받는 사령관의 돌연 밝아지는 시선, 우리들이 지나칠 때에 복종의 자세로 굳어지는 부하의 규칙적인 경례, 음식 쟁반을 가져오는 노예에게 내가 감사를 표시할 때에 그가 보내는 정다운 시선, 혹은 오랜 친구에게 그리스의 옥석 조각품을 선사할 때에 그것을 평가하는 그의 입술을 내민 표정. 대부분의 인간들과의 관계에 있어서는 이와 같은 접촉들 가운데 가장 가볍고 가장 표면적인 것들로써 상대방에 대한 우리들의 욕구는 충족되거나, 심지어 이미 초과된다. 그 접촉들이 단 한 사람 주위에 끈질기게 계속되고 증가되어 나가 그 사람 전체를 에워싸게까지 되면, ─ 한 육체의 모든 편편(片片)들이 우리들의 눈에 어떤 얼굴의 특징들만큼 우리들의 마음을 뒤흔드는 의미들로 뒤덮이게 되면, ─ 단 하나의 존재가 우리들에게 기껏해야 분노나 쾌락이나 권태를 불러일으키는 대신에 우리들을 마치 음악처럼 사로잡고 어려운 문제처럼 괴롭히게 되면, ─ 그가 우리들의 세계의 주변에서 그 중심으로 옮겨 가, 마침내 우리들에게 우리들 자신보다 더 필요 불가결한 존재가 되게 되면, 그 놀랄 만한 경이가 일어나는데, 나는 거기에서 단순한 육체의 유희보다는 훨씬 더 정신에 의한 육체의 침입을 보는 것이다.

사랑에 대한 이와 같은 견해는 나를 유혹자의 행로로 인
도할 수도 있을 것이다. 나는 그 길로 가지 않았는데, 그
것은 아마도 내가 그보다 더 나은 일은 아닐지라도 다른
일을 했기 때문일 것이다. 유혹자의 길을 밟는다는 것은
재능이 없는 경우 세심한 주의를, 심지어는 술책을 필요로
하는데, 나는 그런 데에 잘 맞지 않는다고 스스로 느끼고
있었던 것이다. 언제나 똑같이 만드는 함정, 끊임없이 접
근하는 것으로 그치는 판에 박힌 행동──게다가 그것은 상
대에 대한 정복 자체에 의해 제한되어 있는데──은 나를
진력나게 했다. 위대한 유혹가의 기교는 한 대상에서 다른
대상으로 옮겨 가는 데 있어서의 용이함, 무관심을 요구하
는데, 나는 그 대상들에 대해 그런 태도를 가지고 있지 못
하다. 어쨌든 그들은, 내가 그들을 떠났다기보다는 그들
쪽에서 나를 떠났다. 한 인간존재에 대해 싫증이 날 수 있
다는 것을 나는 결코 이해하지 못했다. 각각의 새로운 사
랑이 우리들에게 가져다주는 풍요로움을 정확히 헤아리고,
그것이 변하는 것을, 아마도 낡아 가는 것을 바라보고 싶
은 욕망은, 대상의 정복을 수다히 하는 것과는 잘 맞지 않
는다. 이전에 나는 나에게 있어서 아름다움에 대한 어떤
취향이 미덕을 대신하고 있는 것 같으며, 그것이 나로 하
여금 너무 천박한 유혹에 무감각하도록 할 수 있으리라고
믿은 적이 있다. 그러나 그것은 잘못한 생각이었다. 아름
다움의 애호가란 더할 수 없이 더러운 광산에서 금광맥을
발견하듯이 아름다움을 도처에서 다시 찾아내게 되기에 이
르고, 불완전하거나 더럽혀져 있거나 깨어져 있는 걸작품

들을 취급하는 데서, 평범한 작품이라고 사람들이 믿고 있는 도자기들을 혼자만이 수집하는 전문 감정가의 기쁨을 느끼기에 이르게 되고 마는 것이다. 심미적 인간에게 한결 더 심각한 장애물은 인간사에서 탁월한 위치를 차지한다는 것과, 거기에서 비롯되는, 거의 절대적인 권능이 포함하는 아첨과 거짓을 당할 위험이다. 한 인간존재가 나의 면전에서 아무리 미미하게일지라도 속내를 속이고 있다는 생각은, 나로 하여금 그를 동정하거나 경멸하거나 증오하게 할 수 있다. 나는 나의 행운의 이와 같은 어려움에서, 마치 가난한 사람이 그의 비참의 어려움에서 괴로움을 겪듯이, 괴로움을 겪었다. 한 발짝만 더 나아갔더라면, 사람은 자신이 위의(威儀)가 있음을 알 때 유혹을 한다고 주장하는 허구를 내가 받아들였을지도 모른다. 그러나 구역질 나는 짓거리이거나 혹은 아마도 어리석은 짓거리는 거기에서 시작될 위험이 있는 것이다.

필경 유혹의 경박한 술책보다는 음란 행위의 지극히 단순한 진리를, 만약 거기에도 거짓이 지배하지 않는다면, 택하게 될지 모른다. 이론상으로 나는, 매춘을 안마나 이발처럼 하나의 기술이라고 인정할 준비가 되어 있다. 그러나 이미 나는 이발관이나 안마소에서 즐기는 것을 힘들어 한다. 우리들의 공모자로 자임하는 사람들처럼 천박한 것은 없다. 나에게 제일 좋은 포도주를 예약해 주는 술집 주인은, 따라서 어떤 다른 사람에게서 그것을 빼앗는 셈인데, 나의 젊은 시절 그럴 때 술집 주인이 나에게 던지는 비스듬한 시선만으로 이미 나로 하여금 로마의 위락(慰樂)

에 혐오를 느끼게 하기에 충분했다. 어떤 사람이 나의 욕구를 기대하고 예견하여, 나의 선택으로 추정한 것에 기계적으로 자신을 맞출 수 있다고 생각한다는 사실은, 나를 불쾌하게 한다. 그러한 순간들에 한 인간의 두뇌가 나에게 제시하는 나 자신의 그 왜곡되고 어리석은 반영은, 나로 하여금 차라리 서글픈 과시적인 금욕주의적 처신을 택하게 할 것 같다. 네로 황제가 쾌락에 과도하게 탐닉했으며, 티베리우스 황제[27]가 온갖 기교를 다해 쾌락을 탐했다는 전설에 과장된 것이 아무것도 없다면, 그 위대한 쾌락의 소비자들은 정녕 무기력한 감각과, 인간에 대한 유별난 경멸을 소유했음에 틀림이 없다. 감각이 그렇게 무기력했으니 그토록 복잡한 쾌락의 장치를 갖추려고 무진히도 애를 썼고, 그 인간에 대한 경멸로 인해 사람들이 그들을 조롱하거나 이용하기도 한 것을 감내해야 했던 것이다. 그러나 내가 쾌락의 그 너무 기계적인 형식들을 포기한 셈이거나, 아니면 거기에 너무 깊이 빠지지 않은 것은, 아무것에도 저항

27) 로마의 황제(기원전 42~37). 아우구스투스 황제(2장 14번 각주 참조)가 그의 선대 황제이고, 칼리굴라 황제(29번 각주 참조)가 그의 후계 황제이다. 티베리우스 황제로부터 100여 년 후의 로마 제국 당대의 사가(史家)들로서, 티베리우스 황제에게 죽임을 당한 많은 원로원 의원들의 증오를 대변한 수에토니우스나 타키투스 등의 기록 때문에, 그는 방탕하고 잔인한 인물로만 상당히 잘못 알려져 있으나, 사실은 내치, 외교, 국방 등 여러 면에서 상당한 치적을 이루기도 한 황제였다고 한다. 다만 그의 황제직을 찬탈하려는 음모 가운데 그 자신의 아들이 독살당한 것을, 그 음모가 밝혀지면서 알게 된 후, 그 충격이 그의 제위 말기의 방탕하고 잔인한 행적의 원인이었을 것으로 추측된다고 한다.

하지 못하는 나의 미덕보다는 차라리 요행 덕택이다. 내가 늙어 가면서, 어떠한 종류의 정신적 혼란이나 피로에라도 빠져들 듯, 거기에 다시 빠져들 수도 있으리라. 병과 비교적 가까이 닥쳐 있는 죽음은, 학생이 너무 잘 외워 알고 있는 수업 내용을 귀찮은 듯 어름어름 말하는 것과도 비슷한, 그 동일한 행위의 권태로운 반복으로부터 나를 구해 줄 것이다.

서서히 나를 버리고 있는 모든 행복들 가운데, 수면은 가장 귀중한, 또한 가장 평범한 행복의 하나이다. 조금밖에, 그리고 잘 자지 못하는 사람은, 쌓아 놓은 여러 개의 방석 위에 몸을 기댄 채, 잠이라는 그 특이한 쾌락에 대해 하염없이 명상한다. 가장 완벽한 수면은 거의 필연적으로 사랑의 부속물이라는 것을 나는 인정한다 : 그것은 두 육신 상호간에 반사되고 반영된 휴식인 것이다. 그러나 여기서 나의 흥미의 대상이 되어 있는 것은, 그 자체를 위해 즐기는 잠의 특이한 신비, 매일 저녁 인간이 벌거벗은 채, 홀로, 무장을 풀고 대양 같은 것에 어쩔 수 없이 무모하게 몸을 던지는 침잠이다. 그 대양 속에서는 일체가, 색깔이, 밀도가, 심지어 호흡의 리듬마저 변하고, 우리들은 거기에서 사자(死者)들을 만나는 것이다. 잠에서 우리들을 안심시켜 주는 것은, 우리들이 거기에서 언제나 빠져나오게 된다는 것이며, 변하지 않은 채 빠져나오게 된다는 것이다. 기이한 금지령이 우리들로 하여금 꿈의 정확한 잔류물들을 우리들과 함께 가지고 나오지 못하게 하기 때문이다. 우리들을 또한 안심시켜 주는 것은, 잠이 피로를 치료해 준다는 것이다. 잠은 일시적으로, 그러나, 가장 근본적인 방식으로, 우리들이 더 이상 존재하지 않도록 함으로써 피로를 치료하는 것이다. 이 경우, 다른 경우들과 마찬가지로, 쾌락과 그 기술은, 그 지복(至福)의 무의식 상태에 의식적으로 자신을 방기하고 자기 자신보다 정묘하게 더 약하고 더 무겁고 더 가볍고 더 혼미스러워지는 것을 받아들이는 데에 존재한다. 나는 나중에 꿈속의 놀라운 사람들에 관해서 이야기하기로 하겠다. 지금은 죽음과 부활에 가까운 순수한 수면, 순수한 각성의 어떤 경험들에 관해 말하고자 한다. 청소년 시절 독서를 하다가 책 위에서, 옷을 모두 입은 채로, 수학과 법률을 벗어나 단번에 견고하고 완전한 수면 속으로 옮겨 감으로써 잠들게 되던, 그런 전격적인 수면에 대한 정확한 감각을 다시 포착해 보고자 한다. 그때의 잠은 사용되지 않은 힘으로 너무나 가득 차 있어서, 거기에서 우리들은 이를테면 감긴 눈꺼풀을 통해 우리들 존재에 대한 순수한 감각을 음미하게 되던 것이다. 사냥으로 지친 나날들을 보낸 후, 숲 속에서 아무것도 깔지 않은 땅 위에 드러누워 있을 때에 갑자기 빠져 든 잠을 회상한다. 사냥개들이 짖는 소리가, 아니면 나의 가슴 위에 올라선 그 개들의 다리들이 나를 깨우곤 했다. 그런 수면의 경우 나의 소멸은 너무나 전적이어서, 매번 나는 깨어나면서 다르게 되어 있는 나를 발견할 수 있을 것 같았다. 그래나는 나를 그토록 멀리에서, 나라고 하는 이 좁은 인류의한 지역으로 다시 데려오곤 하는 그 엄밀한 정돈 상태에 놀라워했고, 혹은 때로는 슬퍼하기도 했다. 우리들이 가장 집착하는 우리들의 개별성이란 도대체 무엇이었단 말인가? 그것은 자유롭게 잠드는 사람에게는 너무나 대수롭지 않은 것이 아니었던가? 또 하드리아누스의 몸속으로 마지못해 다시 들어오기 전에 잠시나마 나는 그 빈 인간, 그 과거 없는 존재를 거의 의도적으로까지 음미하기에 이르지 않았던가?

　다른 한편 병과 노년은, 그 역시 경이로운 일들이 일어날 수 있으며, 수면으로부터 다른 형태의 축복을 받고 있다. 대략 1년여 전 로마에서 있었던 일인데, 격별히 힘든 하루를 보낸 후, 나는 휴식 가운데 기력의 쇠진이 옛 젊은 시절의, 쇠진을 모르는 기력의 비축이 실현하던 것과 같은 기적들을, 아니 차라리 그와 다른 기적들을 실현하는 그러한 휴식을 한 번 경험한 적이 있다. 나는 이젠 드물게밖에 시내에 가지 않는다. 그리고 일단 거기에서는 가능한 한 많은 일을 보려고 한다. 그날은 불쾌하리만큼 일들로 가득 차 있었다. 원로원 회의 다음에 법정 심리, 또 그 다음에 재무관 한 사람과의 끝없는 의논, 그리고 또 그 다음에 종교의식이 이어졌는데, 단축시킬 수 없는 그 종교의식 가운데 비가 쏟아졌다. 그 모든 서로 다른 일들을 나 자신이 함께 잇대고 붙여 놓은 것이었는데, 그 일들 사이에 귀찮은 일들이나 부질없는 아첨꾼들에게 가능한 한 적은 시간을 배정하기 위해서였다. 말을 타고 되돌아오는 것은, 이런 종류의 행정(行程)들 가운데 마지막에 이루어지는 것의 하나였다. 나는 구역질이 나고 아픈 몸으로, 혈류가 방해를 받아 동맥 속에서 더 이상 움직이지 않을 때에 느끼는 것과 같은 추위를 느끼며, 별궁으로 돌아왔다. 켈레르와 카브리아스[28]는 서둘러 나를 맞아들였지만, 그러나 염려가 충심에서 나오는 바로 그런 것일 때에도, 귀찮을 수도 있는 법이다. 나의 방에 칩거하여 나는 나 자신이 조리한 더운 죽 몇 숟가락을 삼켰다. 나 자신이 조리했던 것은, 사람들이 상상하듯 결코 주위를 의심해서가 아니라, 그리함으로써 나 홀로 있을 호사를 가지게 되기 때문이다. 나는 잠자리에 몸을 뉘었다. 잠은 나로부터 건강이나, 젊음이나, 기력만큼이나 멀리 있는 것 같았다. 나는 잠이 들었다. 내가 겨우 한 시간밖에 자지 못했다는 것을 모래시계가 확인시켜 주었다. 내 나이에는 짧은 순간의 졸음이라도 완전한 것이면, 이전에 천체들이 반(半)회전을 모두 할 동안 계속된 수면에 상당한 것이 된다. 나의 시간은 앞으로는 훨씬 더 작은 단위로써 측정되는 것이다. 대단한 것은 아니나마 놀라운 일이 일어나기 위해서는 한 시간으로 충분했다. 나의 피의 열이 손을 덥혔고, 나의 심장과 폐가 이를테면 선의를 가지고 다시 작용하기 시작했다. 삶이, 아주 풍부하지는 않으나 끊기지 않는 샘물처럼 흘러내렸다. 수면은 그토록 짧은 시간에, 나의 과도한 악덕에 기인한 피로를 치료해 주었을 것과 똑같은 공정함으로써 나의 과도한 덕에 기인한 피로를 치료해 주었다. 이렇게 말하는 것은, 그 위

---

28) 켈레르와 카브리아스는 하드리아누스 황제의 측근으로서, 전자는 군을 대표하는 신하였고, 후자는 깊이 있는 교양을 갖추고 있었던 황제가 주위에 즐겨 불러 모았던 플라톤 학파나 스토아학파 철학자들의 모임을 대표하는 철학자였다고 한다. 「자료 개괄」참조.

대한 복원자(復原者)가 그의 시혜를 잠자는 사람이 어떤 사람인지를 고려함이 없이 베풀어 준다는 데에 그의 신성(神聖)이 기인하기 때문이다. 그것은, 치료 효력이 있는 샘물이 그것을 마시는 사람이 누구인지 결코 괘념하지 않는 것과 같다.

그러나 우리들이 적어도 전 생애의 3분의 1을 집어삼키는 현상에 관해 그토록 생각을 적게 하는 것은, 그 좋은 작용을 제대로 평가하기 위해서는 혹종(或種)의 겸손이 없으면 안 되기 때문이다. 잠이 든 연후에는 가이우스 칼리굴라[29]와 정의로운 아리스테이데스[30]도 우열이 없으며, 나도 나의 그 헛되고도 중요한 특권들을 내려놓게 되고, 나의 방 문지방 위에 가로누워 자고 있는 흑인 근위 초병과 더 이상 구별되지 않는 것이다. 우리들의 불면증이란, 우리들의 지능이 그것에 고유한, 사상들과 연속되는 추론들과 삼단논법과 정의(定義)들을 제조하는 데 광적으로 집착하는 것, 우리들의 지능이 감은 눈의 기막힌 멍청함이나 꿈의 예지로운 광기를 위해 자신을 포기하기를 거부하는

29) 티베리우스 황제를 뒤이은 로마의 황제(12~41). 즉위 후 일시 자유로운 정책을 폈으나 갑자기 폭군으로 돌변하게 되는데, 어떤 병에 기인된 것으로 생각되고 있다. 그의 유혈 광란은 그가 암살되면서 끝난다. 알베르 카뮈의 유명한 희곡 『칼리굴라』의 소재가 된 인물.
30) 고대 아테네의 장군, 정치가(기원전 550~467). 페르시아와의 전쟁에서 최초로 승리한 마라톤 전투를 승리로 이끈 아테네의 장군들 가운데 한 사람이었고, 정치가로서 아테네의 재정을 책임지고 있었을 때 청렴함으로 유명했다고 하며, 또 그의 개혁으로 집정관직이 훨씬 더 다양한 계층의 백성들에게 개방되었다고 한다.

것, 그것이 아니라면 무엇이겠는가? 잠을 자지 않는 사람은──몇 개월 전부터 나는 이 사실을 나 자신을 두고 확인할 기회들을 너무나 많이 가지는데──사물들의 흐름을 신뢰하기를 다소간 의식적으로 거부하려는 것이다. 죽음의 형제인 잠……. 이소크라테스[31]의 생각은 잘못되었으며, 그의 그 문장은 수사학자의 과장에 지나지 않는다. 나는 이제 죽음을 알기 시작하고 있다. 죽음은 수면보다 우리들의 현재의 인간조건에 더욱더 생소한 다른 비밀들을 가지고 있다. 그렇지만 부재와 부분적인 망각의 그 두 신비는 너무나 깊이 뒤얽혀 있어서, 우리들은 어디에선가 맑은 샘물과 어두운 샘물이 합류하고 있다고 정녕 느낀다. 나는 내가 사랑하는 사람들이 자고 있는 것을 기꺼이 바라본 적이 결코 없다. 그들은 나에게 쏟는 주의로 피로하여 쉬고 있었다는 것을 나는 잘 안다. 그러나 그들은 또한 그때 나에게서 벗어나고 있기도 했던 것이다. 그리고 인간은 누구나 잠으로 더럽혀진 자기 얼굴에 수치를 느낀다. 내가 공부나 독서를 하기 위해 아주 일찍 일어나, 그 구겨진 베개와 그 뒤죽박죽으로 되어 있는 이불을 나 자신 원상태로 정돈해 놓은 적이 얼마나 많았던가……. 그것들은 우리들의, 허무와의 조우(遭遇)에 대한 거의 외설스러운 확증이며, 매일 밤 우리들이 이미 더 이상 존재하지 않게 된다는 사실의 증거들인 것이다.

---

31) 아테네의 웅변가, 수사학자(기원전 436~338).

세손에게 나의 병의 진전을 알려 주기 위해 쓰기 시작한
이 편지가 그만 조금씩 조금씩, 국사에 장시간 전념하기
위해 필요한 기력을 이젠 가지고 있지 못한 한 인간의 휴
식거리, 자신의 추억들을 만나 보는 한 병자의 명상이 되
고 말았다. 나는 이제 그보다 더한 것을 해 보고자 한다 :
세손에게 나의 생애를 이야기할 계획을 세운 것이다. 물론
작년에 내가 나의 행위들에 대한 공식적인 보고서를 작성
했다는 것은 틀림없는 사실이다. 그 보고서 서두에 나의
비서 플레곤이 자기 이름을 써 넣었지만, 그 보고서에서
나는 가급적 거짓을 피했다. 그렇지만 공익과 예절을 위해
어떤 사실들을 재조정하지 않을 수 없었다. 내가 여기서
밝히려고 하는 진실은, 특별히 빈축을 살 만한 것은 아니
며, 혹은 빈축을 산다고 하더라도 진실이라면 어떤 것이나
빈축을 사게 되는 그런 정도로만 그러하다. 나는 17세의

세손이 거기에서 무엇인가 이해하리라고 기대하지는 않는다. 그러나 나는 이 이야기가 세손에게 가르침이 되고 또 충격이 되기를 정녕 바란다. 나 자신이 선택한 세손의 스승들은 세손을 철저히 감독하고 아마도 너무 보호하면서 엄하게 교육했고, 나는 결국 그런 교육에서 세손 자신을 위해서나 국가를 위해서 큰 이득을 기대한다. 나는 여기서 그런 교육에 대한 중화제로서, 선입관이나 추상적인 원리가 배제된 이야기를 세손에게 들려주려고 한다. 이 이야기는 단 한 사람——그는 나 자신인데——의 경험에서 이끌어 낸 것이다. 나는 이 이야기가 나를 어떤 결론들로 이끌고 갈지 모른다. 나는 나 자신을 규명하고 또 아마도 판단하기 위해, 혹은 적어도 죽기 전에 나 자신을 더 잘 알기 위해 이 사실 검증에 기대를 걸고 있다.

모든 사람들이 그러하듯, 나는 인간의 생존을 평가하는 수단으로서 내가 이용할 수 있는 것을 세 가지밖에 가지고 있지 않다. 첫째, 자신에 대한 연구 : 이것은 방법들 가운데 가장 어렵고 가장 위험하지만 또한 가장 풍요로운 것이기도 하다. 둘째, 사람들에 대한 관찰 : 그런데 그들은 대부분의 경우, 우리들에게 자신들의 비밀들을 숨기기 위해서이거나, 그들이 비밀들을 가지고 있다고 우리들이 믿도록 하기 위해서 조처한다. 셋째, 독서 : 책들은 글의 행간에서 태어나는 관점상의 특수한 오류들을 포함하고 있기는 하지만. 우리들의 역사가들, 시인들, 심지어 이야기 작가들——이 후자들은 경박하다고 평판이 나 있음에도 불구하고——이 쓴 것들을 나는 거의 모두 읽었고, 아마도 그들에게서, 나 자신의 삶

의 무척 다양한 상황들을 통해 모은 정보들보다 더 많은
정보들을 얻었을 것이다. 서한문은 나에게 인간의 말소리
를 듣기를 가르쳐 주었으며, 그것은 조상(彫像)들의 움직임
없는 위대한 자태가 몸짓들을 분별하기를 가르쳐 준 것과
똑같다. 반면, 삶은 그 후에 나에게 책들의 내용을 밝혀
주었다.

그러나 책들은 거짓말을 한다. 심지어 가장 진지한 책들
까지도. 가장 능숙지 못한 책들은, 삶을 함축할 수 있을
단어들, 문장들을 저자가 구사하지 못해, 삶에 대해 평범
하고 빈약한 이미지밖에 남기지 못한다. 어떤 작가들, 루
카누스[32] 같은 작가들은 삶을, 그것이 가지고 있지 않은 장
중함으로써 무겁게 하고 혼잡스럽게 한다. 반대로 다른 작
가들, 페트로니우스[33] 같은 작가들은 삶을 가볍게 하다 못
해 속이 텅 빈 튀는 공으로 만들어, 그것을 무게 없는 세
계에서 쉽사리 던지고 받는다. 시인들은 우리들을, 우리들
에게 주어져 있는 이 세계보다 더 광활하거나 더 아름답고

---

32) 로마의 서사시인(39~65). 카이사르와 폼페이우스의 쟁투를 그린 그
    의 서사시 『파르살리아 *Pharsalia*』는 그 로마의 내란을 금욕주의적인
    정신적 드라마로 묘사하고 있다고 하는데, 그 주인공들은 카이사르
    와 폼페이우스일 뿐만 아니라, 공화국이 사라지고도 살아남기를 거
    부하여 자살하는, 정녕 금욕주의의 성인이라고 할 카토이기도 하다
    고 한다.
33) 로마의 작가(65년 사망). 네로 황제의 총애를 받다가 음모에 연루되
    어 자살 명을 받은 쾌락주의자. 세 젊은이가 비행을 저지르며 유랑하
    는 이야기를 담은, 외설스럽고 사실적인 풍자 소설 『사티리콘
    Satyrikon』의 저자로 알려진 인물.

더 열렬하거나 더 감미로운 세계로 옮겨 가지만, 그러나 그것은 바로 그런 만큼 다른, 실제에 있어서 거의 살 수 없는 세계이다. 철학자들은 현실을 순수한 상태에서 연구할 수 있도록, 불이나 절굿공이가 물체에 과하는 것과 거의 동일한 변화를 현실에 과한다. 그러나 그런 연후, 우리들이 알고 있었던 바의 한 존재나 한 사상(事象)에서 아무것도, 그 재나 그 결정체 가운데 존속하고 있는 듯이 보이지 않는 것이다. 역사가들은 과거에 대해 우리들에게 너무나 완전한 체계, 너무나 정확하고 명료한 원인들과 결과들의 연계를 제시하기 때문에, 그 체계와 인과관계가 결코 전적으로 진리인 적이 없었다. 그들은 그 다루기 쉬운 죽은 자료들을 재조정하는 것이며, 나는, 심지어 플루타르코스[34])에 의해서도 알렉산드로스 대왕이 언제나 제대로 파악되지 않으리라는 것을 알고 있다. 이야기 작가들이나 밀레토스[35]) 풍의 우화 작가들은 푸주한들처럼, 파리들이나 좋아해 덤벼들 조그만 고기 조각들을 진열대에 걸어 놓는 일 이외에는 거의 아무것도 하지 못한다. 나는 책 없는 세상

---

34) 그리스의 전기 작가(46/49년~125년경). 널리 알려져 있는 『플루타르코스 영웅전』의 저자.

35) 지금의 터키의 멘데레스 강 하구에 있었던 옛 도시로, 고대 그리스의 한 종족인 이오니아인 이주민들이 터키의 에게 해 연안에 세운 고대 국가 이오니아의 가장 중요했던 도시. 고대 그리스 철학의, 탈레스와 아낙시만드로스 등이 이끌었던 이오니아 학파의 중심지였으며, 세련된 생활과 상류층 유녀(遊女)들로 유명했다고 한다. 후자의 사실로 미루어 보면, 이 암시적인 문맥은 그 이야기들이나 우화들이 음란하다는 것을 뜻하는 듯하다.

에 아주 못 만족할 터이지만, 그러나 현실은 책 속에 있지 않다. 왜냐하면 현실은 책 속에 전부 들어가지 않기 때문이다.

사람들에 대한 직접적인 관찰은 더더욱 불완전한 방법으로서, 대부분의 경우 인간의 악의가 만족을 얻는 아주 저열한 검증만으로 끝난다. 신분, 입장, 그리고 우리들의 온갖 우연적인 상황들이 인간 감정가의 시야를 제한한다. 나의 노예는 나를 관찰함에 있어서, 내가 그 자신을 관찰함에 가지고 있는 용이함과는 전적으로 다른 용이함을 가지고 있으나, 그의 용이함이나 나의 용이함은 똑같이 제한된 것이다. 나의 늙은 노예 에우포리온은 20년 전 이래 나에게 기름병과 수건을 가지고 와 시중을 들지만, 그에 관해 내가 알고 있는 것은 그의 시중으로 끝나고, 그가 나에 관해 알고 있는 것은 나의 목욕으로 끝나며, 그 이상 알려고 하는 시도는 모두, 황제에게나 노예에게나 곧 무례함의 인상을 준다. 우리들이 타인에 관해 알고 있는 거의 모든 것은 간접적인 것이다. 혹시 누가 고백을 하는 경우, 그는 자기 입장을 변호할 따름이고, 그의 변호는 완전히 준비되어 있는 것이다. 우리들이 그를 관찰하는 경우에도, 그는 혼자만으로 존재하는 것이 아니다. 사람들은 나를, 로마 치안 당국의 보고서들을 읽기 좋아한다고 비난한 바 있다. 나는 그 보고서들에서 언제나 놀라운 화젯거리들을 발견한다. 내 편이든 그렇지 않아 보이든, 모르는 사람이든 잘 아는 사람이든, 거기에 문제되어 있는 사람들은 나를 놀라게 한다. 그들의 미친 짓들은 나의 그와 같은 행동들에 대한 변명이 된다. 나는 옷을 입은 인간을 벌거벗은 인간과 비교하기에 지칠 줄 모른다. 그러나 그 너무나 충실하게 상세한 보고서들은 최종 판결을 내리는 데에 나를 조금도 도와주지 못하는 채로 나의 서류 더미에 더 쌓아 올려질 따름이다. 엄격한 외양을 가진, 문제되고 있는 그 행정관이 죄를 범했다는 사실은, 나로 하여금 결코 그를 더 잘 알게 하지는 못한다. 이제부터 나는 한 현상이 아니라 두 현상——그 행정관의 외양과 그의 범죄——를 대면하고 있는 것이다.

나 자신에 대한 관찰을 말하자면, 나는 그것을 의무로 여기는데, 내가 끝까지 그 옆에서 살아가지 않을 수 없을 이 개체와 타협하기 위해서라도 그리해야 한다. 하지만 60여 년간의 친밀성은 이 경우 역시 오류의 가능성을 크게 함축하고 있다. 가장 깊은 내면 차원에 있어서 나 자신에 관한 나의 지식은 애매하고, 내심적이며, 표현되지 않은 것이고, 공모처럼 은밀한 것이다. 가장 비개인적인 차원에 있어서는 그것은 내가 수(數)에 관해 세울 수 있는 이론들만큼 냉엄한 것이기도 하다 : 이 경우 나는 내가 가지고 있는 지능을, 나의 삶을 멀리서 또 더 높은 데서 바라보는 데에 사용하며, 그래 나의 삶은 다른 사람의 삶이 된다. 그러나 이 두 방식의 앎은 어렵고, 전자는 자신 내부로의 침잠을, 후자는 자신 외부로의 탈출을 요구한다. 나는 타성적으로, 모든 사람들이 그러하듯, 그 두 방식에 순수히 관례적인 방식들을, ——즉 대중이 품고 있는 이미지에 의해 부분적으로 변형된 나의 삶에 대한 생각, 서툰 재단사가 우리 소유의 천을 힘들여 거기에 맞추어 자르는 완전히 준비된 본과 같이 이미 이루어진, 달리 말해 잘못 이루어진 판단을, 대치하려는 경향이 있다. 그 모든 방식들은 한결같지 않은 가치를 가진 장비들이요, 다소간 무디어진 도구들이지만, 그러나 다른 것들을 나는 가지고 있지 않다. 나는 그 도구와 장비들을 가지고 그럭저럭, 인간으로서의 나의 운명에 대한 생각을 형성하는 것이다.

나의 삶을 관찰해 볼 때, 나는 그것이 무정형하다고 생각됨에 놀란다. 사람들이 우리들에게 이야기해 들려주는 영웅들의 생존은 단순하다. 그것은 마치 화살처럼 목표를 향해 곧장 나아간다. 대부분의 인간들은 자기의 삶을 하나의 요식적인 표현, ──때로는 자만이나 원망을, 거의 언제나의 경우에는 비난을 담고 있는 표현으로 요약하기를 좋아한다. 그들의 기억은 그들에게, 설명될 수 있는 명료한 생존을 만족스럽게 조작해 주는 것이다. 나의 삶의 윤곽은 그처럼 확연하지 않다. 흔히 있는 일이지만, 내가 아니었던 것이 아마도, 나의 삶을 가장 정확히 규정하는 것일 것이다 : 나는 훌륭한 군인이었으나 결코 위대한 전사는 아니었고, 예술 애호가였으나 결코 네로가 죽음에 이르러 자신이 그런 사람이었다고 생각했던 예술가는 아니었으며, 죄를 능히 범할 수는 있었으나 결코 죄로 가득 차 있지는 않았다. 나는, 위인들이란 바로 그들의 극단적인 위치로써 특징지어지며, 그 극단적인 위치를 평생 견지하는 데에 그들의 영웅성이 존재하는 것이라고 생각되는 때가 있다. 그들은 우리들의 극지이거나 대척지인 것이다. 나는 모든 극단적인 위치들을 번갈아 점했으나, 그것들을 견지하지 않았다. 삶은 언제나 나로 하여금 그 위치들에서 미끄러져 나오게 했던 것이다. 그렇다고 해서 나는 덕 있는, 농부나 짐꾼처럼 중심에 위치한 생존을 자랑할 수도 없다.

나의 나날들을 이루는 풍경은 마치 산악 지대처럼, 마구 뒤섞여 쌓여 있는 갖가지 요소들로 구성되어 있는 것 같다. 나는 거기에서 이미 혼성적인, 균등한 비중의 본능과 교양으로 형성되어 있는 나의 본성을 만난다. 여기저기 필연의 화강암들이 지표 위로 노출되고, 우연의 낙반은 사방에서 일어난다. 나는 나의 삶을 다시 훑어보고 거기에서 하나의 지도를 발견하려고, 거기에서 납이나 금의 광맥을, 혹은 지하수의 흐름을 따라가려고 노력해 보지만, 그 전혀 인위적인 지도란 기억의 눈속임일 뿐이다. 때때로 어떤 조우, 어떤 전조, 어떤 확정된 일련의 사건들 가운데서 나는 하나의 숙명을 인지한 것처럼 생각하지만, 그러나 너무 수많은 길들은 어디에도 이르지 못하고, 너무 수많은 금액들은 합산되지 못한다. 그 다양성 속에서, 그 무질서 속에서 나는 정녕 한 인격의 존재를 지각하지만, 그 형태는 거의 언제나 상황의 압력이 그려 놓은 것인 듯하다. 그 용모는 물 위에 반사된 그림자처럼 흐릿하다. 나는 자기의 행동이 자기 자신을 닮지 않는다고 말하는 그런 사람의 하나가 아니다. 나의 행동은 정녕 나를 닮아야 한다. 왜냐하면 나의 행동은 나를 재는 유일한 척도요, 사람들의 기억 속에, 혹은 심지어 나 자신의 기억 속에도 나를 묘사해 넣는 유일한 수단이기 때문이며, 죽음의 상태와 삶의 상태 사이의 차이를 이루는 것이 아마도 바로, 행동으로써 자신을 표현하고 변화시키기를 계속할 수 있는가 없는가의 여부이기 때문이다. 그러나 나와, 나를 이루고 있는 그 행위들 사이에는 규정할 수 없는 간극이 있다. 그 증거는, 그 행위들을 평가하고 설명하여 나 자신에게 알리고자 하는 욕구를 내가 끊임없이 느낀다는 사실이다. 오래 계속되지 않는 어떤 일들은 물론 무시될 만하지만, 그렇다고 전 생애에 걸쳐 있는 활동들 역시 의미를 가지는 것은 아니다. 예컨대, 이 글을 쓰고 있는 이 순간, 내가 황제였다는 사실이 나에게 가장 중요한 것으로는 거의 여겨지지 않는다.

게다가 나의 삶의 4분의 3은 이와 같은, 행위에 의한 규정에서 빠져나간다. 나의 희미한 바람들, 욕망들, 계획들까지도, 그 모든 것들의 덩어리는 마치 유령처럼 흐릿하고 사라진다. 그 나머지, ——사실들로써 다소간 확인되는 확실한 부분도 더 뚜렷하다고 거의 할 수 없고, 꿈에서처럼 혼돈스러운, 사건들의 연속이다. 나는 나의 고유의 연보가 있으며, 그것을 로마 건국에 토대를 둔 연표나 올림픽 경기들 사이의 4년간인 올림피아기(紀)의 연표와 맞추어 보기는 불가능하다. 군에서 보낸 15년은 아테네의 하루 아침보다 더 오래 지속된 것이 아니며, 내가 평생 사귀었으면서도 지옥에서 알아보지 못할 사람들이 있는 것이다. 공간의 여러 부분들 역시 뒤섞여 중첩되어 있다 : 이집트와 템페[36] 계곡이

---

36) 그리스 북부의 테살리아 평원에 있는 아름다운 계곡. 고대 시인들이 상찬했다는 이 계곡은 아폴론 신에게 봉헌된 곳이다.

아주 인접해 있는 것으로 나타나고, 내가 티부르에 있을 때에도 거기에 반드시 있는 것으로 머리에 떠오르지 않는다. 나에게 나의 삶이 너무나 범속하여 기록으로 남겨질 만한 가치가 없을 뿐만 아니라 심지어 다소라도 오랫동안 관조될 만한 가치조차 없고, 심지어 나 자신의 눈에도 어느 누구의 삶보다 결코 더 중요하지 않은 것으로 나타나 보일 때가 있는가 하면, 그것이 유일한 것으로 보이고, 바로 그 사실로써, 대다수의 인간들의 경험으로 환원될 수 없기에 무가치하고 무용한 것으로 보일 때도 있다. 아무것도 나를 설명하지는 못한다 : 나의 미덕과 악덕들이 그러기에는 결코 충분치 않다. 나의 행복이 나의 삶을 더 잘 설명하지만, 그러나 지속적이지 않고 간헐적으로 그럴 뿐이며, 특히 수락할 만한 이유 없이 그러하다. 그러나 인간의 정신은 자신이 우연의 손에 받아들여짐을, 그 자신은 말할 것도 없고 어떤 신도 주재하지 않는 운의 덧없는 산물에 지나지 않음을, 달가워하지 않는다. 누구라도 삶의 일부분은, 심지어 그 삶이 주목할 가치가 아주 없는 것일지라도, 자신의 존재 이유를, 출발점을, 근원을 찾는 데에 흘려보낸다. 바로 그것들을 발견하지 못하는 나의 무력함 때문에, 나는 때로 주술적 설명으로 기울었고, 상식이 나에게 주지 못하는 것을 신비술의 열광 가운데서 찾으려고 했다. 모든 복잡한 계산이 그릇된 것으로 드러나고, 철학자들 자신도 우리들에게 더 이상 말해 줄 것이 아무것도 없을 때, 우리들이 새들의 우연한 지저귐이나 먼 별들의 평형적인 힘으로 몸을 돌리는 것은 용서될 만한 일일 것이다.

VARIUS MULTIPLEX
MULTIFORMIS[1]

---

1) '다양(多樣), 다종(多種), 다형(多形)'이라는 뜻이다.

나의 조부 마룰리누스는 점성술을 믿었다. 노년으로 심하게 여위고 피부가 누렇게 변색한 그 키 큰 노인은 나에게, 그의 농장의 가축들, 그의 소유지, 그가 수집한, 하늘에서 떨어진 운석들에 기울이는 애정과 같은 정도로, 다정함도 외부적인 표시도 없는, 또 거의 말도 없는 애정을 주었다. 그는 스키피오 가문[2] 시대 이래 에스파냐에 정착해 온 누대(累代)에 걸친 선조들의 후예였다. 그는 원로원 의원의 신분이었고, 그 신분으로는 우리 가문에서 세 번째였다. 우리 가문은 그때까지 기사 계급에 속했었다. 그는 티

---

2) 고대 로마의 명문가로 여러 역사적인 인물들을 배출했는데, 카르타고와의 제2차 포에니 전쟁 때 에스파냐에 속주 총독으로 임명되어 카르타고인들을 에스파냐에서 몰아내고, 아프리카에까지 진격해 카르타고의 명장 한니발에게 결정적인 승리를 거둔, 장군이며 정치가인 푸블리우스 코르넬리우스 스키피오(기원전 235년경~183)가 가장 유명하다.

투스[3] 황제 치세하에서, 대단한 것은 아니었지만, 공사에 참여했었다. 지방민인 그는 그리스어를 몰랐고, 라틴어는 거친 에스파냐식 발음으로 말했는데, 그가 나에게 물려준 그 발음은 나중에 사람들을 웃겼다. 그렇다고 그가 전혀 무교양한 정신의 소유자는 아니었다. 그의 사후 그의 집에서, 그가 20년 동안 손대지 않은 산수 기구들과 책들로 가득 찬 커다란 가방이 발견되었다. 절반은 과학적이고 절반은 농민에서 온 그의 지식들은 감찰관 카토[4]의 특색이었던, 편협한 편견들과 오래된 지혜의 혼합물이었다. 그러나 평생 동안 그에게 있어서 카토는 로마 원로원과 카르타고 전쟁의 사람이었고, 엄격한 공화국 로마의 정확한 대표자였다. 그러나 나의 조부의 거의 무정하다고 할 엄격성은 더 멀리, 더 오랜 시대에서 연원한 것이었다. 그는 부족의 인간이었고, 내가 때로 에트루리아 출신의 우리 강신술사들에게서 그 흔적을 발견한 바 있는, 거의 공포감을 불러일으키는 성스러운 세계의 화신이었다. 그는 언제나 벗은 머리로 ——나 역시 그렇게 한다고 사람들의 비난을 샀듯이 —— 걸

_____

3) 로마의 황제(39~81). 황제 즉위 전, 난폭하고 방탕한 성격으로 네로 황제에 버금가는 폭정을 예상케 했으나, 예상과는 달리 선정으로 치세에 임해 훌륭한 이름을 남겼다.
4) 로마의 정치가(기원전 234~149). 공화국을 지키려다 자살한 금욕주의자 카토의 증조부이다. 감찰관 직에 있을 때 사치를 타파하려 했고, 로마를 강력한 국가로 만든 전통적인 미덕들에 위해가 된다고 생각하여 그리스의 문화와 풍습을 추방하려 했다. 또 뛰어난 산문가로, 카르타고와의 3차 포에니 전을 일으키는 데 그의 연설이 큰 역할을 했다고 한다.

어 다녔고, 각질화된 그의 두 발은 샌들 없이 지냈다. 여느 날의 그의 옷은 늙은 걸인들이나 햇볕에 웅크리고 앉아 있는 진중한 표정의 소작인들의 옷과 거의 구별되지 않았다. 사람들은 그를 마법사라고들 했고, 마을 사람들은 그의 시선을 애써 피하려고들 했다. 그런데 그는 동물들에 대해 기이한 지배력을 가지고 있었다. 나는 그의 늙은 얼굴이 조심스럽게, 정답게 독사 소굴로 가까이 다가가든가, 뼈마디가 굵게 진 그의 두 손이 도마뱀 앞에서 춤 같은 것을 연희해 보이는 것을 본 적이 있다. 그는 여름밤에 하늘을 관찰하게 하기 위해 나를 메마른 언덕 위에 데려가곤 했다. 나는 유성들을 세기에 지쳐서 언덕 위 밭고랑에 누워 잠이 들곤 했는데, 그는 얼굴을 하늘로 향한 채, 별들을 따라 보일 듯 말 듯 몸을 회전시키며 앉아 있었다. 그는 필로라오스[5]와 히파르코스[6]의 학설과, 사모스 섬[7]의 아리스타르코스[8]의 학설—나는 나중에 이 학설을 선호하게

---

5) 피타고라스학파의 그리스 철학자, 천문학자(기원전 470년경~5세기 말). 지구가 둥글고 움직인다고 주장하는 천문학 이론을 가지고 있었다고 한다.
6) 그리스의 천문학자, 수학자(기원전 2세기). 그리스에서 최초로 원을 360도, 1도를 60분, 1분을 60초로 나누었고, 춘분·추분의 세차(歲差)를 발견했다.
7) 터키의 에게 해 쪽 해안 가까이에 있는 그리스의 섬. 고대에 밀레토스와 더불어 이오니아를 이루는 도시의 하나였고, 밀레토스가 그 남쪽으로 멀지 않은 곳에 있었다. 피타고라스의 고향이다.
8) 그리스의 천문학자(기원전 310년경~230년경). 사모스 섬 출신으로, 지구의 자전과 공전을 최초로 주장한 천문학자의 한 사람으로서 코페르니쿠스의 선구자로 여겨진다.

되었는데—을 알고 있었음에 틀림없지만, 그 사변적인 학설들은 더 이상 그의 흥미를 끌지 못했다. 별들은 그에게 있어서 불타오르는 점들이요, 그에게 마찬가지로 전조가 되는 돌들이나 느린 곤충들과 같은 대상이었으며, 그것들은, 신들의 의지와 악마들의 영향력과 인간들에게 예정된 운명 역시 포함하고 있는 마법적인 우주의 구성 요소들이었다. 그는 나의 운명에 대한 점성을 가능케 할, 나의 탄생 시의 천상도를 만들어 두었었다. 어느 날 밤, 그는 나에게 와, 나를 흔들어 깨우고는, 그가 농장에서 일하는 사람들에게 좋은 수확을 예측할 때에 취했을 법한 퉁명스러운 짤막한 몇 마디로, 내가 세계를 지배하게 되리라는 것을 예언했다. 그러더니 미심쩍은 듯, 추운 시간에 우리들을 따뜻하게 하기 위해 그가 보존하고 있는 작은, 포도 덩굴 불로 가서, 불등걸을 하나 끄집어내어, 나의 손 가까이에 가지고 와, 하늘에 새겨져 있는 나의 운명을, 뭐랄까, 확인이라도 하듯이 열한 살 어린아이의 도타운 나의 손바닥의 손금을 읽는 것이었다. 그에게 있어서 세계는 단 하나의 덩어리로 이루어져 있는 통일체였으며, 손이 별들을 확인하는 것이었다. 그의 예언은 사람들이 생각할 만큼 나에게 큰 충격은 아니었다. 어린아이라면 누구나 어떤 것도 기대하는 법이다. 생각건대, 그는 뒤이어 자기 자신의 예언을, 노년의 특성인, 현재와 장래사에 대한 그 무관심 가운데 잊어버렸다. 어느 날 아침 그는 영지의 경계에 있는 밤나무 숲 속에서, 이미 차가운 몸이 되어 맹금들에게 파먹힌 채로 발견되었다. 그렇게 죽기 전에 그는 나에게 그의 점술을 가르쳐 주려고 했었지만, 도로(徒勞)로 끝났다 : 나의 천성적인 호기심은 단번에, 그의 점술의 다소간 혐오스럽고 복잡한 세부적인 과정에 방해받지 않고, 결론으로 뛰어넘어 가곤 했기 때문이다. 하지만 그런 계기로 어떤 위험한 경험들에 대한 취향은 나에게 너무나 뚜렷이 남아 있다.

나의 부친, 아엘리우스 아페르 하드리아누스는 미덕들로 가득 찬 사람이었다. 그의 삶은 영광 없는 행정직들에서 흘러갔고, 그의 말은 원로원에서 경청된 적이 한 번도 없었다. 보통 그리되는 것과는 반대로, 아프리카 총독직을 통해 그는 부자가 되지 못했다. 우리들의 고향, 에스파냐의 자치 도시 이탈리카에서 그는 지역의 분쟁들을 해결하는 데 진력했다. 그는 야심도 없었고, 기쁨도 없었으며, 그렇듯 해가 갈수록 더욱더 잊혀 가는 많은 사람들과 마찬가지로, 그가 귀착하고 만 조그만 일들에 광적인 열성을 들이는 데에 이르고 말았다. 나 자신 세심성과 조심성에 대한 그러한 존경할 만한 유혹을 경험한 바 있다. 부친은 경험을 통해 인간들에 대한 극도의 회의적인 태도를 키웠고, 나를 아주 어릴 때에 이미 거기에 물들게 했다. 나의 성공은, 그가 그것을 지켜보았더라도, 조금도 그를 찬탄케 하지 않았을 것이다. 가문에 대한 자부심이 너무나 강했으므로, 내가 거기에 어떤 것을 덧붙일 수 있다는 것을 인정하지 못했을 것이다. 과로로 삶을 보낸 그가 우리들을 떠났을 때, 나는 열두 살이었다. 나의 모친은 그 후 평생 동안 근엄한 독신 생활에 머물렀다. 나는 모친을, 내가 후견인의 부름을 받아 로마로 떠난 날 이래 다시 보지 못했다.
나는 다소 우수로운 부드러움이 깃들어 있는, 에스파냐 여
인다운 갸름한 모친의 얼굴 모습에 대한 기억을 지니고 있
는데, 이 기억은 벽에 걸려 있는 선조들의 밀랍 흉상이 보
강해 주고 있다. 모친은 가데스[9] 처녀들의, 좁은 샌들에
쏙 끼이는 조그만 발을 가지고 있었고, 그 지방 무희들의,
둔부를 부드럽게 흔드는 모습을 그 완전무결한 젊은 부인
에게서도 찾아볼 수 있었다.

나는, 한 인간, 한 가정이 그들이 생존하게 된 세기의
사상들이라든가 사건들에 반드시 관여하고 있다고 상정할
때에 우리들이 범하는 오류에 대해 숙고해 본 적이 자주
있었다. 네로 황제에 대한 반란의 시기에 나의 조부가 하
룻밤, 갈바[10]에게 숙식을 제공한 적은 있었지만, 로마에서
일어나는 음모들의 여파가 에스파냐의 그 외진 곳에 있는
나의 부모에게 미치는 일은 거의 없었다. 우리들은 우티카[11]
가 포위되었을 때에 카르타고인들에게 화형을 당한 파비우
스 하드리아누스라는 사람과, 소아시아의 도로들 위로 미
트리다테스[12]를 추격한 불운한 군인, 둘째번 파비우스에 대

---

9) 지브롤터 해협에서 북쪽으로 멀지 않은, 에스파냐의 대서양안의 항구
　도시, 카디즈의 옛 이름.
10) 로마의 황제(기원전 5~기원 69). 네로 황제 때 에스파냐에서 총독
　으로 있다가, 반란에 가담해 반란 성공 후 황제에 추대되었으나, 군에
　대한 보상 약속을 지키지 않아 곧 살해되었다.
11) 지금의 튀니지의 수도 튀니스 근방에 있었던 옛 도시. 도시 카르타
　고 역시 그 근방에 있었다. 우티카의 포위는 시기적으로 보아 포에니
　전쟁들 중의 한 전쟁에서 있었던 일인 듯하다.

한 추억 속에서 살고 있었는데, 그들은 사적(私的)인 사서
류(史書類) 고문서에나 나오는 무명의 영웅들이었다. 당대
작가들에 관해서는 나의 부친은 거의 아무것도 몰랐다. 루
카누스와 세네카[13]는 우리들처럼 에스파냐 출신이었지만,
그에게는 생소했다. 나의 종조부 아엘리우스는 학식이 있
는 분이었지만, 그의 독서는 아우구스투스 황제[14] 시대의
가장 유명한 작가들로 제한되어 있었다. 당대의 유행에 대
한 이와 같은 경멸로 인해 그들은 많은 취향상의 잘못들을
범하지 않을 수 있었고, 그들이 일체의 과시를 피할 수 있
었던 것도 그러한 경멸 덕택이었다. 헬레니즘과 동양은 알
려져 있지 않거나, 아니면 먼 거리를 두고 엄하게 눈살을
찌푸린 시선을 받았다. 생각건대, 이베리아 반도 전역에
단 하나의 훌륭한 그리스 조상(彫像)도 없었다. 절약이 부
와, 어떤 촌스러움이 거의 야단스럽다고 할 성대함과 어깨
를 나란히 하고 있었다. 나의 매씨(妹氏) 파울리나는 진중
하고 조용하고 무뚝뚝한 여인으로서, 젊어서 노인과 결혼

---

12) 폰투스의 왕 미트리다테스 6세(기원전 132년경~63)를 가리키는 듯
하다. 폰투스는 흑해 연안에 있던 나라로, 미트리다테스 6세 때 영토
를 가장 넓혔다가 오랫동안 로마와 싸운 끝에 로마에 복속되었다.
13) 로마의 철학자, 작가, 정치인(기원전 4~기원 65). 자기 통어를 강
조한 금욕주의 철학자로 유명하다. 루카누스의 아저씨가 된다.
14) 로마의 황제(기원전 23~기원 14). 카이사르의 손질(孫姪)로서 나중
에 그의 양자가 되었는데, 카이사르가 브루투스와 카시우스에게 죽임
을 당한 후 그의 후계자가 되어, 안토니우스와 레피두스와 함께 브루
투스와 카시우스의 공화파를 패배시킨 옥타비아누스가 바로 이 사람
이다.

했다. 염직성(廉直性)은 철저했으나, 우리들은 노예들에 대해 가혹했다. 아무것도 우리들의 호기심의 대상이 되지 않았고, 우리들은 로마 시민에 합당한 모든 것에 비추어 생각하도록 자신을 통제했다. 그 많은 미덕들을——그것들이 정녕 미덕들이라면——내가 소산(消散)시킨 사람이었던 것 같다.

공식적인 허구적 역사로는 로마의 황제는 로마에서 태어나게 되어 있지만, 내가 태어난 곳은 이탈리카[15]이다. 그 건조하지만 비옥한 지방에 나는 나중에 세계의 그토록 많은 지역들을 기억 속에서 중첩시켰던 것이다. 허구에는 좋은 점이 있다 : 그것은 정신과 의지의 결정이 주어진 상황을 능가한다는 것을 증명해 준다. 진정한 탄생지란 우리들이 최초로 자기 자신에게 이지적인 시선을 던진 곳이다. 그런 점에서 나의 최초의 고향은 책이었다. 좀 덜한 정도로는 학교도 그러했다. 에스파냐의 학교들은 지방적인 여한(餘閑)의 분위기가 느껴졌다. 로마의 테렌티우스 스카우루스[16] 학교에서는 철학자들과 시인들에 관해서는 신통치 않게 가르쳤지만, 인간 생존의 부침(浮沈)에는 학생들을 그런대로 잘 예비시켰다. 거기 교사들은 학생들을 압제적으로 다루었는데, 나라면 사람들에게 그런 압제를 행사한다면 얼굴을 붉힐 것이다. 교사들 각자는 자기 자신의 지식

---

15) 에스파냐 남부의 도시 세빌리아 부근에 있었던 로마 제국 시대의 도시.
16) 하드리아누스 황제 시기의 라틴어 문법가. 여기서 말하는 학교가 그가 세운 학교인지, 그의 이름을 딴 학교인지 알 수 없다.

의 편협한 한계 내에 갇혀서 동료들을 경멸했고, 그 동료들도 똑같이 편협하게 다른 지식을 가지고 있었다. 그 현학자들은 말꼬리를 잡고 언쟁을 하느라 목이 쉬곤 했다. 우선권 다툼, 음모, 중상들이, 그 후 내가 살았던 모든 사회에서 마주치게 될 상황들에 나를 익숙해지게 했는데, 게다가 그때에는 어린 시절의 난폭성이 더해 있었다. 하지만 나는 그때의 그 나의 스승들 가운데 몇몇은 좋아했으며, 스승과 제자 사이에 존재하는 그 기이하게 내밀하면서도 기이하게 회피하는 관계와, 어떤 걸작을 최초로 우리들에게 알려 주거나 새로운 생각을 드러내 주는 쉰 목소리 밑에 숨어서 노래하며 유혹하는 세이렌[17]들을 좋아했다. 가장 위대한 유혹자는 필경 알키비아데스[18]가 아니라, 소크라테스인 것이다.

문법가들과 수사학자들의 방법들은 아마도, 내가 그것들을 따르지 않으면 안 되었던 그 당시에 내가 생각하던 것만큼 불합리한 것은 아닐 것이다. 논리적인 규칙과 자의적

17) 그리스 전설에 나오는, 여인의 머리와 새의 몸을 가진 두서너 명의 바다의 마녀들로, 이탈리아 남서 해안의 한 섬에 살면서 아름다운 노래로 항해자들을 유혹하여 배를 암초에 좌초시켜 파선시키고 그들을 잡아먹었다고 한다.
18) 그리스의 장군, 정치가(기원전 450~404). 부유한 명가 출신에 매력적이고 우아한 인품과 재능을 갖추었던 인물로, 오연한 댄디즘을 지니고 있어서 자신이 보통 사람들과는 다른 빼어난 사람이라는 것을 외부적으로도 드러내려고 했다고 한다. 유혹자로서 좋은 조건들을 두루 갖춘 사람이었던 듯하다. 소크라테스가 아꼈고 소크라테스를 존경한 제자였다고 한다.

인 용법이 뒤섞인 체계를 가지고 있는 문법은, 나의 어린 정
신에게, 나중에 인간 행위의 학문들, 법률이나 도덕, 인간이
본능적인 경험을 합리적으로 정리해 놓은 모든 체계들 등등
이 제공하게 될 것을 미리 맛보게 해 주었다. 우리들을 차례
로 크세르크세스[19]와 테미스토클레스[20], 옥타비아누스[21]와 마
르쿠스 안토니우스[22]가 되게 했던 수사학의 훈련으로 말하자
면, 그것은 나를 열광시켰다. 나는 프로테우스[23]가 된 것처럼
느꼈다. 그 훈련은 나에게 번갈아 가며 각각 다른 사람의 사

---

19) 페르시아의 왕(기원전 486~465 재위). 부왕 다리우스 1세가 마라톤
   에서 그리스와의 전쟁에 패배한 것을 설욕하기 위해, 오랜 준비 후 그
   리스를 침공했다가, 해전에서 아테네의 테미스토클레스의 전략에 넘
   어가 함대를 살라미스 해협에 갇히게 함으로써 함대의 4분의 3을 잃
   고 대패했다.
20) 아테네의 정치가, 전략가(기원전 525년경~460년경). 뛰어난 웅변
   재능을 갖추었던 인물로 집정관에 선출된 후, 아테네의 장래를 위해
   해운의 중요성을 자각하여 아테네의 항구를 요새화하고 선박들을 대
   거 건조했다. 페르시아의 왕 크세르크세스의 침공군을 해전으로 살라
   미스 해협에서 대파했다.
21) 나중에 아우구스투스가 되는 인물.
22) 로마의 장군, 정치가(기원전 83년경~30). 카이사르의 부관이었다
   가, 카이사르 사후 옥타비아누스와 레피두스와 함께 공화파를 패퇴시
   켰으나, 세 사람이 전 로마 제국 영토를 삼분할 때 동방을 차지한 후
   이집트의 여왕 클레오파트라와 사랑에 빠져 동방에 새로운 제국을 세
   울 생각을 하고, 옥타비아누스와 대적한다. 그러나 옥타비아누스에게
   패하여 알렉산드리아에서 포위되어 있다가 클레오파트라의 거짓 자살
   소식을 듣고 그 역시 자살한다.
23) 그리스 신화에 나오는 바다의 신으로, 역시 바다의 신인 포세이돈의
   아들. 포세이돈으로부터 원하는 대로 자신의 형상을 변화시키고 미래
   를 예언하는 능력을 물려받았다.

고 속에 들어가 보기를 가르쳤고, 각자는 자신의 법칙에 따라 결정하고 살고 죽는다는 것을 이해하게끔 가르쳤다. 시인들에 대한 독서는 더욱 충격적인 효과를 일으켰다 : 나는 사랑의 발견이 시의 발견보다 반드시 더 감미롭다고 확신하지 않는다. 시는 나를 변화시켰다 : 죽음에 대한 입문이 베르길리우스[24]의 어떤 황혼에 대한 노래보다 저세상으로 더 멀리 나를 안내하지 못할 것이다. 나중에 나는 우리 민족의 신성한 기원에 그토록 가까이 간 엔니우스[25]의 투박함이나 루크레티우스[26]의 박학한 신랄함을 선호했고, 혹은 호메로스의 아끼지 않는 표현의 자유자재로움보다는 헤시오도스[27]의 겸허한

---

24) 모든 서양 문학에 커다란 영향을 미친 로마의 대표적 시인(기원전 70~19). 전원시인으로, 자연을 가장 인간의 행복을 가능케 하는 환경으로 노래했다.

25) 라틴어 시의 아버지로 간주되는 로마의 시인(기원전 239~169). 그리스계였으나 감찰관 카토에게 주목되어 로마 시민권을 얻고, 그리스 문화유산을 로마 정신에 접목시켰다.

26) 『자연에 대하여 De natura rerum』로 유명한 로마의 철학적 시인(기원전 98년경~55). 유물론적으로 우주를 설명하여, 인간의 정념 역시 그러함을 앎으로써 마음의 평정을 얻을 수 있음을 암시했다. 철학적인 사상을 구상적으로 개진하며 이루어지는 그의 추론은 열광과 비판과 질문으로 강력한 설득력을 가지고 있다고 한다.

27) 그리스의 시인(기원전 8세기~7세기). 목자(牧者)였다가 도덕적이고 교훈적인 충동에 이끌려 시인이 되었다고 한다. 처음에 호메로스의 언어와 기교를 모방하기는 했으되, 그의 시는 호메로스의 서사시의 대척점에 있다고 하는데, 전장의 공훈과, 항해자들에 관한 지어낸 이야기를 버리고, 왕들의 탐욕과 불의와 전쟁을 고발함과 동시에 경건한 마음과 힘든 노동을 권장했다고 하며, 그의 시적 표현은 간소하고 때로 산문적이기까지 하다고 한다.

검약 속의 표현을 선호했다. 나는 특히 나의 사고에 가장 어려운 훈련을 강요한, 가장 복잡하고 가장 난해한 시인들과, 또 가장 최근의 시인들이나 가장 오래된 시인들, 나에게 전혀 새로운 길들을 터 주거나, 혹은 잃어버린 길들을 되찾는 데 나를 도와주는 시인들을 즐겨 읽었다. 그러나 그 당시 내가 운문 예술에서 특히 좋아했던 것은, 가장 직접적으로 감각에 들어오는 것, 호라티우스[28]의 잘 닦은 금속 같은 작품들, 오비디우스[29]의 부드러운 피부 같은 작품들 같은 것이었다. 스카우루스는 내가 결코 더할 수 없이 범용한 시인에 지나지 않으리라고 단언함으로써 나를 절망시켰다 : 재능도 열의도 부족하다는 것이었다. 나는 오랫동안 그가 잘못 생각했다고 믿었다. 대부분 카툴루스[30]를 모방한 연시(戀詩)들을 한두 권 쓴 것을 나는 어디엔가 자물쇠로 채워 간직하고 있다. 그러나 앞으로, 나의 개인적인 소작들이 형편없는 것이든 그렇지 않든 그것은 나에게 거의 중요하지 않다.

나는 스카우루스가 나에게 어려서 그리스어 공부를 시작

---

28) 베르길리우스와 더불어 가장 위대한 라틴어 시인으로 간주되는 로마의 시인(기원전 65~8). 형식의 완벽성을 추구했으며, 르네상스 이래 균형과 절도라는 두 고전적인 덕목의 전범이 되었다.

29) 『변신 이야기』의 저자로 널리 알려져 있는 로마의 시인(기원전 43~기원 17). 그러나 『변신 이야기』를 쓰기 전에 에로티즘에서 영감을 얻은 『사랑시편』도 남겼다.

30) 로마의 시인(기원전 87~54). 어느 속주 총독의 부인이었던 그의 정부 클로디아에게 레스비아라는 이름을 붙여 쓴 서정시편들이 그의 걸작으로 여겨지고 있다.

게 한 것을 언제까지나 감사할 것이다. 내가 처음으로 그 미지의 문자들을 철필로 그어 보려고 했을 때, 나는 아직 어린아이였다. 그때 나는 큰 이양(異樣)감을 느꼈으며, 먼 여행이, 그리고 사랑처럼 결연하면서도 비의지적인 선택의 감정이 시작되었던 것이다. 나는 그 언어를 그, 발랄한 육체의 그것과도 같은 유연성과, 각 단어에서마다 현실과의 직접적이며 다양한 접촉이 확인되는 그 풍부한 어휘 때문에, 그리고 인간들이 말한 최선의 것이 거의 모두 그리스어로 말해졌기 때문에, 사랑했다. 나도 알고 있는 바이지만, 다른 언어들도 있다 : 그것들은 화석화되어 있거나, 혹은 이제 태어날 것이다. 이집트의 사제들이 나에게 그들의 옛 상징적인 문자들을 보여 준 적이 있는데, 단어들이라기보다는 기호들인 그것들은 아주 옛날에 있었던, 세계와 사물들에 대한 분류의 노력으로서, 죽은 종족의 무덤 속 말이었다. 유대 전쟁 동안, 랍비 여호수아는 나에게 그 광신자들의 언어——그들은 그들의 신에 강박적으로 사로잡혀 있어서, 인간적인 것을 등한히 했는데——로 된 몇몇 텍스트를 문자대로 설명해 준 적이 있다. 나는 또 군에 있을 때, 켈트족 비정규 전사들의 언어에 익숙해지기도 한 바 있다. 특히 그들의 어떤 노래들을 기억한다…… . 그러나 만족들의 언어들은 기껏해야, 그것들이 형성하는, 인간의 말에 대한 비축분으로서, 그리고 그것들이 아마도 장래에 표현할 수 있게 될 모든 것 때문에, 가치가 있을 뿐이다. 반대로 그리스어는 이미 그 배후에 인간의 경험과 국가의 경험 등, 경험의 보고를 지니고 있다. 이오니아[31]의 폭군들에서부터 아테네의 선동가들에 이르기까지, 아게실라오스[32] 같은 사람의 순수한 엄격성에서부터 디오니시오스[33]나 데메트리오스 같은 사람의 과격함에 이르기까지, 데마라토스[34] 같은 사람의 배신에서부터 필로포이멘[35] 같은 사람의 충성에 이르기까지, 우리들 각자가 다른 사람들을 해치거나 섬기기 위해 기도할 수 있는 모든 것은, 적어도 한 번은, 이미 어느 그리스인에 의해 행해졌던 것이다. 우리들의 개인적인 선택의 경우도 마찬가지이다 : 견유주의(犬儒主義)에서 이상주의까지, 피론[36]의 회의주의에서 피타고라스의 성

---

31) 1장 35번 각주를 참조할 것. 밀레토스를 포함하여 13개 도시로 이루어져 있었으며, 문화적으로뿐만 아니라 상업적으로도 크게 융성했다.

32) 스파르타의 왕(기원전 444~360년경). 소아시아에서 페르시아를 패퇴시키고, 아테네, 테베, 코린토스, 아르고스의 동맹과 적대하여 승리했다.

33) 지금의 시칠리아 섬에 있었던 그리스계의 고대 국가 시라쿠사이의 참주(기원전 430~367). 카르타고인들을 섬 서단으로 몰아내고 시라쿠사이를 고대 그리스에서 가장 강력한 국가의 하나로 만들었다. 세심함이나 거리낌을 전혀 가지지 않은 사람이었으며, 또 의심이 많은 것으로 유명했다고 한다.

34) 스파르타의 왕(기원전 520~491). 클레오메네스 1세와 함께 스파르타를 다스렸으나 클레오메네스 1세에게 퇴위된 후, 당시 페르시아 지배하에 있던 소아시아의 페르가몬에 피신하여 페르시아의 왕 크세르크세스의 휘하에서, 그리스와 싸우는 2차 페르시아 전쟁에 참가하기까지 하나, 크세르크세스의 전쟁 계획을 그리스에 알렸다.

35) 그리스의 장군, 정치가(기원전 252년경~182). 그리스 남단의 펠로폰네소스 반도 북쪽에 있는 아카이아 지방에 기원전 5세기부터 기원전 2세기까지 12개 도시가 아카이아 동맹을 이루고 있었는데, 필로포이멘은 이 동맹군의 사령관을 지냈다. 금욕 정신으로 엄격한 삶을 산 그는, 공민적 도덕에 투철하여 플루타르코스는 그를 '최후의 그리스인'으로 칭했다.

스러운 몽상[37]까지, 우리들의 거부나 동의는 이미 여러 번 행사되었던 것이다. 우리들의 악덕과 미덕은 그리스에 모델이 있는 것이다. 라틴어 봉헌 비문이나 묘비명의 아름다움에 비견할 만한 것은 아무것도 없다 : 비석에 새겨진 그 몇 마디 말은, 세상이 우리들에 관해 알 필요가 있는 모든 것을, 비개성적이고 장중하게 요약해 준다. 나는 로마 제국을 라틴어로 다스렸고, 나의 묘비명은 티베리스[38] 강변에 있는 나의 능의 벽면에 라틴어로 새겨질 것이지만, 그러나 나는 그리스어로 사고하고 살 것이다.

내가 열여섯 살이었을 때, 나는 그 당시 피레네 산맥 속에서, 로마 쪽 측면에 있는 에스파냐의 황량한 지역에 주둔하고 있던 제7군단에서 수련기를 마치고 돌아왔다. 그 지역은 내가 성장했던 에스파냐 반도의 남쪽 지방과는 아주 달랐다. 나의 후견인인 아킬리우스 아티아누스[39]는 거친 삶과 난폭한 사냥으로 이루어진 그 몇 개월간의 수련기를 공부로써 상쇄시키는 것이 좋다고 생각했다. 그는 현명하게도 스카우루스의 설득을 받아들여, 나를 아테네에 있는 소피스트 이사이오스[40]에게 보냈는데, 그 뛰어난 머리를 가

---

36) 회의주의(피로니즘)의 창시자로 간주되는 그리스의 대표적인 회의주의 철학자(기원전 365~275).
37) 피타고라스는 수학자였을 뿐만 아니라 비교(秘敎)적이고 신비주의적인 철학자이기도 했다.
38) 로마 시를 거쳐, 이탈리아 반도 서쪽의 티레니아 해로 흘러 들어가는, 지금의 테베레 강의 옛 이름.
39) 하드리아누스의 후견인. 나중에 그의 친위대장이 되어 권부에서의 그의 상승을 돕는다.

진 사람은 특히, 드문 즉석 연설가의 재능을 가지고 있었다. 아테네는 곧 나를 정복해 버렸다. 다소 서투른 학생, 쉽게 불쾌해하는 마음을 가진 청년이었던 나는 처음으로 그 청량한 대기, 그 재빠른 대화, 장밋빛 석양으로 물든 긴 저녁 시간 동안의 그 소요, 토론과 쾌락에 있어서의 그 비견할 데 없는 자재로움, 이런 것들을 맛보았다. 수학과 예술은 번갈아 가며 나를 사로잡으면서, 평행적으로 탐구되었다. 나는 아테네에서 또한 레오티키데스의 의학 강의를 청강할 기회가 있었다. 의사는 나의 마음에 들 만한 직업이었을 것이다. 의사직의 정신은, 내가 황제의 직분을 취택하려고 했던 정신과 본질적으로 다르지 않다. 불확실하지 않기에는 너무나 우리들과 가깝고, 열광과 오류에 빠지기 쉽지만, 직접적이고 적나라한 대상과의 접촉을 통해 끊임없이 수정되는 그 과학에 나는 열중했다. 레오티키데스는 사물들을 가장 실증적인 관점에서 다루었다. 그는 골절의 정복(整復)을 위한 찬탄할 만한 조직적인 방식을 창안한 바 있었다. 우리들은 저녁이면 바닷가를 걷곤 했다 : 조개껍질의 구조와 바다 뻘의 구성이, 보편적 관심을 가진 그 사람의 관심을 끌었던 것이다. 그는 실험 수단들이 부족했고, 그가 젊은 시절 찾아가곤 했던 알렉산드리아[41] 박물관의 실험실과 해부실, 충돌하는 의견들, 사람들 사이의 창의적인 경쟁, 이런 것들을 아쉬워했다. 냉철한 정신의 소유자인

---

40) 연대로 보아, 물론 아테네의 유명한 웅변가요 정치가인 데모스테네스의 스승이었다는, 역시 웅변가요 수사학 선생이었던 이사이오스(기원전 420년경~340년경)가 아니다.

그는 나에게, 말보다는 사물을 택하고 판에 박힌 문제 해결 방식들을 믿지 말며 판단하기보다는 관찰하기를 가르쳤다. 그 신랄한 그리스인은 나에게 방법을 가르쳐 주었던 것이다.

나를 둘러싸고 있는 헛된 이야기들에도 불구하고 나는 젊음을 그리 사랑하지 않았고, 다른 어떤 젊음보다도 나 자신의 젊음을 사랑하지 않았다. 그 자체로 살펴보면, 그토록 찬양되는 젊음이란 나에게는 대부분의 경우 삶에 있어서 덜 닦인 시절, 불투명하고 무정형하며 연약하고 쉽게 사라지는 시기로 나타나 보인다. 물론 나는 이 일반 법칙에 상당수의 감미로운 예외들을 발견했으며, 그 가운데 두셋은 찬탄할 만한 예외인데, 그 두셋에서 마르쿠스, 바로 세손이 가장 순수한 경우였을 것이다. 나로 말하자면, 스무 살 때 거의 오늘날의 내가 되어 있었지만, 확고하게 그리되어 있었던 것은 아니었다. 나의 내부의 모든 것이 나쁜 것은 아니었지만, 그럴 수도 있었다 : 좋은 것 혹은 가장 좋은 것이 가장 나쁜 것을 떠받치고 있었던 것이다. 나는 내가 알고 있다고 믿었던 이 세상에 대한 나의 무지와, 나의 성급함과, 또 일종의 경박한 야심과 물질적 탐욕 같은 것을 얼굴 붉히지 않고 생각하지 못한다. 고백해야 할까?

---

41) 지중해 쪽에 있는, 이집트의 주요 항도. 알렉산드로스 대왕에 의해 창건되었던 고대 도시 알렉산드리아는 이집트의 지중해 제해권의 중심지, 동방의 헬레니즘 문화의 중심지로서, 거기에 있었던 당대에 유명했던 박물관과 도서관 때문에 아르키메데스, 칼리마코스, 유클리드, 테오크리토스 등, 유명한 학자들, 문인들이 몰려들었다고 한다.

아테네에서 공부에 사로잡힌 생활을 하는 가운데서도——그리고 그 생활에는 온갖 즐거움들이 지나치지 않게 자리를 차지하고 있었는데——나는 로마 자체가 아니라, 세상사들이 간단없이 성사되고 와해되는 그곳의 분위기, 권력 기계의 동력 전달 활차와 치차들의 돌아가는 소리를 아쉬워했던 것이다. 도미티아누스[42] 황제의 통치는 끝나 가고 있었고, 라인 강 국경 지대에서 영광에 뒤덮였던 나의 종형 트라야누스는 인기 있는 큰 인물이 되어가고 있었으며, 그래에스파냐 종족이 로마에 정착하게 된 것이었다.[43] 직접적인 행동의 그 세계와 비교할 때, 내가 특별히 사랑하는 지방 그리스는 나에게, 이미 들이마신 사상들의 먼지 속에서 졸고 있는 것 같았다. 그리스인들의 정치적인 피동성은 나에게 포기의 저열한 형태로 보였다. 권력과 돈——돈은 우리에게는 흔히 권력의 최초의 형태와 다르지 않은데——과 영광——이 열정적인 아름다운 말로써, 사람들이 우리들에 관해 이야기하는 것을 듣고 싶어 하는 우리들의 참을 수 없는 욕구를 일컫는다면——에 대한 나의 욕망은 부인할 수 없는 것이었다. 많은 점에서 열등한 로마이지만, 그 로마가 시민들, 적어도 원로원 의원이나 기사 계급의 시민들에게 대 사건들에 익숙히 접하기를 요구한다는 점에서, 우월

---

42) 로마의 황제(51~96). 원로원까지 장악하고 절대 권력을 요구하여 반대자들을 잔인하게 숙청하다가 '대머리 네로'라고 칭해진 그는, 황후 도미티아까지 가담한 모반에 의해 살해되었다.
43) 트라야누스는 이탈리아 이외의 속주 출신으로 로마 황제가 되는 최초의 인물이다.

성을 회복한다는 그러한 느낌이, 그 욕망에 막연하게 섞여 있었다. 나는 이집트로부터의 밀의 수입에 관한 더할 수 없이 평범한 논의조차도 플라톤의 『국가』 전체보다 국가에 관해 더 많은 것을 나에게 가르쳐 주었으리라고 느낄 정도였다. 이미 그 몇 년 전, 군기에 숙달된 젊은 로마인으로서 나는 레오니다스[44]의 병사들과 핀다로스[45]의 운동선수들을 나의 선생님들보다 더 잘 이해하고 있다고 깨달았다고 생각한 바 있었다. 나는 건조하고 황금빛 나는 아테네를 떠나, 무거운 토가[46]를 걸친 사람들이 2월의 바람과 싸우고 사치와 방탕이 매력을 결하고 있는, 그러나 거기에서 취해진 더할 수 없이 대수롭잖은 결정이라도 이 세계의 한 부분의 운명에 영향을 미치는 도시 ──, 탐욕스럽지만 결코 너무 우둔하지는 않은 한 지방 출신 젊은이가 처음에 상당히 비속한 야심들을 추종하겠다고만 생각하다가, 그것들을 실현시켜 가는 가운데 조금씩 조금씩 그것들을 잃어버리게 될, 그리고 사람들과 사물들에 도전하기를 배우고 지휘하

---

44) 스파르타의 왕(기원전 480년 사망). 테르모필라이 협로에서 페르시아의 크세르크세스 왕의 침략군을 맞아 소수의 병력으로 압도적인 다수의 적과 싸워 적에 엄청난 손실을 입히고 병사들과 함께 전사했다. 이 희생적인 전투는 기념 건조물, 비명, 사서 등에서 칭송되어 스파르타인들의 애국심과 규율을 유명하게 하는 데 일조한 사실(史實)의 하나이다.

45) 서정성의 정상에 이르렀다고 평가받는 그리스의 시인(기원전 518~438년경). 서정시의 여러 장르에 능한 가운데 특히 운동 경기 승리를 노래하는 승리가로 유명하다.

46) 고대 로마인들의 길고 펑퍼짐한, 기움질 없는 천으로 몸을 감싸던 옷.

기를 배우고 또——아마도 필경 이것은 다소간 덜 무용한
것일 터인데——봉사하기를 배우게 될 도시로 돌아왔다.

미구(未久)에 있을 체제 변화 덕분에 입장을 확립하게
된, 덕 있는 한 중간 계층의 도래에 있어서 모든 것이 아
름답기만 한 것은 아니었다 : 정치적 정직성이 상당히 수
상한 책략들의 도움으로 승리했던 것이다. 원로원은 전체
행정을 조금씩 조금씩, 원로원이 지원하는 사람들의 손에
들어가게 함으로써, 기진맥진한 도미티아누스 황제를 완전
히 포위해 버렸다. 나의 모든 가족 관계를 통해 내가 한편
이 된 새로운 사람들은 아마도, 그들이 대신하려고 하는
사람들과 크게 다르지 않았을 것이다. 특히 다른 점이 있
었다면, 그들은 권력에 의해 덜 더럽혀져 있었다는 것이
다. 지방의 먼 촌 형제들과 조카들은 적어도 하위직을 기
대하는 마음은 있었으며, 그것도, 그 직분을 청렴하게 완
수함이 그들에게 요구되었다. 나도 나의 직분을 가졌다 :
유산 관계의 소송을 담당하는 법원에 재판관으로 임명된
것이었다. 바로 그 대단찮은 직분에 있을 때, 나는 도미티
아누스 황제와 로마 사이의 죽음의 결투에서 마지막으로
주고받는 검격(劍擊)을 목격했던 것이다. 황제는 로마에서
망연자실한 상태에 떨어져 처형을 수단으로 하여 간신히
자신을 지탱했는데, 또 그것이 그의 종말을 재촉했다. 군
전체가 그의 죽음을 모의했던 것이다. 나는 투기장에서보
다 더더욱 치명적인 그 검투(劍鬪)에 관해 거의 아무것도
이해하지 못했다. 그저 그 궁지에 몰린 폭군에 대해 철학
자들의 제자에 걸맞은, 다소 오만한 경멸을 느끼는 것으로

만족했을 뿐이다. 아티아누스에게 잘 조언을 받아, 나는 정치에는 너무 관심을 기울이지 않으면서 나의 직무를 수행했다.

직무를 수행하던 그해는 공부를 하던 때와 거의 다르지 않았다 : 법률에 관해 나는 무지했던 것이다. 그러나 네라티우스 프리스쿠스와 법원의 동료가 되는 행운을 얻었고, 그는 나에게 가르침을 주기에 동의했으며, 죽는 날까지 나의 법률고문이요, 친구로 머물렀다. 그는, 한 전문 분야를 철저히 알고 있어서 그 분야를 이를테면 그 내부에서, 문외한들에게는 접근 불가능한 관점에서 바라볼 수 있으면서도, 사물들의 질서 가운데 그 분야가 가지는 가치의 상대성에 대한 감각을 지니고 그 분야를 인간적으로 촌탁(忖度)하는, 그런 아주 드문 사람들의 유형에 속하는 사람이었다. 그는 그의 동시대인들의 어느 누구보다도 법의 관례에 정통하면서도 유익한 개혁을 두고서는 결코 주저하지 않았다. 바로 그의 덕택으로 나는 나중에 어떤 개혁들을 이루게 하기에 성공했던 것이다. 법률 공부 말고 또 다른 일들을 하지 않으면 안 되었다. 나는 그때까지 나의, 지방 사투리 발음을 지니고 있었는데, 법원에서 내가 최초로 한 연설은 방청인들로 하여금 웃음을 터뜨리게 했다. 나는 나의 가족들의 빈축을 산, 배우들과의 교제를 유익하게 활용했다 : 배우들에게서 받은 수개월에 걸친 발성 교습은 그 기간 동안 나의 과업들 가운데 가장 힘들지만 가장 감미로운 것이었으며, 나의 생애의 비밀들 가운데 가장 잘 숨겨 지녔던 것이다. 그 힘든 시기에 심지어는 방탕까지 공부의 하나가 되었는데, 나는 로마의 부유한 젊은이들의 행태를 따르려고 노력했던 것이다. 그러나 나는 결코 거기에 완전히 성공하지는 못했다. 그 나이에 고유한 비겁성——그 나이의 전적으로 육체적인 무모한 과감성은 달리 소모되는 데——으로 하여 나는 감히 나 자신을 절반밖에 신뢰하지 못했다. 타인들과 비슷해지려는 희망 속에서 나는 나의 본성을 무디게 하거나 날카롭게 했을 뿐이다.

사람들은 나를 별로 좋아하지 않았다. 하기야 그럴 어떤 이유도 없었다. 아테네의 학생 시절에 주목되지 않고 지나갔으나 황제 재위 시에는 어느 정도 일반적으로 용납되게 될 터인 어떤 특성들——예컨대 예술에 대한 취향 같은 것——은, 권한을 실습하는 초기 단계에 있는 사관이나 재판관에 있어서는 주위를 거북하게 하는 것이었다. 나의 그리스 문화 취향은, 내가 그것을 번갈아 가며 과시하기도 하고 서투르게 숨기기도 했던 만큼 더욱 사람들을 미소 짓게 했다. 원로원에서는 나를 그리스 학생이라고 불렀다. 나는 나의 전설을,——절반은 우리들의 행동으로, 절반은 그 행동에 대한 평민의 생각으로 이루어지는 그 기이하고 반짝이는 반사광을 가지기 시작했던 것이다. 뻔뻔스러운 소송인들은 어떤 원로원 의원의 부인과 나의 밀통 관계를 알고 있으면 나에게 그들의 아내를, 또 내가 어떤 젊은 무언극 배우에 대한 애호를 극도로 나타내면 그들의 아들을, 그들 자신을 대리케 하여 보내오는 것이었다. 그런 사람들을 나는 나의 무관심으로써 당황케 하는 것이 즐거웠다. 가장 딱한 사람들은 역시, 나의 마음에 들기 위해 나에게 문학 이야기를 늘어놓는 이들이었다. 그 보잘것없는 직위들에 있으면서 내가 고안해야 했던 사람 대하는 기술은, 나중에 내가 황제로서 알현을 받을 때 소용되게 되었다. 짧은 접견 시간 동안 접견 상대자 각자에게 전적으로 나를 바치는 것, 이 세계를 일소해 버리고 거기에 당장은 이 은행가, 이 퇴역 군인, 이 과부만을 존재하게 하는 것, 어떤 종류의 좁은 한계 내에 의당 갇혀 있지만 그토록 다양한 그 사람들에게, 우리들이 우리들 자신에게 최선의 순간들에 허여하는 모든 정중한 주의를 기울여 주는 것, 그리고 그들이 나의 그 너그러움을 거의 어김없이 이용하고 우화에 나오는 개구리처럼 우쭐거리게 되는 것을 보는 것, 마지막으로 그들의 문제나 일에 대해 생각하는 데에 진지하게 얼마간의 시간을 바치는 것. 그것은 또한 의사의 진찰실에서 일어나는 일이기도 했다. 나는 무섭고도 오랜 증오를, 나병 상처처럼 더러운 거짓을 벌거벗겨 놓는 것이었다. 부인과 싸우는 남편, 자녀와 싸우는 아버지, 모든 사람들과 싸우는 방계 혈족 상속인들 : 가족제도에 대해 내가 개인적으로 가지고 있는 대단치 않은 존중심은 그런 광경을 거의 견뎌 내지 못했다.

나는 인간들을 경멸하지 않는다. 내가 인간들을 경멸한다면, 나는 그들을 다스리려 할 어떤 권리도, 어떤 근거도 없을 것이다. 나는 그들이 자만스럽고 무지하며, 탐욕스럽고 불안해하며, 성공하기 위해서나 심지어 그들 자신의 눈에라도 가치 있게 보이기 위해, 혹은 그냥 단순히 고통을 피하기 위해 거의 어떤 짓이라도 할 수 있다는 것을 알고 있다. 또 나는 알고 있다 : 나도 적어도 때로는 그들과 같으며, 혹은 그들과 같을 수도 있었으리라는 것을. 타인과 나 사이에 내가 발견하는 차이들은 너무나 하찮은 것이어서, 최종 합산에서도 중요하지 않은 것이다. 그래 나는 나의 태도가 철학자의 냉엄한 우월성과 황제의 교만에서 똑같이 멀리 떨어진 것이 되도록 노력한다. 더할 수 없이 불투명한 사람들이라도 희미한 빛을 지니고 있는 법이다 : 저 살인자는 피리를 제대로 연주할 줄 알고, 채찍질로 노예들의 등을 찢는 저 십장은 아마도 좋은 아들일 것이며, 저 백치는 자기의 마지막 남은 빵 조각을 나와 나누어 먹을지 모른다. 그리고 우리들이 무엇인가를 합당하게 가르칠 수 없는 사람들이란 거의 없는 법이다. 우리들의 커다란 오류는 상대방 개개인에게서, 그가 가지고 있지 않은 미덕들을 얻으려고 하고, 그가 소유하고 있는 미덕들에 관심을 가지는 것은 등한히하는 것이다. 나는 여기서 그러한 단편적인 미덕들을 찾는 데에, 내가 앞서 미의 추구에 관해 관능적으로 말한 바를 적용하겠다. 나는 세손의 부친 안토니누스[47]와 같은, 나 자신보다 한없이 더 고귀하고 더 완전한 사람들을 만난 바 있다. 또 적지 않은 영웅들과, 심지어 몇몇 현인들을 사귄 바도 있다. 나는 대부분의 사람들이 일관되

---

47) 로마의 황제(86~161). 1장 2번 각주 참조. 행정가로서의 능력이 탁월했고, 정복 전쟁을 한 번도 하지 않고 평화 정책으로 일관한 비군인 황제였으며, 그의 재위 기간은 사회와 경제가 가장 훌륭한 균형 상태를 이룬 시기로 간주된다. 더욱이 선제 하드리아누스 황제에 대한 효성이 지극하여 '효자'라는 칭호를 받았다.

게 선한 것을 거의 보지 못했으나, 그렇다고 일관되게 악한 것도 거의 보지 못했다. 그들의 불신, 다소간 적대적인 무관심은 거의 너무나 빨리, 거의 수치스러울 정도로 사라지고, 거의 너무나 쉽사리 감사와 존경——하기야 아마도 마찬가지로 오래가지 않는 것이겠지만——으로 바뀌는 것이었다. 그들의 이기심마저 유익한 목적으로 전용될 수 있었다. 나는 나를 미워한 사람들이 그토록 적은 것에 언제나 놀라워한다. 나는 악착스러운 적들이 두셋밖에 없었고, 언제나와 같이 부분적으로는 나에게도 그 적대 관계의 책임이 있었다. 몇몇 사람들은 나를 사랑해 주었다 : 그들은 나에게, 내가 그들에게 요구할 권리나 심지어 기대할 권리가 있는 것보다 훨씬 더 많은 것을, 그들의 죽음을, 때로는 그들의 삶을 주었다. 그리고 그들이 마음속에 지니고 있는 신은 흔히, 그들이 죽을 때 드러난다.

내가 대부분의 인간들보다 뛰어나다고 느끼는 점은 단하나 있다 : 나는 그들이 감히 그럴 수 있는 것보다, 더 자유롭고도 동시에 더 복종적이다. 거의 모든 사람들이 그들의 정당한 자유와 진정한 예속성을 똑같이 인식하지 못하는 것이다. 그들은 그들의 족쇄를 저주하며, 때로 그것을 자랑하는 것처럼 보이기도 한다. 그런가 하면, 그들의 시간은 부질없는 방종 가운데 흘러간다 : 그들은 더할 수 없이 가벼운 멍에조차도 스스로 만들어 걸칠 줄은 모르는 것이다. 나로서는 권력보다는 자유를 추구했으며, 권력을 추구한 것은 오직, 부분적으로 그것이 자유를 얻기 쉽게 했기 때문이다. 내가 관심을 가졌던 것은 자유인의 철학이

아니라(그런 철학을 수립하려고 시도한 모든 사람들은 나를 권
태롭게 했는데), 하나의 기술이었다. 나는 우리들의 의지가
우리들의 운명에 연결되는 돌쩌귀——그것에 의해 규율이
천성을 억제하는 대신, 오히려 돕게 되는——를 발견하기를
바랐다. 내가 여기서 말하는 것은 세손이 그 힘을 과대하
게 평가하는 금욕주의자의 굳은 의지도 아니고, 물체들과
육체들로 형성되어 있는 연속적이고 충만한 우리들의 세계
의 조건을 무시하는 그 어떤 추상적인 선택이나 거부도 아
니라는 것을 잘 이해하여라. 나는 한결 은밀한 수락 혹은
한결 유연한 선의를 꿈꾸었다. 나에게 있어서 삶이란, 우
리들이 최선을 다해 훈련시킨 후 그 움직임과 우리들이 하
나가 되는 말과 같은 것이었다. 요컨대 모든 것이 정신의
결정이지만, 그 결정은 서서히 알 듯 모를 듯 이루어지면
서 육체의 동의 역시 이끌어 오는 것인바, 나는 거의 순수
하다고 할, 그러한 자유 혹은 순종의 상태에 점진적으로
이르려고 노력했다. 거기에 체조가 나에게 도움이 되었고,
논변술도 해롭지 않았다. 나는 먼저 단순한, 휴가와 같은
자유, 자유로운 시간을 추구했다. 아주 규칙적인 삶은 어
떤 것이나 그러한 자유와 시간을 가지고 있는 법이며, 그
러한 자유와 시간을 유발할 줄 모르는 사람은 살 줄을 모
르는 사람이다. 나는 거기에서 더 나아갔다 : 나는 두 가지
행동, 두 가지 상태가 동시에 가능할, 이를테면 동시적인
자유를 상상했던 것이다. 예컨대 나는 카이사르를 모범으
로 삼아 몇 개의 텍스트를 동시에 구술하거나, 독서를 계
속하면서 이야기를 하거나 할 수 있도록 했다. 또 나는,

78

더할 수 없이 과중한 일도 거기에 전적으로 얽매이지 않으면서 완벽히 완수할 수 있을 그런 삶의 방식을 고안해 냈다. 정말이지 나는 때로, 피로라는 육체적인 관념을 감히 제거할 생각을 했다. 또 어떤 때에는 나는 교체의 자유를 실천하기를 훈련했다 : 감동, 생각, 일 등이 중단되고 또 다시 시작될 수 있는 상태에 매 순간 놓여 있도록 했다. 그리하여 그 감동, 생각, 일을 노예처럼 쫓아내거나 되불러들일 수 있다는 확신이, 그것들에 꼼짝할 수 없이 사로잡힐 일체의 가능성을, 그것들에 대한 일체의 구속감을 배제하는 것이었다. 나는 그보다 더 나은 정도에까지 나아갔다 : 나는 하루 일정 전체를, 내가 일단 취택하여 버리지 않을 생각을 중심으로 정리했고, 나에게서 그 생각을 좌절시키거나 나의 관심을 거기에서 분산시킬 만한 모든 것, 다른 영역의 계획들이나 일들, 중요하지 않은 말들, 그날 일어나는 수많은 자질구레한 사건들은 그 생각에, 마치 포도 나무 가지들이 기둥의 주간(柱幹)에 기대듯이, 지탱되는 것이었다. 또 다른 때에는 반대로 나는 문제되어 있는 것을 한없이 나누기도 했다 : 각각의 생각, 각각의 일은 아주 많은 수의 더 작은 생각들이나 일들로 부수어져 분할되어, 손아귀에 잘 거머쥐기에 더 쉽게 되는 것이었다. 취하기 힘든 결심들은 미세한 결정들의 먼지로 분쇄되어, 그 결정들이 하나씩 하나씩 취해지고 연계됨으로써 필연적이고 용이한 것이 되었다.

그러나 내가 가장 철저히 노력을 기울였던 것은 여전히, 모든 자유들 가운데 가장 힘든 자유, 수락의 자유에 대해서였다. 나는 내가 처해 있는 상태를 바랐다. 내가 주위에 의존해 있던 시절, 나의 그 예속적인 상태는, 내가 그것을 유익한 훈련으로 여기기를 받아들일 때, 그것이 가지는 쓰라림이나 심지어 모욕적인 것도 잃어버리는 것이었다. 나는 내가 이미 가지고 있는 것을 선택했으며, 다만 그것을 전적으로 소유하고 가능한 한 가장 잘 음미하도록 했다. 더할 수 없이 지루한 일이라도, 거기에 열중하는 것이 조금이라도 나의 마음에 들기만 하면, 힘들지 않게 이루어졌다. 한 대상이 나에게 혐오스럽게 느껴지면 곧, 나는 그것을 검토의 대상으로 삼고, 거기에서 즐거움의 동기를 이끌어내도록 나 자신을 능란하게 강제했다. 예견치 못했거나 거의 절망적인 사태, 적군의 매복이나 해상 폭풍우 같은 상황에 마주쳤을 때, 다른 사람들에 대한 모든 조처가 취해진 후, 나는 그 우연을 환대하고 그것이 가져다주는 예기치 못한 것을 즐기기에 전념하는 것이었는데, 그러면 그 매복이나 폭풍우는 마찰 없이 나의 계획이나 갈망 속에 통합되는 것이었다. 심지어 더할 수 없이 극심한 재난 한 가운데서조차 나는, 나의 기진맥진한 상태 자체로 하여 그 재난이 그 공포의 일부를 잃어버리고, 내가 그 재난을 받아들이기를 받아들임으로써 그것을 정녕 나의 것으로 하는 그런 순간을 발견하는 것이었다. 만약 내가 언젠가 더할 수 없는 고통을 받아야 한다면——나의 병이 아마 미구에 나를 그런 고통에 예속시킬 일을 떠맡게 되겠지만——나는 트라세아[48] 같은 사람의 태연함을 오랫동안 얻을 수 있을지 자신이 없지만, 적어도 고통의 외침을 감수할 여력은 지닐 것이다. 그리하여, 신중성과 대담성이, 정성껏 조화시킨 복종과 반항이, 극단적인 요구와 조심스러운 양보가 혼합된 그런 마음가짐으로 필경 나는 나 자신을 받아들였던 것이다.

---

48) 로마의 원로원 의원 트라세아 파이투스(66년 사망)로 여겨진다. 금욕주의자로서 네로 황제에게 대항하다가 원로원의 사형 선고를 받고 스스로 손목의 혈관을 자르게 했다.

만약 로마에서의 그 삶이 너무 오래 연장되었다면 틀림
없이 나를 화나게 하고 부패시키고 쇠진케 했을 것이다.
군으로의 복귀가 나를 구해 주었다. 군 역시 그것대로의
정신적인 위험들이 있지만, 그것들은 한결 단순하다. 군으
로 떠난다는 것은 여행을 의미했다 : 나는 열광하여 출발했
다. 나는 그에 앞서 제2군단, 아유트리쿠스 군단의 사령관
으로 승진되었다 : 그래 나는 비가 오락가락하는 가을의 이
삼 개월을, 최근에 나온 플루타르코스의 저서 한 권 이외
에는 다른 동반자 없이 도나우 강 상류의 하안에서 보냈
다. 나는 11월에는, 그 당시 역시 도나우 강 하구, 저지 모
이시아[49]의 변경에 진영이 있던(지금도 그러한데) 제5군단,

---

49) 로마 제국의 속주. 지금의 루마니아, 불가리아에 해당되는 지역이었
　　다. 후에 저지, 고지로 나뉘었다.

마케도니아 군단에 전속되었다. 도로를 차단하는 눈 때문
에 나는 육상으로 여행을 할 수 없었다. 나는 풀라[50]에서
배를 탔다. 도중에 아테네를 다시 방문할 시간을 거의 갖
지 못했는데, 아테네에서는 나중에 오랫동안 살게 된다.
도미티아누스 황제의 암살 소식이 내가 진영에 도착한 지
며칠 안 되어 공표되었는데, 그 소식에 아무도 놀라지 않
았고 모든 사람들이 기뻐했다. 트라야누스가 곧 네르바 황
제[51]의 양자로 책봉되었다. 새 황제의 고령은 그 승계를 기
껏해야 수개월 동안의 일로 그치게 하고 있었다. 그래, 사
람들이 알고 있던 바이지만 나의 종형 트라야누스가 로마
를 이끌어 들이려고 하던 정복 정책과, 이루어지기 시작하
고 있던 군의 재편, 점점 정도를 높여 가던 군기 강화 등
은 군을 격앙된 대기 상태에 머물러 있게 했다. 그 도나우
주둔 군단들은 새롭게 기름칠을 한 병기와도 같은 정확성
을 가지고 기능했다. 그 군단들은 내가 에스파냐에서 보았
던 조는 듯한 주둔군들과 닮은 데라고는 아무것도 없었다.
더 중요한 점은, 군이 주의를 궁전 내의 분쟁에 집중하기
를 그만두고, 제국 외부의 일들로 옮겨 갔다는 것이었다.
우리의 군대들은 더 이상, 누구에게나 환호하거나 아니면

---

50) 지금의 유고슬라비아의 서쪽, 아드리아 해변 북단 가까이에 있는
   항도.
51) 로마의 황제(26~98). 도미티아누스 황제가 암살된 후 황제가 된다.
   재위 2년간을 선제가 남긴 폐해를 없애는 데 보냈고, 고령으로 트라야
   누스를 양자로 책봉하고 후계 황제로 지명하여 그의 승계를 원활하게
   했다.

누구든지 그 목을 벨 준비가 되어 있는 한 무리의 호위병들로 환원되지 않았다. 가장 총명한 장교들은, 그들이 참여하고 있는 그 군의 재조직에서 하나의 전체적인 계획을 식별하여 미래——그들 자신의 미래뿐만 아니라——를 예견하려고 노력했다. 하기야 사람들은 군의 발전의 첫 단계의 그 일들에 대해 적지 않은 우스꽝스러운 논평들을 주고받았으며, 근거 없고도 어리석은 전략 계획들이 저녁이면 탁상들의 표면을 더럽히는 것이었다. 로마의 애국심은, 그리고 우리 위정 당국의 선정과 제(諸) 민족을 다스려야 하는 로마의 사명에 대한 흔들리지 않는 믿음은 그 직업군인들에게 있어서, 내가 그때에 아직 익숙하지 않았던 거친 형태를 취하고 있었다. 몇몇 유목민 추장들의 화해로운 태도를 이끌어 내기 위해 적어도 일시적으로는 그들을 대함에 무엇보다도 능란함이 필요했을 그 변방에서, 군인의 입장이 정치인의 입장을 완전히 지워 버렸던 것이다. 부역과 현물 징발이 많은 폐해의 원인이 되었으며, 그 폐해에 대해 아무도 놀라지 않았다. 만족(蠻族)들의 끊임없는 분열 덕택에 어쨌든 동북쪽의 상황은 장차 그보다는 더 유리할 수 없을 만큼 유리했다. 심지어 나는, 뒤이어 벌어진 전쟁들이 그곳에 무엇인가 개선시킨 것이 있었던가 의심한다. 국경 분쟁들이 우리들에게 입힌 인명 피해는 많지 않았고, 그 인명 피해에 불안한 점이 있었다면 다만 그것이 지속적인 것이었기 때문이다. 그와 같은 부단한 경계 상태가 적어도 군인 정신을 날카롭게 하는 데 이바지했다는 것은 인정하기로 하자. 그러나 나는, 한결 더 적은 경비를 쓰면서도 그것을 좀 더 큰 정신적인 활동과 결합했다면, 몇몇 만족 추장들은 복속시키고 다른 몇몇 추장들은 화해롭게 만드는 데 충분했으리라는 것을 확신했고, 그래 모든 사람들이 등한히 하는 이 후자의 일에 특히 헌신하기로 결심했다.

더욱이 낯선 환경에 대한 나의 취향이 나에게 그 일을 부추겼다 : 나는 만족들을 찾아가기를 좋아했던 것이다. 도나우 강 하구와 보리스테네스[52] 강 하구 사이에 위치하는, 삼각형의 그 넓은 지방은——나는 적어도 그 삼각형 지대의 두 변을 편력한 바 있지만——내해(內海) 해안에서 태어나 남쪽의 깨끗하고 메마른 풍경들과, 언덕들, 반도들에 익숙한 사람들인, 적어도 우리들에게 있어서는 세계에서 가장 놀라운 지역들 가운데 꼽히는 곳이다. 그곳에서 나는, 마치 여기에서 우리들이 여신 로마[53]를 경배하듯, 여신 대지를 경배한 일이 있었는데, 내가 말하는 것은 케레스[54]가 아니라 더 오래된 신, 심지어 농경과 수확이 고안되기에도 앞선 그런 신이다. 그리스나 라티움[55]의 우리의 땅은 어디에나 바위들의 뼈대로 지탱되어 남성 육체의 뚜렷이 드러나는 우아함을 가지고 있다면, 스키티아[56]의 대지는 몸을

---

52) 유럽에서 볼가 강, 도나우 강 다음으로 긴 드네프르 강의 고대의 이름. 유럽 쪽 러시아에서 발원하여 벨로루시와 우크라이나를 거쳐, 오데사 동쪽에서, 도나우 강과 마찬가지로 흑해로 흘러 들어간다.
53) 도시 로마의, 로마라는 명칭의 기원이 된 여신.
54) 로마 신화에서 농경과 풍요의 여신. 그리스의 여신 데메테르에 대응된다.
55) 지금의 로마 시를 중심으로 한 이탈리아 중부 지방의 옛 명칭. '라틴'이라는 말의 어원.

펼쳐 누운 여성 육체의 다소 묵직한 풍성함을 지니고 있었다. 평원은 하늘에 닿아서야 끝나는 것이었다. 강들의 기적 앞에서 나의 경이는 그칠 줄 몰랐는데, 그 텅 빈 광활한 대지는 그 강들에게는 하나의 비탈, 하나의 하상(河床)에 지나지 않았다. 우리의 강들은 짧아서, 어디에서나 발원지에서 멀리 있다는 느낌은 들지 않는다. 그러나 종잡을 수 없는 하구로 끝나는 그곳 강들의 거대한 흐름은 미지의 대륙의 진흙과, 인간이 생존 불가능한 지역들의 빙괴(氷塊)들을 실어 나르는 것이었다. 스페인 고원의 추위는 어떤 다른 추위에도 뒤지지 않는다. 그러나 나는 그곳에서 처음으로 진짜 겨울과 맞대면했던 것이다 : 겨울은 우리의 지방들에서는 어느 정도 단기간밖에 출현하지 않는데, 그곳에서는 수개월의 오랜 기간 동안 자리 잡고, 더 북쪽으로 올라가면 시작도 끝도 없이 변화를 알 수 없을 만큼 버티고 있는 것이다. 내가 병영에 도착한 저녁, 도나우 강은 광막한 얼음길이었는데, 그것은 붉은빛으로, 그 다음 푸른빛으로 물들고, 물결의 내부 작용으로 전차의 바퀴 자국만큼 깊은 고랑들이 형성되어 뻗쳐 있었다. 우리들은 추위를 모피 옷으로 막고 있었다. 그 비인격적인, 거의 추상적이라고 할 적의 존재는 어떤 형언할 수 없는 격앙감, 힘이 폭증하는 느낌을 불러일으켰다. 우리들은 마치 다른 경우에 용기를 지키기 위해 그리하듯, 체온을 보존하기 위해 투쟁

---

56) 기원전 700년~200년 사이에 흑해 북부 초원 지방에 유목을 하는 기마 민족인 스키티아인들이 이룩하고 있었던 나라.

했다. 어떤 날들에는 눈이 대초원의 모든 근원경(近遠景)을 구별할 수 없도록──그렇지 않더라도 거의 그 구별이 감지되지 않는데──해 놓기도 했다. 우리들은 순수한 공간의 세계, 순수한 원자들의 세계에서 말을 달리는 것이었다. 더할 수 없이 평범하고 더할 수 없이 무른 사물들이 결빙으로 투명함과 동시에 차가운 하늘의 단단함을 얻어 가지고 있었다. 꺾인 갈대는 어떤 것이나 수정 피리가 되었다. 나의 코카서스인 안내자인 아사르는 석양 녘에 우리 둘의 말에 물을 먹이기 위해 얼음을 깨곤 했다. 그런데 그 짐승들은 우리들과 만족 인들을 접촉하게 하는 가장 유용한 매개의 하나였다 : 일종의 우정이 흥정과 끝없는 논쟁, 그리고 어떤 용맹스러운 기마술로 인해 서로에게 느낀 존경을 통해 형성되는 것이었다. 저녁이면 병영의 모닥불 불빛이 좁은 허리의 남성 무용수들의 비상한 도약 동작과 기이한 금팔찌들을 비추었다.

봄철, 눈이 녹아 내가 그곳의 내지 쪽으로 더 멀리 모험을 해 볼 수 있게 되었을 때, 나는 내가 잘 알고 있는 바다들과 섬들을 품고 있는 남쪽 지평선과, 그 어느 부분에선가 태양이 로마 위로 떨어지는 서쪽 지평선에 등을 돌리고, 그 대초원에서 더 멀리, 혹은 코카서스 산맥의 그 지맥들 너머로 북쪽이나 가장 먼 쪽 아시아를 향해 깊이 들어가는 것을 꿈꾸는 일이 여러 번이나 있었다. 어떤 풍토들을, 어떤 동물들을, 어떤 인종들을 나는 발견했겠는가? 우리들이 그 나라들을 모르듯 그 나라들도 우리들을 모르는, 혹은 우리들을 안다고 해야 기껏, 많은 상인들의 연쇄적인 손들을 거쳐 전달된 몇몇 식료품들──그 식료품들은 그 나라들에서는, 인도의 후추, 발트 해 연안 지역의 호박(琥珀) 알이 우리들에게 귀할 만큼 귀할 터인데──덕택으로만 우리들을 알 뿐인, 어떤 제국들을 발견했겠는가? 오데소스에서, 수년간의 여행에서 돌아온 한 무역상이 나에게 반투명의 초록색 보석을 선사했는데, 그것은 말인즉, 그가 적어도 그 국경을 따라 여행을 하기는 했다는 거대한 왕국──그러나 자신의 이득에만 두껍게 갇혀 있던 그 사람은 그 나라의 풍습도, 신들도 눈여겨보지 못했는데──에서는 신성한 물품이라는 것이었다. 그 기이한 보석은 나에게, 하늘에서 떨어진 돌, 다른 세계의 유성과도 같은 강렬한 인상을 주었다. 우리들은 아직 이 세계의 지형을 잘 모른다. 이 무지를 사람들이 체념하는 것을 나는 이해하지 못한다. 나는 에라토스테네스[57]가 그토록 잘 계산해 낸 25만 스타데[58] 길이의 지구의 원주──그것을 답파하면 출발점에 되돌아오게 될 것인데──를 일주하기에 성공할 사람들을 부러워한다. 나는, 이미 우리의 도로들 대신에 그 원주 도로에서 단순히 계속해서 앞으로 나아갈 결심을 하는 나 자신을 상상하곤 했다. 나는 이런 생각을 하며 즐겼다……. 재산도, 위세도, 한 문화의 어떤 혜택도 없이 홀로 있다, 새로운 인간들 가운데, 미지의 우연들 사이에 몸을 내맡긴다…….

---

57) 그리스의 천문학자, 수학자, 지리학자(기원전 284년경~192년경). 최초로 지구의 원주를 거의 정확하게 산정해 냈다고 한다.
58) 고대 그리스에서 사용된 길이의 단위로, 약 180미터에 해당한다. 그러므로 25만 스타데는 약 4만 킬로미터인 지구 원주에 가까운 길이다.

말할 필요 없이 그것은 하나의 꿈, 그것도 모든 꿈들 가운데 가장 짧은 꿈에 지나지 않았다. 내가 고안한 그 자유는 먼 거리로 떨어져서만 존재했다. 그 자유를 가지고 나는, 내가 포기했을 모든 것들을 곧 다시 만들어 냈으리라. 그러나 게다가 나는 어디에서나, 로마를 떠나온 로마인일 뿐이었으리라. 일종의 탯줄이 나를 로마에 붙들어 매어 놓고 있었다. 아마도 그 시절 군단 사령관의 그 지위에서 나는, 지금 황제로서 그러한 것보다 훨씬 더 밀접히 제국에 결합되어 있다고 느꼈다. 그것은 손목뼈가 두뇌보다 덜 자유로운 것과도 같은 이유에서이다. 그럼에도 불구하고, 라티움의 자신들의 땅에 분별 있게 갇혀 있었던 우리 조상들이 전율했을 그 기괴한 꿈을 나는 꾸었고, 또 그 꿈을 한순간 나의 내부에 받아들였다는 사실로 하여 나는 영원히 그들과 다른 사람이 되는 것이다.

트라야누스는 저지 게르마니아[59] 주둔군의 총사령관으로
있었다. 도나우 강 주둔군은 제국의 새로운 계승자에게 축
하 표시를 전하기 위해 나를 거기에 파견했다. 나는 쾰른
에서 3일간의 행군 거리로 떨어진 지점, 갈리아[60] 지방 한

---

59) 저지 게르마니아와 고지 게르마니아는 로마 제국의 속주로, 동쪽으
로 라인 강과 서쪽으로 벨기에 속주 사이에 있었는데, 전후자의 수도
가 각각 쾰른과 마인츠였다.
60) 로마인들이 갈리아라고 부른 곳은 두 지역으로, 지금의 프랑스, 스
위스, 벨기에, 그리고 독일의 라인 강 서안 지방을 포함하는 지역(알
프스 저쪽 갈리아: 프랑스인들은 갈리아를 '골'이라고 하는데, 그들이
옛 국토를 지칭하는 것으로서의 골이 바로 이 지역)과, 알프스 산맥
과, 이탈리아 북부의, 서안으로 향하는 아르노 강과 동안으로 향하는
피시아텔로 강(로마 시대 명칭으로는 카이사르가 유명하게 만든 루비
콘 강) 사이에 포함된 지역(알프스 이쪽 갈리아)이었다. 도나우 강과
쾰른의 위치로 보면, 여기서 말하는 갈리아는 알프스 저쪽 갈리아인
듯하다.

가운데 있었는데, 그때 네르바 황제의 사망 소식이 저녁 숙박지에 알려졌다. 나는 황궁의 연락을 앞질러, 나 자신이 나의 종형에게 그의 즉위 소식을 전해 주고 싶은 유혹을 느꼈다. 나는 말을 달려 출발했다. 그리고 나의 매형 세르비아누스가 총독으로 거주하고 있는 트리에르[61]에서 말고는 어디에서도 멈추지 않고 행로를 계속했다. 우리 둘은 함께 저녁을 들었다. 세르비아누스의 아둔한 머리는 황제에 대한 야망의 흥분으로 가득 차 있었다. 그 음흉한 사람은 나를 해치려고, 혹은 적어도 내가 트라야누스의 환심을 사는 것을 방해하려고 했는데, 트라야누스에게 그 자신의 사자를 보내어 나를 앞지를 생각을 했다. 두 시간 후 나는 어느 강의 얕은 곳을 건너는 도중, 습격을 당했다. 우리들을 공격한 자들은 나의 당번병에게 부상을 입히고 우리 말들을 죽였다. 그러나 우리들은 그 공격자들 가운데 한 사람을 붙잡는 데 성공했는데, 나의 매형의 옛 노예였던 그는 모든 것을 자백했다. 세르비아누스는 확고한 결단을 내린 사람이 자기 행로를 계속하는 것을, 그를 살해하기까지 하지 않는 한, 그리 쉽게 방해하지 못한다는 것을 깨달았을 것이다. 그런데 그 살해 행위 앞에서는 그는 비겁함으로 하여 후퇴하고 말았던 것이다. 나는 한 농부를 만나기까지 걸어서 12로마마일[62]쯤 가야 했는데, 그 농부가 나에게 자기의 말을 팔아 주었다. 나는 바로 그날 저녁으

---

61) 지금의 독일과 룩셈부르크 접경 지대에 있는 독일의 도시. 쾰른에서 남쪽으로 멀지 않은 곳에 있다.

62) 1로마마일은 약 1479미터. 그러므로 12로마마일은 대략 18킬로미터이다.

로 쾰른에, 나의 매형의 사자를 약간의 거리를 두고 앞지르며 도착했다. 모험 같은 그 일은 성공을 거두었다. 나는 그런 만큼 군에서도 더 잘 환영받았다. 황제는 나를 제2군단, 피델리스(충성) 군단의 군단장으로 임명하여 측근에 있게 했다.

그는 자기의 즉위 소식을 들었을 때, 찬탄할 만한 여유를 보였었다. 그것은 그가 오랫동안 기대하고 있었던 것이었고, 그의 계획들이 그것 때문에 바뀐 것은 아무것도 없었다. 그는 변함없이, 그가 언제나 그랬었으며 앞으로 죽기까지 그러할 존재, 군 지휘관이었다. 어쨌든 그의 미덕은 규율에 대한 전적으로 군대적인 개념에 힘입어 국가에 있어서 질서가 무엇인지에 대한 생각을 체득하고 있었다는 것이다. 그 생각 주위에 적어도 초기에는 모든 것이, 심지어 그의 전쟁 계획들과 정복 계획들까지 배치되어 있었다. 그는 황제인 군인이었지, 군인인 황제는 결코 아니었다. 그는 그의 생활에 어떤 변화도 만들지 않았다. 그의 겸손은 가식이나 교만이 없는 것이었다. 군이 기뻐하고 있는 가운데, 그는 그의 새로운 책임을 매일의 일과의 한 부분처럼 받아들였고, 측근들에게 만족감을 소박하게 표시했다.

나는 그에게 신뢰감을 거의 불어넣지 못했다. 그는 나보다 스물네 살 연장자인 나의 종형이었으며, 나의 부친이 죽은 이래 나의 공동 후견인의 한 사람이었다. 그는 친족의 의무를 지방적인 진지함을 가지고 이행했는데, 내가 그럴 만할 자격이 있을 때에는 나를 승진시키기 위해 불가능한 일까지 할 준비가, 내가 능력이 부족할 때에는 나를 어떤 다른 사람의 경우보다도 더 엄격하게 다룰 준비가 되어 있었다. 그는 나의 젊은 시절의 우행(愚行)들을 격노하여 다루었는데, 그러한 분노는 전적으로 부당한 것은 아니었으나, 집안에서가 아니라면 거의 볼 수 없는 것이라는 것도 사실이다. 하기야 나의 탈선적인 행동들보다는 내가 진 빚들이 훨씬 더 그의 빈축을 샀다. 나의 다른 특성들은 그를 불안하게 했다 : 교양을 별로 갖추지 못했던 그는 철학자들과 문사들에게 감동스러울 만한 존경의 염을 지니고 있었지만, 그러나 위대한 철학자들을 먼 거리에서 예찬하는 것과, 인문적 교양에 피상적으로 젖어 있는 젊은 부관을 측근에 두고 있다는 것은 별개의 것인 것이다. 나의 행동의 원칙, 안전장치, 제동장치가 어디에 위치하는지를 몰랐던 그는, 내가 그런 것들을 결하고 있으며 나 자신을 억제할 수단이 없다고 추측했다. 적어도 나는 나의 직무를 등한히 하는 잘못을 범한 적은 결코 없었다. 사관으로서의 나의 평판은 그를 안심시켰지만, 그러나 나는 그에게 있어서, 장래가 촉망되나 가까이에서 감시해야 할 일개 젊은 군단장에 지나지 않았다.

나의 사생활의 한 사건이 미구에 나를 실추시킬 뻔했다. 한 아름다운 얼굴이 나를 정복했던 것이다. 나는 황제 역시 주목한 한 젊은이에게 열정적인 애착을 가졌다. 그 사건은 위험한 것이었고, 그런대로 거기에서 나는 즐거움을 맛보았다. 오래전부터 나의 빚들을 트라야누스 황제에게 보고하는 것을 자신의 의무로 해 오고 있던 그의 비서관인 갈루스라는 자가 우리 둘의 일을 황제에게 고하고 규탄했다. 그의 분노는 엄청났다. 그것은 넘어가야 할 좋지 않은 순간이었다. 친구들이, 그 가운데서도 특히 아킬리우스 아티아누스가 그로 하여금 나에 대한 우스꽝스러운 악감정을 줄기차게 버리지 않으려 하지 않도록 최선을 다했다. 그는 종내에 그들의 청원을 받아들였고, 우선은 그와 나, 양쪽에서 진정에서 우러나온 것이 거의 못 되었던 그 화해는, 나에게 그의 격노의 광경보다도 더 굴욕적이었다. 고백하건대, 나는 그 갈루스라는 자에게 비견할 데 없는 증오를 품어 왔었다. 그 수년 후, 그의 공문서 위조 행위가 입증된 적이 있었는데, 나는 희희낙락하며, 나의 복수가 이루어진 것을 본 듯했다.

이듬해에 다키아족[63]에 대한 최초의 원정이 시작되었다. 나는 취향 때문에, 또 정책적으로도, 전쟁에 의한 해결책에는 언제나 반대해 왔다. 그러나 트라야누스 황제의 그 거대한 정쟁 계획들이 나를 도취케 하지 않았다면, 나는 그만그만한 인간이 되었을 것이다. 대체적으로, 또 오랜 시간을 격해서 보면, 그 전쟁 시절은 나의 행복한 시절들 가운데 든다. 그 초기는 힘들었고, 혹은 나에게 그렇게 보였다. 처음에는 나는 부차적인 직위들만을 맡았는데, 트라

---

63) 다키아는 유럽 남동쪽, 도나우 강 좌안에 위치한 지역의 고대 이름으로, 지금의 루마니아에 대체적으로 일치한다. 다키아족은 거기에 살던 호전적인 민족이다. 그들은 트라야누스 황제에 의해, 다키아 전쟁으로 일컬어지는 두 번의 전쟁을 통해 로마 제국에 복속되었고, 다키아는 로마 제국의 속주가 되었다.

야누스 황제의 호의가 나에게 아직 전적으로 주어지지 않았기 때문이었다. 하지만 나는 그 지방을 알고 있었고, 나 자신이 유용한 존재임을 알고 있었다. 한 해 겨울을 나고 또 한 해 겨울을 나면서, 한 야영지에서 다른 한 야영지로 옮겨 가면서, 전투에 전투를 거치면서, 나는 거의 나 자신도 모르는 사이에 나의 내부에 황제의 정책에 대한 반대 의사가 커 가는 것을 느꼈다. 그 반대 의사를 그 당시에는 내가 목소리를 높여 말할 의무도 권리도 없었다. 하기야 내가 그랬더라도 아무도 내 말을 들어 주지 않았을 것이다. 다소간 격리된 처지에, 다섯 번째나 열 번째 지위에 위치하고 있어서, 그런 만큼 나는 나의 부대원들을 더욱더 잘 알고 있었고, 그들의 생활을 더 함께 나누고 있었다. 나는 아직도 어느 정도의 행동의 자유를, 혹은 차라리 행동 자체에 대한 어느 정도의 초연함을 지니고 있었는데, 그것은 일단 권력에 도달하고 서른 살을 넘어서면 감히 가지려고 하기 힘든 법이다. 나는 나만이 가지고 있는 유리한 점들이 있었다 : 그 견디기 힘든 지방에 대한 나의 취향, 모든 자발적인—하기야 간헐적이긴 하지만—형태의, 궁핍과 엄격성에 대한 나의 열정 등이 그것들이다. 나는 아마도 젊은 사관들 가운데 로마를 그리워하지 않는 유일한 사람이었을 것이다. 전장의 햇수가 진흙창과 눈 속에서 쌓여 가면 갈수록, 나의 능력은 더욱더 드러났다.

나는 거기에서 비상히 격앙된 한 시기를 살았는데, 그 격앙된 상태는 부분적으로, 아시아 주둔지들의 저 깊숙한 곳에서 이상한 신들을 가져온, 나의 주위에 있던 많지 않은 한 무리의 보좌관들의 영향에 기인했다. 미트라[64] 신에 대한 예배는 파르티아족에 대한 우리의 원정 이래 널리 퍼졌지만 당시에는 그 정도로 널리 퍼지지는 않았는데, 그것의 힘든 금욕주의——그 금욕주의는 느슨해진 의지의 활을 가혹하게 다시 당기는 것이었는데——가 요구하는 바와, 죽음과 검과 피에 대한 집념——그 집념은 우리들이 영위하고 있는 군인의 삶의, 평범하나 가혹한 모습을 세계에 대한 설명의 차원으로 올려놓는 것이었는데——으로 인해 한순간 나를 사로잡았다. 내가 전쟁에 대해 가지게 되기 시작한 견해에 아무것도 그보다 더 상반되는 것은 없었을 터이지만, 그러나 입교자들 사이에 생사를 초월한 유대관계를 만들어 주는 그 만족의 종교의식은, 현재를 참지 못해 하고 장래에 대해서는 확신이 없는, 바로 그 때문에 신들에 마음을 연 한 젊은이의 가장 내밀한 꿈들을 어루만져 주었다. 나는 도나우 강변에 있는 나무와 갈대로 된 누(樓) 속에서, 나의 전우, 마르키우스 투르보를 보증자로 하여 입교 의식을 치렀다. 나는, 내가 황소 피의 관수(灌水)를 받기 위해 그 밑에 있었던, 그 틈들 사이로 빛이 새어 드는 마룻바닥을, 그 위에서 죽어 가는 황소가 몸무게로 무너져 내리게 할 뻔했던 것을 기억한다. 나는 그 후, 그런 종류의 거의 비밀스러운 종교 단체들이 허약한 군주하의 국가

---

64) 고대 이란의 신으로 황소들의 주인 신, 태양 신, 세계 종말 시의 구원 신으로 여겨졌는데, 고대 그리스로, 뒤이어 로마로 그 신앙이 들어와, 특히 군인들 사이에 널리 퍼졌고, 제물로 황소를 바쳤다고 한다. 그 축일이 12월 25일로, 크리스마스의 기원이 되었다고도 한다.

에 겪게 할 수 있을 위험에 대해 숙고했고, 필경 그런 종교 단체들을 엄벌하게 되었으나, 고백하건대 적의 면전에서 그 단체들이 그 신봉자들에게 거의 신적인 힘을 준다는 것은 사실이다. 우리들 신봉자들 각자는 자기의 인간 조건의 좁은 한계에서 벗어난다고 믿었고, 신——그 신이 황소의 형태로 죽은 쪽을 가리키는지, 혹은 사람의 형태로 죽이는 쪽을 가리키는지 더 이상 잘 알 수 없는——과 동화되어, 자신을 자신임과 동시에 적인 듯이 느꼈다. 오늘날 때로 나를 질겁하게 하는 그 기이한 환상들은 하기야 활과 과녁의 동일성에 관한 헤라클레이토스[65]의 이론과 그리 다르지 않았다. 그 환상들은 당시에는 나에게 삶을 관용스럽게 보는 데에 도움을 주었다. 승리와 패배는 동일한 태양일[66]의 상이한 햇빛들로서, 뒤섞이고 혼동되었다. 내가 나의 말발굽으로 짓밟아 죽이는 저 다키아인 보병들, 더 후에는, 뒷발로 일어선 말들이 서로의 가슴팍을 물어뜯는 백병전 가운데 쓰러뜨려지는 저 사르마티아[67]인 기병들, 나는

---

65) 그리스의 철학자(기원전 550년경~480년경). 삼라만상은 영원히 생성하고, 그 생성 가운데 반대되는 것들이 대립했다가 통일된다고 주장했다. 헤겔이 그를 크게 예찬한 이후, 근대 변증법 사상의 비조로 간주되고 있다.

66) 한 장소의 자오선에 태양이 두 번 지나가는 그사이에 지속되는 하루.

67) 흑해 북쪽, 발틱 해에서 카스피 해에 이르는 지역을 일컫는 고대 명칭으로, 지금의 유럽 쪽 러시아와 폴란드에 대체적으로 해당된다. 사르마티아인들은 중앙 아시아에서 온 유목 민족으로, 기원전 3세기에 돈 강과 카스피 해 사이에 스키티아인들이 점하고 있던 지역을 침략했다.

그들을, 내가 그들과 일체가 되는 만큼 더욱더 쉽사리 내려칠 수 있었다. 내 육신이 옷이 벗겨진 채로 어느 전장에 버려져 있었다면, 그들의 육신과 그리 다르지 않았으리라. 마지막으로 내려친 검의 충격도 똑같았을 것이다. 여기서 내가 세손에게 고백하는 것은, 나의 삶에 있어서 가장 은밀한 생각들에 속하는 비상궤적인 생각들이고, 내가 그 이후 정확히 그런 형태로는 다시 경험한 적이 한 번도 없는 기이한 도취이다.

단순한 병졸의 경우였다면 아마도 주목되지 않았을 상당수의 용맹스러운 행동들이 나에게 로마에서는 명성을, 군에서는 영광이라고 할 만한 것을 얻어 주었다. 대부분의 나의 영웅적인 행동이라고 하는 것들은 사실은 무용한 과시적인 용맹들에 지나지 않았다. 지금 보면 나는 거기에서, 내가 조금 전에 말한 바 있는 거의 신성하다고 할 격앙감과 뒤섞여 있는 것이긴 하지만, 어떻게 해서든 사람들의 마음에 들려고 하고 나에게 그들의 주의를 끌려고 하는 저열한 욕망을 발견하고, 얼마간 수치심을 느낀다. 예컨대 나는 어느 가을날 바타비아[68] 병졸들의 무거운 군장을 짊어진 채, 장마로 수량이 크게 불은 도나우 강을 말을 타고 건넜다. 그 무공에는—그것이 무공이라면—나의 말이 나보다는 더 많은 공적을 가지고 있었다. 그러나 그 영웅적인 우행들의 시기는 나에게, 용기의 여러 가지 국면들을

---

(68) 네덜란드에 있는 라인 강 하구 지역에 기원전 1세기 전에 정착한 게르만 민족. 로마와 동맹 관계에 있었는데, 1세기 중기에 로마에 저항하다가 정벌되었다.

구별함을 가르쳐 주었다. 내가 언제나 가진다면 즐거울 용기는, 냉철하고 무관심하며 일체의 육체적인 자극이 섞여 있지 않고 신의 태연자약과도 같이 무감동한 그런 것일 것이다. 그런 용기에 나는 한 번이라도 도달한 적이 있었다고 자랑하지 못한다. 나중에 내가 이용했던 그런 용기의 위조품은, 나의 나쁜 시절에 있어서는 삶에 대한 견유주의적인 태평스러움에 지나지 않았고, 좋은 시절에 있어서는 내가 집착했던 의무의 감정에 지나지 않았다. 그러나 곧, 위험이 조금이라도 지속되기만 하면, 견유주의이든 의무감이든 자기의 운명과 결합된 인간의 기이한 오르가슴과도 같은, 대담성의 광기에 자리를 내어 주는 것이었다. 나의 그때의 나이에 그 도취적인 용기는 간단없이 지속되었다. 삶에 취한 인간은 죽음을 예견하지 않는다. 그에게 죽음은 존재하지 않으며, 그의 동작들 하나하나가 죽음을 부정하는 것이다. 그가 죽음을 받아들인다면, 그것은 아마 그가 그것을 모르는 가운데 일어날 것이다. 죽음은 그에게 있어서 하나의 충격이나 경련일 뿐이다. 그런데 나는 이젠, 마치 이 쇠약해진 육신에게 피치 못할 죽음을 결심시키기 위해 그토록 많은 방식이 필요하기라도 한 듯, 두 생각이 떠오르면 그 가운데 하나는 나 자신의 종말에 바친다는 것을 생각하고 쓴 미소를 짓는다. 반대로 그 당시에는 나는, 몇 년만 더 살지 못했더라도 잃는 것이 많았을 젊은이였는데도 매일 나의 미래를 경쾌하게 위험에 처하게 했던 것이다.

위에서 말한 것들을, 자기가 읽은 책들에 대해 용서를 바라는 너무 교양 많은 한 병사의 이야기로 만들려고 한다면, 그것은 쉬운 일일 것이다. 그러나 그런 단순화된 시각은 그릇된 것이다. 여러 다양한 인물들이 번갈아 가며 나의 내부에 군림했는데, 어떤 인물도 아주 오랫동안 군림하지는 못했으며, 실추한 폭군은 재빨리 권력을 재탈취하는 것이었다. 나는 그리하여 나의 내부에, 세심하고 군기에 광적으로 집착하지만 병사들과 전쟁 중의 궁핍을 즐겁게 나누는 사관을, 신들에 대한 우수로운 몽상가를, 한순간의 사랑의 도취를 위해 무엇이나 할 준비가 되어 있는 연인을, 자기 텐트 안으로 물러나 램프 불빛에 지도들을 관찰하며 전우들에게 세상이 돌아가는 방식에 대해 경멸을 숨기지 않는 오연한 젊은 부관을, 또 미래의 정치가를 유숙시켰던 것이다. 하지만 역시 나의 내부에 있는, 황제의 마음에 들지 않지 않기 위해 황제의 식탁에서 술에 취하기에 응하는 비열한 아첨꾼, 어떤 문제나 우스꽝스러운 확신을 가지고 거만하게 척결하는 못난 젊은 놈, 재치 있는 말 한마디를 위해 좋은 친구 한 사람을 잃기도 하는 경박한 재담가, 기계적인 정확성으로써 검투사와 같은 비천한 일을 이행하는 병사도 잊지 말기로 하자. 그리고 또, 역사 속에 이름도 자리도 차지하고 있지 않으며 나이기도 하고 다른 모든 사람들이기도 한, ──어떤 향기에 방심하고 한 점 바람에 신경을 쓰며 어느 한없이 계속되는 벌 소리에 막연히 정신이 팔리기도 하면서 자기 야전침대에 누워 있는 육신 이상도 이하도 아닌, 상황의 노리개일 뿐인, 저 멍한 상태의 인물 역시 언급해 두도록 하자. 그러자 차츰차츰 어떤 새로운 사람이 직무를 시작하게 되었는데, 그는 극단장이요 연출가였다. 나는 나의 배우들의 이름을 알고 있었고, 그들에게 무대에의 그럴듯한 등장과 퇴장을 마련해 주었으며, 불필요한 대사들을 잘라 내어 버렸다. 그리고 조금씩 조금씩 저속한 효과들을 피해 나갔다. 나는 마침내 독백을 남용하지 않기를 배우게 되었고, 결국 나의 행위들이 나를 형성해 갔던 것이다.

군에서의 나의 성공들은, 트라야누스 황제보다 덜 위대한 사람이 그의 자리에 있었다면, 나에게 그의 적의를 사게 했을 수도 있었을 것이다. 그러나 용기는, 그의 심장으로 직접 가닿는 말들로 이루어지고 그가 곧바로 이해하는 유일한 언어였다. 그는 필경 나를 제2인자로, 거의 아들로 생각하게 되었고, 그 후에 있었던 어떤 일도 우리 둘을 완전히 갈라놓지는 못했다. 나 쪽에서도 그의 견해들에 대해 싹트기 시작하는 나의 이의들의 어떤 것들은, 적어도 잠정적으로는 포기되었고, 그가 군에서 발휘하는 찬탄할 만한 재능 앞에서 잊혀졌다. 나는 언제나 훌륭한 전문가가 일하는 것을 보기 좋아했다. 황제는 자기 분야에서는 비견할 데 없이, 능숙하고 수완이 확실한 사람이었다. 나는 모든 군단들 가운데 가장 영예로운 미네르바 군단의 군단장에 임명되어, 포르타 페라타[鐵門] 지역에서 적의 최후의 방어 진지들을 파괴할 임무에 선임되었다. 사르미제게투사[69]의

69) 지금의 루마니아의 아파 오라슐루이 강변에 있는 그러디쉬테아 문첼 룰루이 마을. 데케발루스 왕 당시의 다키아 수도. 로마인들에게 점령된 후 다키아 속주의 수도가 된다. 방어 요새의 유적을 비롯한 다키아인들의 유적과 로마인들의 유적이 남아 있다.

성채를 포위, 함락한 후 나는 황제를 따라 성채의 지하 홀로 들어갔는데, 거기에서 데케발루스[70] 왕의 참모들이 최후의 연회 도중 독약으로 자살한 지 얼마되지 않았다. 나는 황제의 명으로 그 기이한 사자(死者)들의 더미를 불태울 임무를 맡았다. 그날 저녁, 전장의 가파른 고지에서 그는 나의 손가락에, 그가 네르바 황제에게서 물려받은, 금강석들이 박힌 반지를 끼워 주었는데, 그 반지는 어느 정도 권력 승계를 보증하는 것으로 되어 있었다. 그날 밤, 나는 만족감을 느끼며 잠들었다.

---

70) 다키아의 왕(106년 사망). 도미티아누스 황제 때 로마에 패하지 않고 잘 싸웠으나, 트라야누스 황제 때 패하여 자살한다.

이제 일기 시작한 나의 인기는 나의 두 번째 로마 체류를 행복감 같은 것에 잠기게 했는데, 그러한 행복감을 나는 나중 내가 행복했던 시절에 훨씬 더 강하게 다시 느끼게 된다. 트라야누스 황제는 백성들에게 행하(行下)를 후하게 줄 수 있도록 나에게 은화 200만 세스테르티우스[71]를 주었었는데, 그것은 물론 충분한 것은 아니었지만, 나는 그 이후부터 나의 대단하다고 할 만한 재산을 관리하게 되었고, 더 이상 돈 걱정이 나를 괴롭히지 않았다. 나는 사람들의 마음에 들지 않지 않을까 하는 비열한 두려움을 많은 부분 잃어버렸다. 턱에 생긴 흉터가 핑계가 되어, 나는 그리스 철학자들의 짧은 턱수염을 길렀다. 나는 옷을 단순하

71) 고대 로마의 화폐로 은화였다. 사전에도 은화로 설명되어 있으나, 이 소설에서는 금화로 묘사되어 있는 부분도 있다.

게 차려입었고, 그 단순성을 황제 시대에는 더욱 드러내었다: 팔찌와 향수의 시대는 나에게 있어서 지나갔던 것이다. 그러한 단순성도 여전히 하나의 겉치레였다는 사실은 거의 중요치 않다. 서서히 나는 그 자체를 위한 무(無)장식에, 또 수집된 귀금속과 수집가의 헐벗은 손 사이의 그 대조—나는 그 대조를 나중에 좋아하게 되었는데—에 습관되어 갔다. 의복에 관한 이야기를 더 계속하자면, 내가 호민관으로 복무하던 해에 나에게 일어난 한 사건이 있었는데, 사람들은 거기에서 어떤 전조를 보려고 했다. 공중 앞에서 연설을 해야 했던 어느 날씨 고약한 날, 나는 갈리아 산(産) 두꺼운 모직으로 만든 나의 방수 망토를 잃어버렸다. 토가만을 입은 채로 연설을 하지 않을 수 없었던 나는 눈 안에 들어가는 빗물을 흩뿌리려고 나의 이마를 손으로 계속해서 훔쳐 내고 또 훔쳐 내고 했고, 토가의 주름들 속에는 빗물이 마치 빗물받이 홈통 속에인 양 차서 흘러내렸다. 감기 드는 것은 로마에서는 황제의 특권인데, 왜냐하면 어떤 날씨에도 황제가 토가 위에 무슨 옷을 덧입는 것은 금지되어 있기 때문이다. 그날 이후로, 내가 그 연설을 한 그곳 여고물상과 수박 상인은 나의 행운을 믿었다는 것이다.

사람들은 흔히 젊은 시절의 꿈을 말한다. 그리고 젊은 시절의 타산은 너무나 잊는다. 타산 역시 꿈이며, 사람들이 꿈이라고 하는 것 못지않게 무모한 꿈이다. 로마가 축제에 싸여 있던 그 시기에 타산적인 꿈을 키운 것은 나만이 아니었다: 군 전체가 영예를 향한 경주에 뛰어들었던 것이다. 나는 상당히 즐거워하며 그 야심가의 배역에 뛰어들었는데, 그 배역을 나는 결코 오랫동안, 신념을 가지고 연기하지도, 프롬프터의 항구적인 지원을 필요로 하지 않으면서 연기하지도 않았다. 나는 권태로운 원로원 의사록 관리자의 직무를 나무랄 데 없이 정확하게 이행하기를 받아들였다. 나는 갖가지 유용한 봉사들로 황제를 도울 수 있었다. 황제의 간략한 문체는 군에서는 찬탄의 대상이었으나, 로마에서는 충분치 못했다. 문학적 취향이 나와 비슷했던 황후는 황제를 설득하여, 나에게 그의 연설문을 작성케 했다. 그것은 나에게 대한 황후 플로티나의 최초의 주선이었다. 나는 그런 유의 환심 사는 일에 익숙해 있었던 만큼, 더욱 잘 그 일을 성공적으로 수행했다. 나의 어려웠던 첫 진출 시절, 나는 생각이나 문장 표현이 부족한 원로원 의원들을 위해 자주 연설문을 써 주었었는데, 그들은 종내에는 그들 자신이 그 연설문을 쓴 것처럼 믿게 되고 말던 것이었다. 나는 이처럼 트라야누스 황제를 위해 일하는 데에서, 청소년 시절 수사학 훈련이 나에게 주었던 즐거움과 똑같은 즐거움을 느꼈다. 나의 방 안에서 혼자 거울 앞에서 나의 연설문의 극적인 효과를 시연해 보며, 나는 나 자신이 황제인 양 느꼈다. 기실 나는 황제 되기를 배우고 있었던 것이다. 내가 할 수 있다고 스스로 믿을 수 없었을 대담한 행동도, 다른 누구가 그 책임을 져야 할 것이라면, 쉬워지는 것이었다. 단순하나, 분명하게 발언되지 않아 바로 그 때문에 이해되지 않는 황제의 생각이 나에게는 친숙하게 되었고, 나는 황제의 생각을 그 자신보다 약간 더 잘 알 거라고 자만스러워했다. 나는 황제의 군대식 문체를 흉내 내기를 좋아했고, 그가 원로원에서, 내가 대 필한 전형적으로 군대식으로 보이는 문장들로 엮어진 연설 을 하는 것을 듣기 좋아했다. 트라야누스 황제가 방에 칩 거하고 있는 날들에는 나 자신에게 그 연설문들을 읽을 임 무가 맡겨졌는데, 그는 그 내용을 알려고도 하지 않았으 며, 이젠 나무랄 데 없이 된 나의 연설 솜씨는 비극 배우 올림포스의 가르침에 의당한 것이었다.

거의 은밀하다고 할 그러한 일들은 나에게 황제의 친밀 성을, 심지어는 그의 신뢰를 얻게 했지만, 그러나 옛 반감 은 남아 있었다. 그 반감은, 노년의 군주가 경력을 쌓기 시작하는 같은 혈족의 젊은이를 보고——그 경력은 자기 자 신의 경력을 계속하게 되어 있는 것으로 다소 단순하게 그 는 상상하는데——느끼는 기쁨에 일시적으로 자리를 양보 했던 것이다. 그러나 나에게 대한 황제의 그 열광적인 감 정이 사르미제게투사의 전장에서 그토록 높이 분출했던 것 은 아마도, 바로 그것이 중첩된 많고 많은 불신의 지층을 뚫고 나타났기 때문만이었을 것이다. 우리 둘 사이의 그 반감에는 힘들여 화해한 다툼들이나 기질적 차이들, 혹은 그냥 단순히, 나이를 먹어 가는 사람의 정신적인 습관들, 이런 것들에 기인한 근절할 수 없는 적의, 그 이상의 어떤 것이 있었다고, 나는 아직도 믿고 있다. 황제는 없어서는 안 되는 부하들을 본능적으로 미워했다. 나의 경우에 있어 서 그는, 나의 업무 이행이 열성은 있되 한결같이 훌륭하 지는 않았다면, 차라리 그것을 더 잘 이해했을 것이다. 나는 그에게, 나의 업무의 기술적인 측면에서 너무나 완벽했으므로 거의 수상하게 보였다. 이와 같은 사실은, 황후가 나의 장차의 이력에 도움을 주겠다고 생각하여 나에게 트라야누스 황제의 종손녀와의 결혼을 주선했을 때, 잘 알 수 있었다. 그는 내가 가정적인 미덕을 결하고 있다든가, 상대가 너무 어리다든가 하며, 그리고 내가 옛날 진 빚 이야기까지 내세우며 그 계획에 고집스럽게 반대했다. 황후도 자기 고집을 꺾지 않았고, 나 자신 그 계획에 열중했다. 사비나는 그 당시 나이에 전혀 매력이 없지는 않았다. 그 결혼은 그 후, 거의 계속적으로 우리 둘이 떨어져 있었기 때문에 그 상태가 완화되기는 했지만, 나를 성가시게 하고 귀찮게 하는 너무나 큰 원인이 되어서, 나는 그것이 스물여덟 살의 야심가에게는 하나의 승리였다는 사실을 회상하기가 힘들다.

나는 어느 때보다도 더 가족 가운데 있었다. 나는 가족 가운데서 살도록 다소간 강제되었다. 그러나 그 가족 집단 가운데, 플로티나의 아름다운 얼굴을 제외하고 모든 것이 나의 마음에 들지 않았다. 에스파냐 출신의 이를테면 단역들, 지방의 친척들이 황실 식탁을 가득 메우곤 했는데, 그 모습들은 나중에, 내가 나의 드문 로마 체류 기간들 동안, 나의 아내가 주관하는 만찬들에서도 그대로 다시 보게 된 그 모습들이었다. 나중에 그들을 다시 보게 되었을 때에는 그들이 늙어 있었다고도 말하지 않겠다. 왜냐하면 그 당시에 이미 그 사람들 모두가 백 살에 이른 듯이 보였기 때문이다. 답답한 현명성, 맛이 간 조심성 같은 것이 그들로

부터 풍겨 나오는 것이었다. 황제는 거의 전 생애를 군에서 보냈으므로, 로마를 나와는 비교가 안 될 만큼 잘 몰랐다. 그는 자기 주위를, 로마가 그에게 제공하는 모든 최선의 것, 혹은 사람들이 그에게 그런 것으로 제시한 것으로 둘러싸는 데에 비할 데 없는 선의를 경주했다. 공식적인 측근은 품위와 명망에서 찬탄할 만한 사람들로 구성되었지만, 그들의 교양은 다소 둔한 것이었고 견고하지 못한 철학은 사물의 핵심에 가닿지 못하는 것이었다. 나는 플리니우스[72]의 부자연스러운 친절을 결코 크게 평가하지 못했고, 타키투스[73]의 고귀한 엄격성은 나에게는, 카이사르가 죽은 시기에 확정된, 반동 공화주의자의 세계관을 감추고 있는 것처럼 보였다. 전적으로 비공식적인 측근은 혐오감을 일으킬 만큼 상스러운 사람들이었는데, 그것이 잠정적으로 나로 하여금 그들 사이에서 새로운 위험들을 겪을 것을 피하게 했다. 그러나 나는 그토록 다양한 그 모든 사람들에게 대해, 필요 불가결한 예절을 지켰다. 나는 어떤 사람들은 공손하게, 또 어떤 사람들은 유순하게 대했고, 그럴 필요가 있을 때에는 친하게도 굴었으며, 능란하게, 그러나 너무 능란하지는 않게 처신했다. 이와 같이 변화 많은 태

---

72) 로마의 문인, 변호사, 정치인(61~114년경). 당대 제1급의 웅변가로 여겨졌다. 「트라야누스 황제에 대한 송사(頌辭)」를 썼을 정도로 황제의 측근이었다.
73) 로마의 유명한 역사가(55년경~120년경). 웅변가, 정치인이기도 했다. 저서 『역사』와 『연대기』로 널리 알려져 있다. 공화주의자였다고 한다.

도는 나에게 필요한 것이었다. 나는 타산에 따라 다양한
면모를 보였고, 장난치듯 유동적으로 행동했다. 나는 팽팽
히 맨 줄 위를 걸어가고 있었다. 나에게 필요했던 것은 배
우의 가르침뿐만 아니라 곡예사의 가르침이기도 했던 모양
이다.

이 시기에 나는 귀족 부인들과의 몇몇 간통 사건으로 사람들의 비난을 받았다. 심한 비난을 받은 그 관계들 가운데 두셋은 나의 황제위의 초기까지 그럭저럭 지속되었다. 로마는 방탕에 대해 상당히 너그럽지만, 통치자들의 빗나간 사랑은 결코 좋게 평가하지 않았다. 마르쿠스 안토니우스와 티투스 황제[74]는 이 점에 대해 무엇인가 알게 되었던 통치자들이다. 나의 연사(戀事)들은 한결 대수롭잖은 것이었지만, 어쨌든 우리의 풍습에서, 유녀(遊女)들에게는 언제나 역겨움을 느꼈고 결혼 생활에서는 이미 짜증이 나 있던 남자가 어떻게 간통을 통하지 않고 다양한 여러 여자들과 가까워질 수 있었을지 나는 알 수 없다. 나이 많은 나의 매형인 그 지긋지긋한 세르비아누스——그는 나보다 서른 살이 더 많다는 것을 기화로 하여 나를 훈육자와 간첩의 주의를 결합한 태도로써 대했는데——를 선두로 하여 나의 적들은 주장하기를, 그 간통 사건들에는 사랑 자체보다는 야심과 호기심이 더 큰 부분을 차지하고 있으며, 그 부인들과의 친밀한 관계를 이용하여 내가 그 남편들의 정치적 비밀들을 조금씩 조금씩 접하게 되었고, 나의 정부들이 털어놓은 이야기들은 나에게는, 나중에 내가 즐겨 읽게 된 경찰 보고서들보다 정녕 못하지 않은 것이라는 것이었다. 약간 오래 지속된 그런 간통 관계는 어떤 것이나 거의 필연적으로 나에게, 뚱뚱하거나 메마른, 으스대거나 겁 많은, 그러나 거의 언제나 맹목인 남편의 우정을 얻어 주었다는 것은 사실이다. 그러나 나는 통상 거기에서 즐거움은 거의 얻지 못했고, 이득은 더욱 얻지 못했다. 심지어는, 나의 정부들이 베개 위에서 입 가볍게 들려준 어떤 이야기들은, 아내에게 그토록 조롱받고 그토록 이해를 얻지 못하는 그 남편들에 대한 동정심을 나에게 일깨워 주게 되고 말았다는 사실을 고백하기까지 해야 하겠다. 그 간통 관계들은 그 여자들이 능란할 때에는 유쾌한 것이었고, 그녀들

74) 이 문장은 안토니우스의 경우 클레오파트라에 대한 사랑을, 티투스 황제의 경우 페레니케에 대한 사랑을 암시하는 듯하다. 페레니케는, 유대 왕 헤로데 안티파스에게 세례 요한의 목을 달라며 그 앞에서 춤을 춘 살로메의 어머니인 헤로디아데의 오빠 헤로데 아그리파 1세 왕의 딸인데, 티투스는 아버지 선대 황제 재위 시 유대 전쟁에 승리한 후 그녀보다 20년 연하임에도 그녀에 대한 강렬한 정념에 사로잡혀, 예루살렘에서 그녀를 로마로 데려온다. 필경 클레오파트라에 대한 사랑에서 헤어나오지 못했던 안토니우스와는 달리, 티투스는 황제에 오른 후 황제의 유대 공주와의 결혼을 반대하는 로마의 여론을 따라, 그녀를 포기하게 된다.

이 아름다울 때에는 감동적인 것이 되었다. 나는 예술을
공부한 것이었고, 조상(彫像)들에 친숙해지고 있었던 것이
며, 크니도스[75]의 베누스나, 혹은, 백조의 무게에 눌려 떨
고 있는 레다[76]를 더 잘 알 수 있기를 배우고 있었던 것이
다. 그것은 티불루스[77]와 프로페르티우스[78]의 세계였다 : 우
수, 약간은 작위적이지만, 프리기아[79] 선법(旋法)의 멜로디
처럼 어질어질한 취기로 사로잡는 열정, 비밀 계단 위에서
의 접문(接吻), 젖가슴 위에서 부유하는 스카프, 새벽의 떠
남, 문지방에 남겨진 화관.

나는 그 여자들의 거의 모든 것을 몰랐다. 그녀들이 자

---

75) 지금의 터키 남서쪽 해안 지방에 있었던, 그리스의 도리아인들의 식
   민 도시. 이 도시를 장식하기 위해 기원전 4세기의 유명한 아테네 조
   각가 프락시텔레스가 널리 알려진 걸작 아프로디테 상을 제작했는데,
   원작은 망실되고, 로마 시대의 복제품이 루브르 박물관과 바티칸 박
   물관을 비롯한 유럽의 몇몇 도시의 박물관에 남아 있다. 물론 그리스
   의 아프로디테는 로마에서는 베누스와 동일시된다.
76) 그리스 신화에 나오는 스파르타의 왕 틴다레오스의 왕비. 그녀는 남
   편과의 사이에서 클리타임네스트라와 카스토르를 낳고, 또 백조로 변
   해 있는 제우스 신과 교접하여 헬레네와 폴리데우케스를 낳는다. 다
   른 이야기로는 제우스와의 사이에서 쌍둥이 형제로 카스토르와 폴리
   데우케스, 그리고 헬레네를 낳고, 클리타임네스트라만 틴다레오스와
   의 사이에서 가졌다고 한다.
77) 로마의 시인(기원전 50년경~19/18년경). 비가와 전원시로 유명했
   으며, 오비디우스와 각주 78)의 프로페르티우스의 친구.
78) 로마의 시인(기원전 47년경~15). 암울하고 불안한 상상력으로 묘사
   한 낭만적 사랑의 시인으로, 자신의 사랑을 노래한 비가로 유명했으
   며, 시적 영감의 강렬함과 성실함으로 아우구스투스 황제 시대의 가
   장 개성적인 비가 시인으로 평가된다.

신들의 삶에서 나에게 나누어 준 몫은, 반쯤 열린 두 문 사이에 들어가기에 충분할 만한 것이었다. 그녀들이 끊임 없이 말하는 그녀들의 사랑은, 나에게 때로 그녀들의 화환 이나, 유행하는 보석, 값비싸고 깨어지기 쉬운 장식품만큼 가벼워 보였다. 그리고 나는 그녀들이 그녀들의 사랑의 열 정을 그녀들의 입술 연지와 목걸이와 함께 몸에 걸치고 다 니는 것은 아닌지 의심했다. 나 자신의 삶도 그녀들에게 는, 그녀들의 삶이 나에게 그러한 것 못지않게 수수께끼 같은 것이었다. 그녀들은 나의 삶을 별로 알고 싶어 하지 도 않았고, 차라리 그것을 아무렇게나 상상했다. 필경 나 는, 연애의 유희 정신이 그 끊임없는 가장, 그 과장된 고 백이나 하소연, 그, 때로는 위장하고 때로는 숨기는 쾌락, 그, 춤 동작의 진행처럼 미리 맞추어져 이루어지는 만남을 요구한다는 것을 이해했다. 심지어는 싸움에 있어서도 그 녀들은 나에게 미리 예견된 응대를 기대했으며, 눈물에 젖 은 미녀는 마치 무대 위의 배우인 양 두 손을 비트는 것이

---

79) 인도·유럽 민족의 하나인 프리기아인들이 기원전 1200년경에 지금 의 터키의 중부, 동부 지방에 들어와 살기 시작했는데, 그 지역을 고 대에 프리기아라고 했다. 손에 닿는 것마다 황금으로 변했다는 미다 스의 손의 전설로 널리 알려져 있는 미다스가 바로 프리기아 절정기 (기원전 8세기)의 왕이다. 미다스 왕 때 프리기아가 융성했던 것은, 프리기아에서 많이 산출된 금과 철 덕분이었다. 그 후 프리기아는 영 고성쇠 끝에 기원전 103년부터 로마의 아시아 속주의 일부가 된다. 미 다스 왕조기의 프리기아의 융성한 문명은 그리스, 로마에 영향을 끼 쳤다. 미다스 선법의 음악도 그 하나였고, 키벨레 여신도 프리기아로 부터 받아들여진 것이었다.

었다.

나는 흔히, 사랑하는 여인에 빠진 연인들은 적어도 그들의 여신 자신에 그러할 만큼 그 여신의 신전이나 예배 의식의 부속물들에도 애착을 가진다고 생각했다 : 그들은 헤나[80] 염료로 손톱을 붉게 물들인 손가락들, 피부에 바른 향료, 기타 그들의 미녀의 아름다움을 돋보이게 하고 때로는 완전히 조작해 내는 수많은 술책들에 탐닉하는 것이다. 그 애정 어린 우상들은 모든 면에서, 체구 큰 만족 여자들이나 둔중하고 진중한 우리 나라 농민 여자들과는 달랐다. 그녀들은 대도시 건물들의 황금빛 와류(渦流) 장식이나 염색업자 물통들에서 태어나거나, 혹은 베누스가 그리스 바다의 안개에서 태어나듯 한증실들의 축축한 수증기에서 태어나는 것이었다. 그녀들을, 안티오케이아[81]의 온화하나 들떠 있는 어떤 저녁들, 로마의 소란스러운 아침들, 그녀들의 대단한 이름들, 그녀들이 그녀들의 마지막 비밀로, 장신구만은 반드시 지닌 채로 벌거벗은 몸을 내보이던 호사로운 방과 분리하여 생각할 수는 거의 없었다. 그녀들을 앞에 두고 나는 더 많은 것을 바랐다 : 그것은 자기 자신과

---

80) 부처꽃과에 속하는 열대 식물로, 그 껍질과 꽃잎을 말려 가루로 만들어, 머리털, 입술, 눈꺼풀, 손톱 등을 장식하는 적갈색 염료로 썼다.

81) 지금의 터키 남부 지중해 연안의 우단, 시리아와의 국경 가까이에 있는 안타키아의 옛 이름. 알렉산드로스 대왕의 부관이었던 셀레우코스 장군이 시리아에 세운 셀레우키다이 왕국의 수도로 기원전 301년에 건립한 도시. 기원전 64년 셀레우키다이가 로마에 정복된 후, 안티오케이아는 로마 제국에서 로마, 알렉산드리아 다음으로 제3의 도시였다.

홀로 있는 헐벗은 인간, ──인간이 때로, 병을 앓을 때, 혹은 첫 아이가 죽었을 때, 또 혹은 주름살 하나가 거울에 나타났을 때에 정녕 그리되지 않을 수 없는 것처럼, 그런 홀로 있는 헐벗은 인간이었다. 독서하거나 사고하거나 계산하는 인간은 인류에 속하는 것이지 성에 속하는 것이 아니다. 최선의 순간, 그 인간은 심지어 인간적인 것에서도 벗어난다. 그러나 나의 연인들은 여성으로서만 사고하는 것을 자랑으로 생각하는 듯이 보였다. 내가 그녀들에게서 찾고자 했던 정신 혹은 영혼 역시 하나의 향수(香水)에 지나지 않았다.

나의 연사(戀事)에는 나의 흥미를 끄는 또 다른 것이 있었을 것이다 : 알맞은 시간을 기다리는 희극의 인물처럼 커튼 뒤에 숨어서, 나는 미지의 가정 내부에서 나는 수선거림, 여인들의 수다의 특이한 소리, 화를 터뜨리거나 웃음을 터뜨리는 소리, 사생활이 내는 중얼거림,──내가 거기에 있다는 것을 알자마자 곧 그쳐 버리게 될 그 모든 것을, 호기심을 가지고 엿듣는 것이었다. 어린아이들, 옷에 대한 끊임없는 신경 쓰기, 돈 걱정, 이런 것들이 내가 없는 자리에서는, 그녀들이 나에게 숨기고 있던 중요성을 다시 얻는 것이었을 것이다. 그토록 조롱의 대상이던 남편까지도 필요 불가결한, 아마도 사랑받는 존재가 되는 것이었다. 나는 나의 정부들을, 절약 잘하고 야심 있는, 가계부를 검사하거나 선조들의 흉상 청소를 감독하는 데에 끊임없이 골몰하는 나의 가족 여인들의 음울한 얼굴에 비교해 보곤 했다. 그리고 그 차가운 부인들도 역시 정원의 정자

밑에서 연인을 포옹하지 않는지, 또 나의 그 헤픈 미녀들
도 내가 떠나기만을 기다렸다가 여집사와 다시 다투기 시
작하지 않는지 자문해 보는 것이었다. 나는 여자들의 세계
의 그 두 면모를 그럭저럭 맞춰 붙여 보려고 애써 보았다.
　작년, 세르비아누스가 필경 목숨을 버리고 만 모반 사건
이 있은 후 얼마 안 되어, 나의 옛 정부들 가운데 한 사람
이 마음을 내어 별궁으로 나를 찾아와 그녀의 사위 한 사람
을 고소한 적이 있었다. 나는 그 고소를 받아들이지 않았
는데, 그것은 장모의 증오에서뿐만 아니라 나에게 유용하
게 되고자 하는 욕망에서도 비롯된 것 같은 고소였다. 어
쨌든 우리들의 대화는 나의 흥미를 불러일으켰다 : 문제되
어 있었던 것은, 그 옛날 유산 재판소에서처럼 유언장이
니, 근친들 사이의 음험한 흉계니, 의외였거나 불운한 결
혼이니 하는 것들에 지나지 않았다. 나는 여자들의 좁은
세계, 냉혹한 현실감각, 사랑이 더 이상 작용하지 않게 되
자마자 나타나는 그녀들의 회색 하늘을 다시 발견했던 것
이다. 어떤 쓰라림 같은 것, 시큼한 충직성 같은 것이 나
에게 거북살스러운 사비나를 연상시켰다. 나의 방문객의
용모는, 마치 시간의 손이 물렁물렁한 밀랍 면형(面型)의
표면을 난폭하게 쓸고 되쓸어 버린 것처럼 평평하고 흐릿
해 보였다. 내가 한때 아름다움으로 여기기에 동의했던 것
은, 한창때의 덧없는 젊음에 지나지 않았던 것이다. 하지
만 기교는 아직도 군림하고 있어서, 그 주름진 얼굴은 서
투르게 미소를 꾸미고 있었다. 관능적인 추억들은──그런
것이 언젠가 있었다고 하더라도──나에게는 완전히 지워져

116

버리고 없었다. 남아 있는 것은, 나처럼 질병과 노년이 흔적을 남겨 놓은 여인과의 상냥한 대화, 에스파냐의 나이 든 사촌 누이나 나르본[82]에서 도착한 먼 촌 여자 친척에 대해 내가 가졌을 그런 다소 짜증 섞인 선의, 이런 것들이었다.

나는 일순, 어린아이들이 가지고 노는 무지갯빛으로 아른거리는 비눗방울들이나 안개 덩어리들 같은 과거를 다시 붙잡아 보려고 노력한다. 하지만 망각하기는 쉬운 법이다……. 내가 그 가벼운 사랑들을 경험했던 이래 너무나 많은 일들이 지나갔으므로, 나는 이제 아마 그 감미로움을 대수롭잖게 여기는 것일 것이다. 특히 그 사랑들이 나를 괴롭게 한 적이 결코 없었다고 주장하는 것이 나를 즐겁게 한다. 그렇다고 하더라도, 그 정부들 가운데 내가 감미롭게 사랑했던 여인이 적어도 한 사람 있다. 그녀는 다른 여인들보다 더 섬세하고도 더 단호했으며, 더 다정하고도 더 냉혹했다. 그 둥글고 가냘픈 상반신은 갈대를 연상케 했다. 나는 언제나 육체의 그 비단 같고 물결치는 부분, 머리털의 아름다움을 높이 샀다. 그러나 대부분의 우리나라 여자들의 머리털은 탑이나, 미로나, 배(船)나, 뱀 사리를 얹어 놓은 것 같다. 그녀의 머리털만은, 내가 머리털이 그런 모습이면 하고 바라는 그런 것이 되기를 따랐다 : 포도 수확기의 포도 송이, 혹은 날개. 나의 몸 위에 그녀의 오연한 조그만 머리를 기댄 채 등으로 누워, 그녀는 나에게

---

82) 지금의 에스파냐와 프랑스의 국경에서 멀리 떨어져 있지 않은, 지중해 연안에 가까이 있는 프랑스의 도시.

옛 사랑들을 감탄스럽게도 부끄러움 없이 이야기해 주는 것이었다. 나는 쾌락 속에서의 그녀의 격렬함과 초연함, 그녀의 까다로운 취향, 자신의 영혼을 미친 듯이 짓찢으며 괴로워하는 그녀의 모습을 사랑했다. 나는 그녀에게 수십 명의 연인들이 있었다는 것을 알았으며, 그녀는 그들의 수효를 셀 수도 없었다. 나는 변함없는 사랑을 요구하지 않는 단역에 지나지 않았다. 그녀는 바틸로스라는 남자 무용가에게 반해 버렸는데, 그는 어떤 미친 짓이라도 사전에 정당화될 정도로 너무나 미남이었다. 그녀는 나의 팔에 안겨 흐느끼며 그의 이름을 말하는 것이었다. 나의 묵인이 그녀에게 용기를 주었다. 우리 둘은 함께 많이 웃은 순간들도 있었다. 그녀는, 추문이 된 이혼에 뒤이어 그녀의 가족이 그녀를 추방한 비위생적인 섬에서, 젊은 나이에 죽었다. 나는 그것을 그녀를 위해 기뻐한다. 왜냐 하면 그녀는 늙기를 두려워했기 때문이다. 그러나 그런 기쁨은, 우리들이 진정으로 사랑한 사람들에 대해서는 결코 느끼지 않는 감정이다. 그녀는 또 돈에 대한 엄청난 욕구를 가지고 있었다. 어느 날, 그녀는 나에게 10만 세스테르티우스 금화를 빌려 달라고 했다. 나는 그 이튿날로 그 돈을 갖다 주었다. 그녀는, 오슬레 놀이[83]를 하는 듯한 그녀의 조그만 모습이 뚜렷한 윤곽선으로써 보이는 채로, 방바닥에 앉아, 방바닥 위에 돈 가방을 비우고, 반짝이는 돈 무더기를 여러 더미로 나누기 시작했다. 나는 그녀에게 있어서, 낭비

---

83) 양의 잔뼈로 만든 것으로 하는, 공기놀이 비슷한 놀이.

벽이 있는 우리들 모두에게 있어서 그런 것처럼, 그 황금 조각들이 카이사르의 두상이 각인된 비틀거리며 굴러가는 주화가 아니라, 어떤 마술적인 물질이거나, 키마리아[84]의 모습을 각인하여 주조했든가 무용가 바틸로스의 모습을 담은 주형에 주조한 개인적인 화폐라는 것을 알고 있었다. 나는 더 이상 존재하지 않았다. 그녀는 홀로였다. 거의 추하다고 할 모습으로, 그녀 자신의 아름다움에 대해서는 기막히게 무관심한 채 이마를 찌푸리며, 어린 학생처럼 입을 뾰로통하게 하고서 그녀는 손가락 끝으로 어려운 합산을 하고 또 하는 것이었다. 그녀가 그때처럼 나를 매혹한 적은 결코 없었다.

---

84) 그리스 신화에 나오는 괴물. 사자와 염소와 용의 머리, 이렇게 머리 셋을 가지고 있었는데, 용의 머리는 꼬리 끝에 붙어 있었다고 한다.

다키아에 대한 트라야누스 황제의 승전 축제 기간에 사르마티아인들의 침입 소식이 로마에 닿았다. 오랫동안 연기되었던 그 축제는 일주일 전부터 계속되고 있었다. 그 축제를 위해, 투기장에서 대량으로 도살하기로 한 야수들을, 근 1년을 들여 아프리카와 아시아에서 모아들여 놓았다. 1만 2000마리의 맹수들이 도륙되고 1만 명의 검투사들이 질서 정연하게 참살됨으로써 로마는 죽음의 고약한 장소가 되고 있었다. 나는 그날 저녁 아티아누스의 집 테라스에서 마르키우스 투르보와 집주인과 함께 있었다. 환하게 불을 밝힌 도시는 지긋지긋할 정도로, 소란한 희열로 들떠 있었다 : 마르키우스와 내가 4년간의 젊음을 바친 그 힘든 전쟁은 하층민들에게는 술에 절은 축제의 구실이, 난폭한 이차적인 승리가 되었던 것이다. 그토록 자랑하는 그 승리가 결정적인 것이 아니며, 새로운 적이 우리의 국경으로 내려오고 있다는 것을 백성들에게 알린다는 것은 계제에 맞는 일이 아니었다. 이미 아시아에 대한 자신의 계획에 사로잡혀 있던 황제는 동북변의 상황에 대해서는 다소간 무관심해졌고, 그쪽 상황을 결정적으로 해결된 것으로 판단하고 싶어 했다. 사르마티아와의 그 첫 번째 전쟁은 단순한 응징 원정쯤으로 여겨졌다. 거기에 내가 판노니아[85]의 총독 직함과 총사령관의 권력을 부여받아 파견되었다.

그 전쟁은 11개월간 계속되었고, 혹독했다. 다키아 사람들을 절멸시켰던 것은 거의 정당화되었다고 나는 아직도 믿고 있다 : 어떤 국가 수반도 그 나라 문 앞에 자리 잡고 있는 조직된 적의 존재를 즐겨 감내하지는 않는 법이다. 어쨌든 데케발루스 왕국의 붕괴는 그 지역에 공백을 만들어 놓았고, 거기에 사르마티아인들이 급히 뛰어들어 오고 있었던 것이다. 사방에서 출몰하는 무리들이, 수년간의 전쟁으로 황폐화되고 우리가 초토화하고 또 초토화한, 우리의 불충분한 병력이 거점도 가지지 못한 그 지방을 휩쓸고 다니고 있었다. 그 무리들은 다키아에 대한 우리의 승리의 시체 속에서 벌레들처럼 급속도로 늘어 갔다. 그런데 우리의 최근의 전승들이 군기를 무너뜨려 놓았다 : 나는 전초부대에서, 로마의 축제에서 볼 수 있는 방약(傍若)무인한 무사태평의 어떤 분위기를 다시 발견했던 것이다. 몇몇 군단 사령관들은 위험 앞에서도 어리석은 자신감을 내보이곤

---

85) 지금의 헝가리 서부와, 민족 분열 이전의 유고슬라비아 연방의 일부에 해당되는 지역의 옛 명칭. 기원전 35~9년 사이에 로마에 정복되어, 기원 9년에 로마의 속주가 되었다.

했다 : 잘 알고 있는 유일한 부분이라고는 우리의 옛 국경
일 뿐인 지역에 위험하게 고립되어 있으면서도, 그들은 계
속 승전하기 위해 우리 측의 병기들과 장비들, 그리고 증
원군에 기대를 두고 있었는데, 내가 보기에 그 병기들과
장비들은 망실과 노후의 결과로 매일 매일 감소하고 있었
고, 증원군의 도착을 본다는 것은 나는 예상하지도 않고
있었는데, 우리의 모든 인력과 자원이 이후 아시아에 집중
되리라는 것을 알고 있었기 때문이다.

　다른 하나의 위험이 나타나기 시작했다 : 4년간의 공식적
인 징발이 후방 마을들을 파산시키고 말았던 것이다. 다키
아와의 최초의 전투들이 있자마자 바로 그때부터, 적으로
부터 거들먹거리면서 탈취한 한 떼의 소들이나 양들에 비
해 주민들에게서 강탈한 가축은 수많은 행렬이 되던 것을
나는 본 바 있었다. 그러한 사태가 지속되었으므로, 우리
의 농민들이 우리의 무거운 군사 조직을 떠받치기에 지쳐,
필경 우리를 버리고 만족을 택하게 되고 말 순간이 가까워
오고 있었다. 오합지졸의 군대가 하는 약탈이 제기하는 문
제는 아마도 덜 본질적인 것이었을지 모르지만, 더 확연한
것이었다. 나는 충분히 인기가 있었으므로, 부대원들에게
더할 수 없이 엄격한 제약을 가하기를 두려워하지 않았다.
나는 엄중성을 유행시켰고, 그것을 나 자신 실천했다. 나
는 지엄한 군기 숭배라는 것을 생각해 내어, 나중에 그것을
전군에 퍼뜨리기에 성공했다. 나는 나의 임무를 복잡하게
만드는, 신중하지 못한 자들과 야심을 품은 자들은 로마로
돌려보내 버렸고, 반면 우리들에게 부족하던 기술자들을

오게 했다. 최근의 승전들에서 비롯된 교만 때문에 우리가 유달리 등한했던 방어 구축물들을 보수해야 했던 것이다. 나는 유지하기에 너무 큰 비용이 들 만한 것들은 아주 버리기로 했다. 민간 행정관들이 어떤 전쟁의 경우에나 그 뒤를 잇는 무질서 가운데 단단히 자리 잡고서는, 점차적으로 준독립적인 수장의 위치로 올라가, 우리 백성들에게는 온갖 수탈을, 우리에게는 온갖 배신을 자행할 수 있게 되었다. 그 점에 있어서도, 나는 어느 정도 가까운 미래에 장차의 반항들과 분단들이 준비되고 있음을 보는 것이었다. 나는 우리가 그러한 참담한 실패를, 죽음을 피하지 못할 것처럼 피할 수 없다고 생각하지만, 그러나 그 실패를 수 세기 후퇴시킬 수 있을지 없을지는 우리에게 달려 있는 것이다. 나는 무능한 관리들을 쫓아내었고, 가장 나쁜 자들은 처형시켜 버렸다. 나는 나 자신이 무자비할 수 있음을 발견했다.

안개에 싸인 가을, 그리고 차가운 겨울이 습기에 찬 여름을 뒤이었다. 나는 의학 지식에 대한 필요를 느꼈는데, 우선 나 자신을 치료하기 위해서였다. 변경에서의 그 생활은 나를 조금씩 조금씩 사르마티아인의 수준에 이르게 했다 : 예컨대 그리스 철인의 짧은 턱수염은 만족 추장의 구레나룻으로 변했던 것이다. 나는 다키아인들과의 전투에서 이미 구역질이 날 만큼 보았던 모든 것을 다시 보았다. 우리들의 적들은 그들의 포로들을 산 채로 불태웠으며, 우리들은 우리들의 포로들을 로마나 아시아의 노예 시장으로 보낼 운송 수단이 없어서, 참살하기 시작했던 것이다. 우리들의 방책으로 축조한 말뚝 울타리의 말뚝들이 거기에 꽂힌 잘린 머리들로 뒤덮였다. 적들은 그들의 인질들을 고문했고, 나의 친구들 가운데 몇몇은 그렇게 하여 죽었다. 그 가운데 한 사람은 유혈이 낭자한 두 다리를 끌고 우리들 부대에까지 왔는데, 그의 얼굴 모습이 너무나 흉칙하게 일그러뜨려져 있어서, 나는 그 후 그의 성한 얼굴을 결코 상기할 수 없었다. 겨울이 제 희생자들을 미리 앗아 갔다 : 얼음에 갇히거나, 불어난 강물에 휩쓸려 간 기병 분대들, 천막들 밑에서 약하게 신음하는, 기침으로 가슴이 짓찢기는 듯한 환자들, 동상에 걸린, 부상자들의 팔다리들이 잘리고 남은 부분들. 찬탄할 만한 선의를 가진 사람들이 나의 주위에 모였는데, 내가 지휘하던 긴밀히 통합된 그 작은 부대는 지고한 형태의 덕, 내가 아직도 받아들이고 있는 유일한 덕인, 유익되고자 하는 확고한 결의를 가지고 있었다. 내가 통역으로 쓴 사르마티아 탈주병이 있었는데, 그가 목숨을 걸고 그의 부족으로 되돌아가, 부족 내의 폭동과 반역을 선동했다. 나는 그 부족과 협상하기에 성공했고, 그 부족인들은 그 이후 우리들의 전초에서 싸웠으며, 우리 병사들의 방패막이가 되었다. 우리들은 그 자체로는 무모했으나 교묘하게 준비된, 몇몇 대담한 공격들을 통해, 로마를 공격하는 일의 어리석음을 적에게 증명해 보였다. 사르마티아의 추장들 가운데 한 사람이 데케발루스의 전례를 따랐다 : 그가 그의 펠트 천막 안에서, 교살된 그의 아내들과, 그리고 그녀들의 죽은 어린아이들을 담아 묶은 소름 끼치는 꾸러미 옆에 죽어 있는 것이 발견되었던 것이다. 그날, 무용한 소모에 대한 나의 혐오는 만족들의 인적 손실에까지 확대되었다. 나는, 로마가 그 죽은 만인들이 죽지 않았다면 그들을 동화하여 어느 날엔가 그들보다 더욱더 야만적인 무리들에 대한 우리의 동맹자들로 만들 수 있었으리라고 생각하고, 그들을 아쉬워했던 것이다. 패주한 우리들의 공격자들은 그들이 왔던 때와 마찬가지로, 장래에 아마도 다른 많은 뇌우들이 다시 터져 나올 그 미지의 지역으로 사라져 갔다. 전쟁은 끝나지 않았다. 나는 나의 등극 몇 개월 후에 전쟁을 다시 시작하고 종결시켜야 했다. 그사이의 기간 동안 적어도 질서가 잠정적이나마 그 변경을 지배하게 되었다. 나는 경의(敬意)에 휩싸여 로마로 귀환했다. 그러나 나는 늙어 있었다.

나의 첫 집정관 임기는 다시 투쟁의 한 해였는데, 그것은 평화를 위한 은밀하나 지속적인 싸움이었다. 하지만 나홀로 그 투쟁을 수행한 것은 아니었다. 나와 유사한 태도의 변화가 나의 귀환 전에 리키니우스 수라, 아티아누스, 투르보에게서도 있었던 것이다. 그것은, 마치 내가 나 자신의 편지들에 행한 엄격한 검열에도 불구하고 나의 그 친구들이 나를 이미 이해하고 나를 앞지르거나 뒤따르거나 한 것과도 같았다. 이전에 나의 운명의 부침은 특히 그들 앞에서 나를 난처하게 했다. 나 혼자서는 가벼운 마음으로 느꼈을 두려움이나 초조함은, 내가 그것들을 그들의 깊은 관심에서 숨기거나 그들에게 고백하지 않을 수 없게 되면, 곧 나를 짓누르게 되는 것이었다. 나는, 나 자신보다 더 나를 위해 걱정해 주고, 외면적인 나의 동요 밑에 있는 한결 평온한 존재, ――아무것도 전적으로 중요하게 여기지 않고 따라서 어떤 일이 있어도 살아남을 수 있는 그런 존재를 결코 보지 못하는 그들의 애정을 원망했다. 그러나 이제부터는 내가 나 자신에게 관심을 가지는 것이나, 또한 무관심해지는 것이나 그럴 시간이 없었다. 나 개인은 지워져 없어져 버린 것이었는데, 그것은 바로 나의 관점이 중요한 것이 되기 시작했기 때문이었다. 중요한 것은 어떤 사람이 대외 정복 정책을 반대하고 있고, 그 결과들과 종언을 검토하고 있으며, 가능하다면 그 오류를 시정할 준비를 하고 있다는 것이었다.

변경에서 수행한 나의 직무는 나에게 트라야누스 기념원주비[86]에 묘사되어 있지 않은 승리의 한 국면을 보여 준 바 있었다. 그런데 민간 행정으로 귀환한 후 나는 군사적 방책에 반대하기 위해, 군에서 수합한 모든 증거들보다 더욱더 결정적인 자료철을 축적할 수 있었다. 군의 간부들과 전체 친위대는 배타적으로 이탈리아 출신들로만 형성되어 있다. 그러므로 먼 외지의 그 전쟁들은 이미 인력이 풍부하지 못한 나라의 비축 인력을 유출시키는 것이었다. 죽지

---

86) 다키아에 대한 트라야누스 황제의 전승을 기념하기 위해 황제 당대에 세워진 것으로, 로마의 트라야누스 광장에 있다. 18개의 직경 2.5미터 원통형 흰색 대리석 덩어리를 쌓아 올린 다음, 그 위에 주두(柱頭)를 얹고, 또 그 위에 황제의 입상(16세기에 들어와 사도 베드로 상으로 바꾸었음)을 세웠는데, 총길이가 42.4미터이다. 받침대 안에 황제의 유해가 안치되어 있고, 원주 주위를 나선형으로 24회 회전하며 총 200미터 길이로 계속되는 저부조(低浮彫)가 2500여 개의 인물들을 보여 주며 다키아 전쟁의 승전을 묘사하고 있는데, 형상으로 이루어진 역사적 자료로는 일급의 것으로 꼽힌다.

않은 사람들도 엄밀한 의미의 조국의 입장에서는 죽은 사람들과 마찬가지로 잃어버린 사람들이었다. 왜냐하면 그들을 새로 정복한 지역에 강제로 정착시켰기 때문이다. 심지어 지방에서도 징병 체계는 그 시기 경에는 심각한 소요들을 야기했다. 얼마 후 우리 가족 소유의 동광(銅鑛) 채굴을 살펴보기 위해 내가 기도(企圖)한 에스파냐 여행은, 전쟁으로 인해 모든 경제 분야에 야기된 무질서를 나에게 확인시켜 보여 주었다. 그리하여 나는 내가 로마에서 사귀고 있던 실업가들의 항의가 근거 있음을 결정적으로 확신하게 되었다. 나는, 모든 전쟁을 피할 수 있는 것이 언제나 우리에게 좌우되리라고 믿을 만큼 소박하지는 않았다. 하지만 나는 전쟁이 방어적인 것이기만을 바랐고, 국경 지방의 질서 유지를 훈련시킨 군과, 필요하다면 수정하더라도 확실한 국경을 꿈꾸었다. 제국의 거대한 유기체가 다시 성장한다면, 그 성장 부분은 어떤 것이라도 나에게는 우리를 필경 죽게 하고 말 병적인 돌기나 암, 혹은 수종(水腫)처럼 생각되었다.

이와 같은 견해들의 어떤 것도 황제에게 진언될 수 없었다. 인간 존재가 살아가다가 자신 내부의 악마나 천분(天分)에 자신을 맡기고, 자신을 파괴하거나 자신을 초월하기를 명하는 신비로운 법칙을 따르는 그러한 순간——그 순간은 사람에 따라 다르지만——에 황제는 도달해 있었던 것이다. 전체적으로 보아 그의 황제로서의 치적은 찬탄할 만한 것이었지만, 그러나 그의 가장 훌륭한 조언자들이 재주껏 그의 관심을 그쪽으로 기울게 했었던 그 평화 사업들, 그의 치세 때의 건축가들과 법률가들의 그 거대한 계획들은 그에게는 언제나 단 하나의 전승(戰勝)보다 덜 중요한 것이었다. 자신의 개인적인 욕구에 관한 한 그토록 고결하게 검소했던 그 사람이 어리석은 낭비 충동에 사로잡히기도 했었다. 도나우 강의 하상 밑에서 채취한 만족 지방의 금과, 데케발루스 왕의 50만 개의 지금(地金)은 백성들에게 베푼 행하(行下), 나 자신 나의 몫을 받은 군에 대한 보상금, 몰지각할 정도로 호사롭게 거행한 경기 대회들, 거창한 아시아 정벌 계획을 위한 최초의 기금 책정 등의 비용을 지불하기에 충분했다. 그처럼 유해하게 사용된 그 재물들은 국가 재정의 실제 상태에 대해 착각을 일으켰다. 전쟁에서 얻은 것이 전쟁으로 돌아가는 것이었다.

그러는 동안 리키니우스 수라가 사망했다. 그는 황제의 사적인 조언자들 가운데 가장 자유주의적인 사람이었다. 그의 죽음은 우리들에게는 패전 하나와도 같았다. 그는 나에게 언제나 아버지 같은 관심을 보여 주었다. 몇 년 전부터, 병으로 약해진 체력은 그에게 개인적인 야심을 위한 장시간의 일을 허용하지 못했다. 그러나 그것은, 그에게 건전한 견해를 가진 것으로 보이는 한 사람에게 봉사하기 위해서는 그로서는 여전히 충분한 체력이었다. 아라비아 정복은 그의 조언을 듣지 않고 기도된 것이었다. 그가 살아 있었더라면, 그만이 파르티아 전투의 곤고(困苦)와 거창한 비용을 국가에 피하게 할 수 있었을 것이다. 열병으로 잠식되어 가던 그 사람은 그의 불면의 시간들을 나와 함께, 그의 기력을 쇠진케 하는 계획들을 토의하는 데 보내곤 했다. 그 계획들의 성공은 그에게는 추가적인 생존의 몇 조각보다는 더 중요했던 것이다. 나는 그의 침대 머리맡에서, 장차의 나 자신의 치세의 어떤 국면들을 행정의 마지막 세부 내용에 있어서까지 미리 체험했다고 할 수 있다. 그 죽어가는 사람의 비판은 황제에게는 관대한 편이었지만, 그러나 그는, 그가 그 당시 로마 정체(政體)에 남아 있는 예지를 자신과 함께 저승으로 가져가고 있음을 느끼고 있었다. 만약 그가 이삼 년 더 살았더라면, 나의 집권 과정에 흔적을 남긴 어떤 어두운 계략적인 추진 양상은 아마도 모면되었을 것이다. 그는 황제를 설득하여 나를 더 일찍, 그리고 공공연하게 양자로 책봉하도록 하기에 성공했을 것이다. 그러나 나에게 자기의 일을 물려준 그 정치가의 마지막 말은, 나의 황제 등극을 이루는 것의 하나와도 같았다.

나의 지지자들의 집단이 증가했다고 한다면, 나의 적들의 무리도 마찬가지로 증가했다. 나의 적수들 가운데 가장 위험했던 사람은 루시우스 쿼에투스였는데, 그는 아랍인의 피가 섞인 로마인으로서 그의 누미디아[87] 기병대들은 제2차 다키아 전투에서 중요한 역할을 했었다. 그가 아시아 전쟁을 앞뒤 돌아보지 않고 충동하고 있었다. 나는 그의 인품의 모든 것을 혐오했다 : 만족 같은 사치, 금줄을 두른 흰 겉옷을 뻐기듯이 휘날리게 하는 모습, 오만하고 교활한 시

---

87) 지금의 알제리 북부 지방에 있었던 옛 나라. 로마의 동맹국, 독립적인 봉건 국가를 거쳐 결국 아프리카 속주의 하나가 되었다. 누미디아 인들은 반유목민으로서, 뛰어난 기병으로 유명했다.

선, 피정복자들과 복속인들에 대한 믿을 수 없는 잔인성. 그 호전적인 진영의 두목들은 내부 분쟁 가운데 많은 수가 죽었고, 그러나 그런 만큼 살아남은 자들은 권력 가운데 더욱더 공고히 자리 잡아 가고 있었으며, 나는 그래서 팔마의 경계와 켈수스의 증오를 더 받을 수밖에 없었다. 나 자신의 입장은 다행하게도 거의 공략 불가능했다. 민간 행정은, 황제가 전적으로 그의 전쟁 계획에 몰두하게 된 이후로 점점 더 나에게 좌우되게 되었다. 나의 친우들은 그들의 능력이나 국사에 대한 지식으로 그들 홀로서라도 나의 지위를 차지할 수도 있었겠지만, 자기 자신들보다는 나를 후원함으로써 무척 고귀한 겸양을 표시했다. 황제가 신뢰하는 네라티우스 프리스쿠스는 매일 매일 더 확고히 그의 전문 분야인 법률에 전념하고 있었고, 아티아누스는 자기의 삶을 나에게 봉사하려는 목적에 맞추어 조직하고 있었으며, 플로티나는 나에게 신중한 찬동을 보여 주었다. 전쟁 한 해 전에 나는 시리아 총독의 직위로 승진되었고, 나중에 그 직위에 군사 감독관의 직위가 추가되었다. 우리의 군사 기지들을 점검하고 조직하는 책임을 지게 된 나는, 내가 무모하다고 판단하는 군사 작전의 조종간의 하나가 되는 것이었다. 나는 그 임무를 얼마 동안 주저하다가 수락했다. 거부한다는 것은, 권력이 나에게 어느 때보다 더 중요해진 순간에 권력에의 길을 나 자신에게 봉쇄하는 것이었던 것이다. 그것은 또한 조정자의 역할을 할 수 있는 유일한 기회를 나 자신에게서 빼앗는 것이기도 했다.

심대한 위기에 앞선 그 몇 년 동안, 나는 나의 적들로 하여금 나를 경박한 사람으로 아주 판단케 한 결정을 내린 바 있었는데, 그 결정은 부분적으로는 그런 판단이 있게 하기 위해, 그리하여 일체의 공격을 피하기 위해 계산된 것이었다. 나는 그리스에 가서 몇 개월을 보냈던 것이다. 적어도 표면적으로는 그 여행에 조금도 정치가 관여되어 있지 않았다. 그것은 유람과 연구를 위한 가벼운 여행이었다. 나는 그 여행에서 음각 장식이 있는 잔 몇 개와 책들을 가지고 왔는데, 그것들을 플로티나와 나누어 가졌다. 나는 그리스에서, 나의 모든 공식적인 영예들 가운데 내가 가장 순수한 기쁨을 느끼며 수락한 영예를 받았다 : 나는 아테네의 집정관으로 임명되었던 것이다. 나는 몇 개월 동안 쉬운 일과 쉽게 얻은 희열, 아네모네들이 깔린 언덕들 위의 봄철 산책, 노출된 대리석과의 우정 어린 접촉을 즐겼다. 나는 카이로네이아[88]에 들러 고대 성군(聖軍)[89]의 부대원들이었던, 서로 전우인 쌍쌍의 전사들을 애도했는데, 그곳에서 이틀 동안 플루타르코스의 손님이 되었다. 나에게도 나 자신의 성군이 있었지만, 나에게 흔히 있는 일이듯, 나의 삶은 역사보다는 나를 덜 감동시키는 것이었다. 아르카디아[90]에서 사냥을 했고, 델포이[91]의 신전에서는 기

---

88) 아테네에서 북서쪽으로 조금 떨어진 곳에 있는 테베 근방에 있었던 옛 도시. 플루타르코스의 고향이기도 한 이 도시에서 기원전 338년 마케도니아의 필리포스 2세가 아테네와 테베의 동맹군을 격멸시킨 전투가 있었다.

89) 테베의 군부대로, 300명의 귀족들로 구성되어 재무부의 직접적인 지원으로 유지되고, 승리하든 전사하든 모두 함께하기로 한 맹세로 굳게 결속된 부대였다고 한다.

도를 드렸다. 스파르타[92]에서는 에우로타스[93] 강변에서 목동들이 기이한 새 소리 같은 아주 오랜 피리 곡조 한 곡을 가르쳐주었다. 메가라[94] 근방에서 농촌 결혼식이 있었는데, 그것은 한 밤 내내 계속되었다. 나와 나의 일행은 결혼 피로연의 무도회에 감히 섞여 들었는데, 로마에서라면 그 억누르는 습속 때문에 우리들은 그리하지 못했을 것이다.

우리의 범죄들의 흔적은 어디에서나 뚜렷하게 남아 있었다 : 뭄미우스[95]에 의해 파괴된 코린토스[96]의 성벽, 네로 황제의 그 파렴치한 여행 도중 조직적으로 자행된 조상(彫像)들의 약탈로 하여 성전들의 안쪽에 텅 빈 채로 남아 있는 공간들. 가난해진 그리스는 사념에 잠긴 듯한 우아함, 투명한 예민성, 우둔하지 않은 쾌락, 이런 것들의 분위기 속

90) 그리스 남단을 이루는 펠로폰네소스 반도의 중부 지역.
91) 펠로폰네소스 반도 북쪽, 코린토스 만의 북쪽 연안의 가운데 지점쯤에서 북쪽으로 얼마 떨어지지 않는 곳에 있었던 옛 도시. 거기에 신탁으로 유명한 아폴론 신전이 있다.
92) 스파르타는 펠로폰네소스 반도 남부에 있었다.
93) 스파르타를 거쳐 펠로폰네소스 반도 남쪽 바다로 빠지는 강.
94) 펠로폰네소스 반도를 그리스 중심부의 남단, 즉 아티카 반도에 연결하는 코린토스 지협(地峽)에 있는, 아티카 반도의 도시.
95) 로마의 장군, 집정관(기원전 2세기). 펠로폰네소스 반도 북부, 아카이아 지방에 있었던 12개 도시의 동맹인 아카이아 동맹을 격멸시키고 그리스 정벌을 완수하여, 그리스를 아카이아 속주로 만들었으며, 특히 코린토스의 모든 예술품들은 약탈했다.
96) 코린토스 지협에 있는데, 코린토스 만 안쪽의 항도이다. 기원전 8세기부터 융성하기 시작하여 기원전 6세기에 최전성기에 이르렀을 때에는 그리스 최대의 상공업 중심지였고, 호사스러움으로 유명했다고 하며, 아카이아 동맹의 맹주였다.

에서 계속 존재하고 있었다. 수사학자 이사이오스의 학생이 따뜻한 꿀과, 소금과, 송진이 뒤섞인 그 냄새를 최초로 호흡했던 때 이래로, 변한 것은 아무것도 없었던 것이다. 요컨대 수세기 이래 변한 것은 아무것도 없었다. 체육 훈련장들의 모래는 여전히 옛날만큼 황금빛이었고, 페이디아스[97]와 소크라테스가 그 훈련장들을 이젠 더 이상 방문하지 않지만,[98] 거기에서 훈련하는 젊은이들은 아직도 매혹적인 카르미데스[99]와 닮아 보였다. 때로 나에게는 그리스 정신이 그 자체의 천분(天分)의 전제(前提)에서 궁극적인 결론으로까지 나아가지 않은 것처럼 보이곤 했다 : 거두어야 할 수확이 남아 있었고, 햇볕에 익어 이미 잘려 쌓인 이삭들은 그 아름다운 땅속에 숨겨져 있는 종자들의 엘레우시스[100]교적인 약속에 비하면 대수롭지 않은 것인 것이었다. 심지어는 나의 야만적인 적이었던 사르마티아에서도 완벽한 형상

---

97) 아테네의 조각가(기원전 490~430 이후). 그리스 고전 미술의 가장 유명한 대표자. 글로만 알려져 내려오는 그의 거대한 '제우스 상'은 고대 그리스의 가장 훌륭한 작품으로, 고대에 '세계의 7대 경이'라고 한 것의 하나였다고 한다. 현재 세계 유수의 박물관에 남아 있는 그의 작품들은, 인간 신체의 해부학적인 정확성과 표상의 충실성에 의한 사실성, 그리고 거기에 표현된 인간 정신의 고양에 의한 이상주의, 이 양 측면이 아름답게 조화를 이루고 있음을 보여준다.
98) 인체 관찰에 노력을 기울이는 페이디아스와, 아테네 젊은이들의 철학적 교육 및 그들과의 친교를 무엇보다도 중요시했던 소크라테스의 생활의 한 모습을 상상시키는 듯하다.
99) 아테네의 철학자(기원전 450~403). 소크라테스의 제자였고 플라톤과 혈연이 있었으며, 예지의 정의를 찾아가는 플라톤의 대화편 「카르미데스」의 제목은 그의 이름에서 온 것이다.

의 그릇들이나 아폴론의 상으로 장식된 거울 등, 눈[雪] 위
에 비친 창백한 햇빛 같은 그리스의 미광을 발견한 바 있
었다. 나는 만족들을 그리스화하고 로마를 아테네화할 수
있는 가능성을, 그리고 어느 날 기형적이고 무형적이고 부
동적인 것에서 떨어져 나왔으며 방법에 대한 정의와, 정치
와 미에 대한 이론을 창안해 낸 그 유일한 문화를 이 세계
에 살며시 부과할 수 있는 가능성을, 언뜻 보는 것이었다.
그리스인들의 가벼운 경멸——나는 그것을 그들의 더할 수
없이 열렬한 경의의 표현 밑에서도 느끼지 않은 적이 결코
없는데——은 나의 기분을 상하게 하지 않았다. 나는 그것
을 자연스러운 것으로 생각했으며, 나를 그들로부터 분간
케 하는 나의 미덕들이 어떤 것일지라도, 나는 내가 언제
나 아이기나 섬의 뱃사공보다도 덜 예민하고 집회 광장의
여자 약초 장수보다도 덜 예지로우리라는 것을 알고 있었
다. 나는 그 자부심 강한 종족의 다소 오연한 친절을 노여
움 없이 받아들였고, 내가 사랑하는 대상에 언제나 그토록
쉽사리 양여한 특권들을 한 백성 전체에게 허여했다. 그러
나 그리스인들에게 그들의 과업을 계속하고 완성할 시간을

---

100) 엘레우시스는 우선 아테네에 서북쪽으로 가까이 있는, 엘레우시스
     만을 면한 항도이다. 여기에 그리스 신화에서 대지와 농경과 풍요의
     여신인 데메테르의 신전이 있었다. 고대에 아티카 반도 전역에서 이
     신전으로 순례가 끊이지 않았는데, 이와 같은 데메테르 여신에 대한
     경배가 종교화되고, 그 신전이 있는 엘레우시스가 그 종교의 명칭을
     유래시켰다. 고대 그리스에서 또 하나의 종교 형태를 띠고 있던 오
     르페우스 신앙의 신비주의에 영향을 받아 엘레우시스 교의 예배는 비
     의(秘儀)적이었다.

남겨 주기 위해서는 수세기의 평화가, 그리고 평화가 허용하는 평온한 여한(餘閑)과 신중한 자유가 필요한 것이었다. 그리스인들은 우리가 그들의 보호자가 되기를 기대하고 있었다. 왜냐하면 마침내 우리는 우리가 그들의 주인이라고 주장하고 있기 때문이다. 나는 무장을 잃은 신(神)을 돌보기로 작정했다.

내가 시리아 총독직에 오른 지 1년이 지났을 때, 트라야 누스 황제가 안티케이아로 나를 뒤따라왔다. 그는 아르메 니아 원정 준비의 정비 상태를 살펴보기 위해 온 것이었는 데, 아르메니아 원정은 그의 생각 속에서는 파르티아에 대 한 공략의 서막이 되는 것이었다. 플로티나가 언제나 그리 하듯 그와 동반했고, 인품이 관대한 나의 장모인, 그의 질 녀 마티디아도 그와 동반했는데, 그녀는 수년 전부터 집사 자격으로 주둔지로 그를 따라다니고 있었다. 나의 오래된 적들인 켈수스, 팔마, 니그리누스가 아직도 막료 회의에 자리를 차지하고 있었고, 참모부를 지배하고 있었다. 그 모든 사람들이 전투 개시를 기다리면서 궁전에 모여 법석 댔다. 궁중 음모들은 더욱 격렬하게 다시 시작되었다. 전 쟁의 최초의 주사위가 던져지기 전에 각자 자신의 판돈을 거는 것이었던 것이다.

군은 곧 북쪽으로 움직여 가기 시작했다. 나는 군과 더불어 고위 공직자들, 야심가들, 그리고 무용한 자들의 그 수많은 혼잡스러운 무리도 멀어져 가는 것을 보았다. 황제와 수행원들은 며칠 동안 콤마게네[101]에 머물러, 이미 승전을 경축하기라도 하는 듯한 축제에 참가했다. 동방의 소국 왕들이 사탈라에 모여, 서로 앞 다투어 충성을 맹세했는데, 트라야누스 황제의 입장에 있었다면 나는 장래를 두고서는 그 충성을 거의 신뢰하지 않았을 것이다. 위험한 나의 적수인 루시우스 키에투스는 전초부대의 선두에서 지휘하고 있었는데, 거창한 행군 도중 반 호수[102] 변을 점령했다. 파르티아인들이 비우고 떠난 메소포타미아의 북부는 어렵지 않게 합병되었다. 오스로에네[103]의 왕 아브가르[104]는 에데사[105]에서 항복했다. 황제는 파르티아 제국 자체의 침공은 봄철로 미뤘지만, 이미 어떤 평화 교섭의 시도도 받아들이지 않을 결심을 하고 안티오케이아의 그의 겨울 병영으로 되돌아왔다. 모든 것이 그의 계획대로 진행된 것이었다. 그토록 오랫동안 연기되어 왔던 그 전쟁에 마침내 몸을 던진다는 데서 오는 희열이 예순네 살의 그 사람에게 젊음 같은 것을 되돌려 주고 있었다.

---

101) 시리아와 유프라테스 강 북부에 있었던 셀레우키다이 왕국의 지방.
102) 터키 동부, 이란과의 접경 근방에 있는 염호(鹽湖).
103) 기원전 132년부터 기원 216년까지 메소포타미아 북부에 있었던 아랍계의 왕국.
104) 오스로에네 왕국의 가장 널리 알려진 왕족의 성이 아브가르였다.
105) 메소포타미아 북부에 있었던 옛 도시로, 오스로에네 왕국의 수도.

나의 예측은 어두운 것으로 남아 있었다. 유대인들과 아랍인들은 점점 더 그 전쟁에 적대적으로 되어 갔고, 지방의 대지주들은 군부대들이 통과함으로써 야기되는 지출 비용을 부담해야 하는 데 대해 분노했으며, 도시민들은 새로운 세금들이 부과되는 것을 감당하기 힘들어했다. 황제가 돌아오자마자, 최초의 천재지변이 일어나 다른 모든 재앙들을 예고하는 듯했다 : 12월의 어느 날 한밤중에 돌발한 지진이 몇 순간에 안티오케이아의 4분의 1을 파괴해 버렸던 것이다. 트라야누스 황제는 떨어진 대들보에 타박상을 입었으나 용맹하게 부상자들을 계속 돌보았고, 그의 최측근에서도 몇몇 사망자들이 생겼다. 시리아의 하층민들이 곧 그 재난의 책임자들을 찾아내려고 했는데, 황제는 그때 한 번 그의 관용의 원칙을 포기하고 그들에게 일단의 기독교인들이 살육되도록 방기하는 잘못을 범하고 말았다. 나 자신 그 종교 집단에 대해 거의 호감을 가지고 있지 않지만, 그러나 노인들이 채찍질을 당하고 어린아이들이 극심한 고통을 당하는 광경은 사람들을 동요케 하는 데 기여했으며, 그 음산한 겨울을 더욱더 지긋지긋한 것이 되게 했다. 지진의 재해에서 도시를 즉시 복원하기에는 돈이 부족했고, 수많은 집 잃은 사람들이 밤이면 여기저기 광장에서 노숙을 했다. 시찰을 위해 돌아다녀 본 결과 나는 암묵적인 불만과 은밀한 증오가 퍼져 있음을 알게 되었는데, 궁전을 가득 채우고 있는 고관들은 그것을 생각하지도 못하고 있었다. 황제는 폐허 가운데서도 다음 전투 준비를 계속하고 있었다 : 숲 하나 전체가 티그리스 강 도강을 위해

가동교(可動橋)들과 부교들의 건조에 사용되었다. 그는 원로원에서 수여하는 일련의 새로운 칭호들을 모두 기뻐하며 받아들인 바 있었는데, 어서 동방의 전쟁을 끝내고 로마로 개선하여 돌아가고 싶어 했다. 그래 더할 수 없이 대수롭잖은 지체(遲滯)도 그의 격노를 유발하여, 그를 무슨 발작처럼 뒤흔들어대곤 했다.

과거에 셀레우코스 왕조가 건조한 그 궁전의 드넓은 방들을 초조하게 큰 걸음걸이로 걸어 다니고 있는 그 사람은—나 자신은 그 방들을 또, 그에 대한 경의의 표시로 그를 상찬(賞讚)하는 글귀들과 다키아의 갑주(甲胄)와 무구(武具)들로 장식해 놓았는데(얼마나 귀찮은 일이었던가!)—더 이상, 벌써 20여 년 전이 된 옛날 쾰른의 병영에서 나를 맞아들였던 그 사람이 아니었다. 그의 미덕들조차도 낡아 버렸다. 다소 둔중한 그의 쾌활성은 이전에는 정녕 선의를 담고 있었었는데, 이젠 특별한 것 없는 습관적인 태도에 지나지 않았고, 그의 결연함은 완고함으로, 임기응변적이고 실천적인 능력은 사고(思考)의 전적인 거부로 변해 버린 것이었다. 그가 황후에 대해 지니고 있던 애정 어린 존경과, 질녀 마티디아에게 표시하던 잔소리 많은 자애는 그 두 여인에 대한 노년기의 의존으로 변해 가고 있었는데, 그러면서도 그는 그녀들의 조언에는 점점 더 큰 저항을 보였다. 그의 간질환의 발작은 시의(侍醫) 크리톤을 불안하게 했으나, 그 자신은 그것을 염려하지 않았다. 그의 쾌락에는 언제나 기교가 부족했었는데, 그 수준이 나이와 더불어 더욱 낮아지고 있었다. 일과가 끝난 후, 황제가 매력적으로 보거나 아름답게 보는 젊은이들을 동반하여 병영의 방탕에 탐닉한다는 것은 그리 대단한 일이 아니었다. 그러나 그가 과음하는 그 포도주를 잘 감당해 내지 못한다는 것이나, 점점 더 용렬해지는 하급 장교들——그들은 수상한 해방 노예[106]들에 의해 선정되고 조종되고 했는데——로 구성된 그 병영 내의 조정(朝廷)이 내가 그와 나누는 모든 대화들을 직접 듣고 나의 적수들에게 보고할 수 있다는 것은, 반대로 상당히 중대한 일이었다. 낮에는 나는 황제를 참모부의 회의들에서나 보게 되는 것이었는데, 작전 계획의 세부 사항들에 몰두하고 있는 그 회의들에서 자유로운 의견을 표현할 수 있는 순간이 온 적은 한 번도 없었다. 그 이외에는 다른 어떤 순간에도 그는 나와의 맞대면을 피했다. 포도주가 그리 예민하지 못한 그 사람에게 조잡한 간지(奸智)들을 한 병기창 가득히 제공해 주는 것이었다. 이전의 그의 쉽게 격하는 성격은 아주 없어져 있었고, 그는 나에게 그의 유흥에 동참하기를 강권했으며, 언제나 젊은이들의, 소음과 웃음, 더할 수 없이 싱거운 농담들을 모두, 심각한 이야기를 나눌 시간이 아니라는 것을 나에게 분명히 알려 주는 수단으로 여겼다. 그는 내가 만배(滿杯) 한 잔을 더 마심으로써 이성을 잃어버리게 될 순간을 노리고 있었다. 만족들로부터 탈취한 전리품들 가운데서 나온 들소 머리들이 나를 비웃는 것처럼 보이는 그 방에서, 모든 것이 나의

---

106) 노예였다가 자유로워졌으나 아직 시민의 모든 권리를 소유하고 있지 못한 사람. 옛 주인을 보호자로 하면서, 그와 긴밀한 관계를 유지했다.

주위에서 빙빙 돌아가고 있었다. 술병들이 술병들을 뒤잇고, 술에 취한 노랫소리가 여기저기서, 또 어느 시동의 방약무인하고 매혹적인 웃음소리가 터져 나왔다. 황제는 탁자를 점점 더 심하게 떠는 손으로 누르면서, 아마도 절반은 가장된 취기 속에 갇힌 채, 모든 것에서 멀어져 아시아를 향한 도로 위로 아득히 사라지며 그의 꿈속으로 깊이깊이 빠져 들어가는 것이었다…….

불행히도 그 꿈은 아름다웠다. 그 꿈은 이전에 나로 하여금 모든 것을 버리고 코카서스 산맥 너머로 아시아를 향해 북쪽 도로들을 따라갈 생각을 하게 했던 바로 그 동일한 꿈이었다. 노년의 황제가 몽유병자 같은 상태에서 몸을 맡긴 그 꿈의 매혹은, 알렉산드로스가 그에 앞서 겪었었던 것이다. 그는 그 동일한 꿈을 거의 실현했었다고 할 수 있지만, 그로 하여 서른 살에 죽었다. 그러나 그 위대한 계획의 최악의 위험은 여전히, 그것이 현명한 것으로 보인다는 점이었다 : 언제나 그런 것처럼 실리적인 이유들이 아주 많이 있어서, 불합리한 것을 정당화하고, 황제를 불가능한 것으로 유도해 가는 것이었다. 동방 문제는 수 세기 전부터 우리를 사로잡아 와서, 그것을 결정적으로 결말지으려고 하는 것은 자연스러워 보이는 것이었다. 인도와 신비로운 비단 나라와의 우리의 교역은 전적으로 유대 상인들, 그리고 파르티아의 항구와 도로를 면세로 사용하는 아랍 수출업자들에 의존하고 있었다. 그런데 일단 아르사키다이 왕조의[107] 기병들의 그 광활하고 유동적인 제국이 무(無)로 환원된다면, 우리는 세계의 그 풍요로운 끝 부분과 직접적으로 접하게 될 것이고, 마침내 통합된 아시아는 로마에서 보면 새로 생긴 일개 속주에 지나지 않게 될 것이었다. 이집트의 알렉산드리아 항이 파르티아의 호의에 의존하지 않는, 인도로의 우리의 유일한 출구였는데, 거기에서도 우리는 끊임없이 유대인 사회의 요구와 반항에 부딪히고 있었다. 트라야누스 황제의 원정이 성공한다면, 그것은 우리로 하여금 별로 안전하지 않은 그 도시를 아쉬워하지 않게 할 수 있을 것이었다. 그러나 그토록 많은 이유들에도 나는 한 번도 설득된 적이 없었다. 현명한 통상조약이 나를 더 만족시킬 수 있었을 것이다. 그리고 나는 이미 홍해 인근에 제2의 그리스 수도를 창건함으로써 알렉산드리아의 역할을 축소시킬 수 있는 가능성을 엿보고 있었는데, 나중에 안티노오폴리스를 건설함으로써 그 생각을 실현시켰다. 나는 아시아라는 그 복잡한 세계를 알기 시작했다. 다키아에서 성공했던, 완전히 일소한다는 단순한 계획은, 더 다양하고 더 잘 뿌리박힌 삶으로 넘치며 게다가 세계의 부를 좌우하는 그 지역에서는 적합하지 않은 것이었다. 유프라테스 강을 넘어서면 우리에게는 위험과 신기루의 지역, 사람들이 매몰되는 모래, 아무 데도 이르지 않고 끝나 버리는 도로들이 시작되는 것이었다. 더할 수 없이 대단찮은 실패라도 그 결과로 우리 제국의 위세가 동요할 것이고,

---

107) 기원전 250년경 아르사케스 왕에서 시작되어 224년까지 계속된 파르티아의 왕조. 이렇게 파르티아를 아르사키다이 왕조로 나타낸 것은, 아르사키다이 왕조가 당시 파르티아뿐만 아니라 이란과 메소포타미아, 아르메니아도 지배하는 등, 국위를 떨친 때문인 듯하다.

온갖 파국적인 불행들이 그 뒤를 이을지도 모른다. 문제는 단순히 승전하는 것이 아니라 언제까지나 승전해야 한다는 것이었으며, 우리의 국력은 그 일로 소진되고 말지도 모르는 것이었다. 우리는 그 일을 이미 시도한 바 있었다 : 나는, 그리스 문화를 조금 접한 어느 만족 왕이 우리에게 승리한 날 저녁에 공연케한 에우리피데스[108]의 「바코스의 여제관」이 진행되는 도중, 마치 공처럼 던져져 손에서 손으로 오갔다던 크라수스[109]의 머리를 끔찍스러워하며 생각했다. 트라야누스 황제는 그 오래된 패배를 설욕할 생각을 하고 있었고, 나는 특히 그 패배가 되풀이되는 것을 막을 생각을 하고 있었다. 나는 다음과 같이 상당히 정확히 장래를 예측하고 있었는데, 그것은 상당수의 현재의 여건들에 정통할 경우 필경 가능한 것이었다 : 몇몇 무익한 승리들이 경솔하게 다른 국경 지대들에서 이동시켜 온 우리 군을 적지로 너무 깊숙이 이끌고 들어가게 될 것이고, 죽어가는 황제는 영광으로 덮일 것이며, 아직도 살아가야 할 우리들은 남은 모든 문제들을 해결하고 전쟁의 모든 상흔들을 치료할 책임을 지게 될 것이다.

카이사르가 로마의 제2의 위치보다는 한 마을의 제1의 위치를 택하려 했다는 것은 옳았다. 그것은 야심이나 헛된

---

108) 그리스의 고대 비극 시인(기원전 480~406). 아이스킬로스, 소포클레스와 더불어 그리스 고대 3대 비극 시인의 한 사람.

109) 로마의 정치가, 장군(기원전 114~53). 폼페이우스, 카이사르와 더불어 제1차 삼두정치 체제를 만들었다. 그 후 시리아 총독으로 있을 때, 파르티아의 서부 지방을 합병하려다가, 패하고 죽음을 맞았다.

영광 때문이 아니라, 제2의 위치에 놓인 사람은 복종의 위험과, 반항의 위험과, 더 중대한 것으로서 타협의 위험 사이에서만 선택을 할 수 있을 따름이기 때문이다. 나는 로마에서 제2인자조차도 아니었다. 험난한 원정 길로 출발하려는 시점에서 황제는 아직도 그의 후계자를 지명하지 않았다 : 상황이 일보씩 진척될 때마다 한 번의 호기가 참모부의 수뇌들에게 주어지고 있었다. 그 거의 고지식하다고 할 사람이 이젠 나에게는 나 자신보다 더 복잡한 사람으로 보였다. 그의 투박한 태도만이 나를 안심시켜 주었다 : 나를 아들처럼 대하는 것은 무뚝뚝한 황제였던 것이다. 그러나 다른 순간들에는 나는 나의 봉사가 필요 없게 된다면 곧 팔마에게 제거되거나 키에투스에게 살해될 것이라고 예상하는 것이었다. 나는 권력이 없었던 것이다. 나는 심지어, 유대의 선동가들이 야기할 수 있는 폭거를 우리와 마찬가지로 두려워하고 있던 안티오케이아의 유대 최고법원의 영향력 있는 재판관들에게 황제 알현 기회를 얻어 줄 수도 없었는데, 그들은 트라야누스 황제에게 그들의 동종자(同宗者)들의 음모를 밝혀 줄 수 있었을 것이다. 소아시아의 오래된 한 왕가 후예인 나의 친우 라티니우스 알렉산데르는 그의 이름과 부가 큰 무게를 가지는 사람이었지만, 황제에게 역시 경청되지 않았다. 4년 전 비티니아에 파견되었던 플리니우스는 그곳의 정확한, 인심의 동향과 재정 상태를 황제에게 보고할──그의 고질적인 낙천주의에도 불구하고 그가 그럴 생각을 했다고 가정하더라도──시간을 가지지 못하고 거기에서 죽어 버렸다. 아시아의 일들에 관해 잘 알고 있던 리키아[110]의 상인 오프라모아스의 비밀 보고들은 팔마의 조롱을 샀다. 황제가 술에 취한 저녁 이 튼날 몸이 불편할 때에는 해방 노예들은 그것을 기화로 나를 황제의 방에 가까이 하지 못하게 했다 : 황제의 당번병인 포이디메라는 자는 정직하기는 하나 우둔하고 나에 대한 감정이 격해 있어서, 두 번이나 나에게 황제의 방의 출입을 막았던 것이다. 반면 나의 적인 집정관 켈수스는 어느 날 저녁 황제의 방 안에서 그와 단둘이 밀담을 나누었는데, 그것은 수시간 계속되었고, 그 결과로 나는 실각했다고 생각했다. 나는 나의 동맹자들을, 내가 찾을 수 있는 데서는 찾으려고 했다. 나는 금화로, 기꺼이 갤리선으로 보내고 싶던 옛 노예들을 매수했고, 혐오스러운 곱슬머리들을 쓰다듬어 주었다. 네르바 황제의 금강석은 더 이상 어떤 빛도 발하지 않았다.

그리고 나에게 좋은 영향을 미친 사람들 가운데 가장 현명한 사람인 플로티나가 나에게 나타난 것은 바로 그때였다. 나는 황후를 20여 년 전부터 알고 있었다. 우리들은 같은 사회 계층 출신이었고, 나이도 거의 같았다. 나는 그녀가 거의 나만큼 속박된, 그러면서도 나보다는 더 장래가 없는 삶을 조용히 살아오는 것을 익히 본 바 있었다. 그녀는 내가 어려웠을 때, 자신이 하는 일을 깨닫는 것처럼 보이지도 않으면서 나를 지지해 주었었다. 그러나 그녀가 나

---

110) 지금의 터키의 남부 해안의 옛 지방. 셀레우키다이 왕국에 복속되었다가, 43년 로마 제국에 편입되었다.

에게 없어서는 안 될 존재가 된 것은, 바로 내가 안티오케이아에서 불운한 나날들을 보낼 때였다. 마찬가지로 나중에 나에 대한 그녀의 존중의 념도 언제나 나에게 필요 불가결한 것이었으며, 나는 그 존중의 념을 그녀가 죽기까지 얻을 수 있었다. 나는 그녀의 그, 여느 여인의 옷차림이 그럴 수 있을 만큼 소박한 흰옷을 입은 모습과 그녀의 침묵과 언제나 대답일 뿐인, 절도 있고 가능한 한 명료한 그녀의 말에 익숙해졌다. 그녀의 외양은, 로마의 장려함보다 훨씬 더 오래된 그 궁전과 조화를 이루지 않는 것이라고는 아무것도 없었다 : 그 벼락출세자의 딸은 셀레우코스 왕국에 아주 걸맞았던 것이다. 우리들은 거의 모든 것에 대해 의견이 일치했다. 우리들은 둘 다, 우리들의 영혼을 장식하고 그런 다음 벌거벗기고 우리들의 정신을 모든 시금석들로 시험해 보는 데 열광적인 흥미를 가지고 있었다. 그녀는 에피쿠로스[111]의 쾌락주의 철학에 기울어 있었는데, 그것은 나도 때로 나의 사념을 누이곤 해 온 좁으나 깨끗한 침대 같은 것이다. 나의 머리를 떠나지 않고 있던 신들의 신비는 그녀의 마음을 건드리지 않았다. 또한 그녀는 육체에 대한 나의 열정적인 취향도 가지고 있지 않았다. 그녀는 풀어진 몸가짐에 대한 혐오로 하여 정숙했고, 천성적으로라기보다는 의지적으로 관대했으며, 슬기롭게 쉽사리 믿지 않았지만, 그러나 친우의 모든 것을, 심지어 친우

---

111) 그리스의 철학자(기원전 341~270). 쾌락주의의 창시자. 에피쿠로스 철학은 도덕적으로는 쾌락주의이지만, 인식론적으로는 감각주의를, 우주론적으로는 원자론, 유물론, 기계론을 함축하고 있다.

의 피할 수 없는 과오들도 받아들일 용의가 되어 있었다. 우정은 그녀가 그녀 전체를 참여시키는 선택으로서, 그녀는 거기에 자신을 절대적으로 내맡기는 것이었는데, 나는 사랑에 대해서만 그리했을 따름이다. 그녀는 나를 어느 누구보다도 더 잘 알았는데, 나는 그녀에게, 내가 다른 모든 사람들에게 세심하게 숨긴 것을, 예컨대 은밀한 비겁성을 볼 수 있게 했던 것이다. 나는, 그녀 쪽에서도 나에게 말하지 않은 것은 거의 아무것도 없다고 믿고 싶다. 우리들 사이에 결코 존재하지 않았던 육체적 친밀은, 밀접하게 서로 뒤섞인 두 정신의 이와 같은 접촉으로 벌충되었던 것이다.

우리들의 이와 같은 화합은 상호 간 고백이나 설명을 불필요하게 했고, 암시적 침묵마저도 불필요하게 했다 : 사실들 자체만으로 충분했던 것이다. 그녀는 나보다 사실을 더 잘 관찰했다. 유행이 요구하는 무겁게 많은 머리 밑에서 그 매끈매끈한 이마는 바로 재판관의 이마였다. 그녀의 기억력은 더할 수 없이 대단찮은 대상이라도 그 정확한 흔적을 간직했다. 너무 오래 주저하거나 혹은 너무 빨리 결정하거나 하는 것은 나에게는 있는 일이었으나, 그녀에게는 결코 있지 않았다. 더할 수 없이 잘 숨겨진 나의 적도 그녀는 한눈에 발견해 냈고, 나의 지지자를 평가할 때에는 현명하고 냉정하게 했다. 기실 우리들은 공모자들이었고, 그런데도 더할 수 없이 훈련된 귀를 가진 사람이라도 우리들 사이에 은밀한 동의의 표시를 거의 알아볼 수 없었을 것이다. 그녀는 나의 면전에서 황제에 대해 불평을 하는 투박한 잘못도, 그를 변명하거나 찬양하는 한결 미묘한 잘

못도 결코 범하지 않았다. 나 쪽에서도 나의 충성은 문제 삼을 여지가 없는 것이었다. 그 당시 로마에서 도착한 지 얼마 되지 않은 아티아누스가, 때로 밤새껏 지속되는 우리들의 그 회담에 합류하곤 했지만, 아무것도 그 침착하고 연약한 여인을 지치게 하지 못하는 것 같았다. 그녀는 나의 옛 후견인을 그녀의 개인 고문으로 임명케 하기에 성공했었던 것이다. 그리고 그로써 나의 적인 켈수스를 제거했었다. 트라야누스 황제의 불신이나, 혹은 후방에서 나의 직무를 수행할 사람을 찾기가 불가능하다는 사실은, 나를 안티오케이아에 붙들어 두게 될 것이었는데, 그래 나는 공식 보고서들이 나에게 알려 주지 않을 모든 것에 대한 정보를 얻기 위해 그들의 도움을 기대했다. 그리고 변고가 있을 경우, 그들은 나의 주위에 충성을 잃지 않은 군 일부를 결집시킬 수 있을 것이었다. 나의 적수들은 그 통풍 앓는 노인과 그 여인과 탁자에 함께 앉아 있어야 할 터였는데, 그는 나에게 대한 봉사를 위해서나 자리를 뜰 것이었고, 그녀는 자신에게 병사와 같은 장기적인 지구력을 요구할 수 있는 사람이었다.

나는 확고하고 감탄할 만큼 평온한 태도로 마상에 있는 황제, 가마를 탄 인내심 있는 여인들의 무리, 가공할 루시우스 키에투스의 누미디아 척후병들과 섞여 있는 황제 친위대, 이들이 멀어져 가는 것을 보았다. 유프라테스 강변에서 겨울을 난 군은 황제가 도착하자마자 행군을 시작했다 : 파르티아 전투는 정녕 시작되고 있었던 것이다. 최초의 소식들은 장엄했다. 바빌로니아 정복, 티그리스 강 도

강, 크테시폰[112] 함락. 모든 것이 언제나와 마찬가지로 그 사람의 놀라운 군사적 수완에 굴복하는 것이었다. 아라비아의 군주 카라세네는 스스로 황제의 신하임을 선언했고, 그리하여 로마 함대들에 티그리스 강 전체를 열어 주었다 : 황제는 함대에 승선하여 페르시아 만 안쪽에 있는 카락스[113]항으로 출발했다. 그는 전설적인 해안에 닿았다. 나의 불안은 계속 남아 있었지만, 나는 그것을 범죄인 양 숨기고 있었다. 너무 일찍 옳은 것은 그른 것인 법이다. 더욱이 나는 나 자신을 의심하기도 했다. 나는, 우리들이 너무 잘 알고 있는 한 인간의 위대성을 우리들로 하여금 인정하지 않게 하는 저 저열한 의혹의 죄를 범하지 않았던가? 나는, 어떤 존재들은 운명의 경계 표석들을 옮겨놓으며 역사를 변화시킨다는 사실을 잊었었다. 나는 황제의 천재성을 모독했었다. 나는 나의 직무에 임하고 있는 곳에서 가슴을 끓였다. 만약 혹시라도 불가능한 일이 일어난다면, 내가 거기에서 배제될 수도 있지 않겠는가? 언제나 어떤 것이라도 현명함보다는 더 쉬우므로, 사르마티아 전쟁 때의 쇠사슬 갑옷을 다시 입고 플로티나의 영향력을 이용하여 나를 다시 군으로 부르게 하고 싶은 욕망이 나를 찾아오는 것이었다. 나는 우리 병사들 가운데 가장 하위의 병졸에 대해서도, 아시아로 향한 도로들의 먼지와 페르시아 갑주 부대

112) 티그리스 강 동안에 있었던 메소포타미아 지방의 옛 도시. 아르사키데스 왕조 때의 파르티아의 수도.
113) 티그리스 강과, 지금의 이란에 있는 카룬 강 하구 사이에 있었던 옛 도시로, 알렉산드로스 대왕이 세웠다.

들과의 격돌을 부러워했다. 원로원은 황제에게, 이번에는 하나의 승리가 아니라 그의 일생 동안 계속될 연속적인 승리들에 대한 개선 축하식을 할 권한을 표결해 주었다. 나 자신 당연히 시행되어야 할 일을 했다 : 나는 축제들을 계획하여 개최했고, 카시우스 산정에 제물을 봉헌하러 올라갔던 것이다.

돌연, 동방의 그 땅속에서 은밀히 타고 있던 불이 도처에서 동시에 터져 나왔다. 유대 상인들이 셀레우케이[114]에서 세금을 납부하기를 거부했고, 키레네[115]에서는 즉시 반란이 일어났는데, 이 폭동 가운데 동방인들이 그리스인들을 살육했다. 이집트의 밀을 우리 군부대들에까지 수송하는 도로들이 예루살렘의 젤로트 당[116]의 한 무리에 의해 차단되었고, 키프로스에서는 유대 하층민들이 그리스와 로마 주민들을 사로잡아, 검투사 시합을 강제로 시켜 서로 죽이게 했다. 나는 시리아에 질서를 유지하기에 성공했지만, 그러나 유대 교회당들의 입구에 앉아 있는 걸인들의 눈에서 불꽃을 감지했고, 단봉낙타를 끌고 가는 사람들의 두꺼운 입술 위에서 소리 없는 조소를 보았는데, 그것은 어떻게 생각해 보더라도 우리가 받을 이유가 없는 증오였다.

---

114) 셀레우코스 왕이 티그리스 강 동안에 세웠던 옛 도시. 안티오케이아에 앞서 셀레우키다이의 수도였다.

115) 리비아 동부 지방, 해안 가까이에 있었던 옛 도시. 기원전 7세기에 그리스 도리아인 식민들이 세운 도시로 기원전 1세기에 로마에 복속되었다.

116) 유대의 율법과 독립을 지키기 위해서는 폭력적인 행위도 불사해야 한다고 주장한 유대의 애국당. 특히 1세기에 로마에 크게 반항했다.

유대인들과 아랍인들은 처음부터 공통의 이해를 위해 한편이 되어, 그들의 상행위를 파괴할 위협이 되는 그 전쟁에 반대해 왔지만, 이스라엘은 그 나라의 광적인 종교, 기이한 의식, 그리고 비타협적인 신 등으로 인해 스스로 떨어져 나온 세계에 대항하여 싸우기 위해 그 전쟁을 이용했다. 황제는 바빌로니아로 급히 귀환하여, 반란을 일으킨 도시들을 징벌할 사람으로 키에투스를 임명했다 : 키레네, 에데세, 셀레우케이아 등 동방에 있는 그리스의 주요 도시들은, 대상(隊商)이 정지해 휴식을 취하는 동안에 예모했거나 유대인 구역에서 획책했거나 한 배반에 대한 응징으로 불태워졌다. 나중에, 재건해야 할 그 도시들을 방문하던 중 나는 붕괴된 열주(列柱) 밑에서 열 지어 선 파괴된 조상들 사이를 걸어 다녀 보았다. 그 도시들의 반항을 돈으로 선동했던 오스로에스 황제는 즉시 공세를 취했고, 아브가르는 봉기하여 잿더미로 변한 에데세에 되돌아왔다. 트라야누스 황제가 도움을 기대할 수 있다고 생각했던 우리의 동맹국인 아르메니아는 오히려 페르시아 태수들에게 협조했다. 황제는 갑자기, 사위에서 적과 대면해야 하는 거대한 전장의 중심에 처해진 셈이었다.

그는 하트라[117]의 포위 공격에 겨울을 다 보냈는데, 사막 한가운데 위치하고 있는 거의 난공불락의 그 요새는 우리 군에 수많은 죽음을 치르게 했다. 그의 고집은 점점 더 개인적인 용기의 형태를 띠어 갔다 : 병든 그 사람은 포기하

---

117) 지금의 이라크 북부 지역에 있었던 파르티아 왕국의 수도.

기를 거부했던 것이다. 나는 플로티나를 통해, 트라야누스 황제가 단시간의 중풍기의 발작을 경고받았음에도 불구하고 끝끝내 그의 후계자를 지명하지 않으려 했다는 것을 알고 있었다. 만약 그 알렉산드로스의 모방자가 이번에는 그 자신이 아시아의, 건강에 나쁜 어느 벽지에서 열병과 과로로 죽어 버린다면, 대외 전쟁이 내란으로 복잡해질 것이었다 : 나의 지지자들과 켈수스나 팔마의 지지자들 사이에 사투가 벌어질 것이기 때문이었다. 갑자기 황제 측의 소식이 거의 완전히 중단되었고, 황제와 나 사이의 가느다란 연락선은 나의 최악의 적의 휘하에 있는 누미디아인 부대들에 의해 유지되고 있을 뿐이었다. 내가 최초로 나의 주치의에게 나의 가슴 위의 심장 자리를 붉은 잉크로 표시하도록 한 것이 바로 그 시기였다 : 만약 최악의 상황이 도래한다면, 나는 결코 산 채로 루시우스 키에투스의 수중에 떨어지고 싶지 않았던 것이다. 인접한 지방들과 섬들을 평정하는 어려운 과업이 나의 직위의 다른 임무들에 첨가되었지만, 그러나 낮 동안의 기진케 하는 일은 불면의 긴 밤에 비하면 아무것도 아니었다. 제국의 모든 문제들이 동시에 나를 짓누르고 있었지만, 나 자신의 문제가 더욱 무거웠다. 나는 권력을 원하고 있었던 것이다. 나는 나의 계획들이 받아들여지게 하기 위해, 나의 대책들을 시도하기 위해, 평화를 복원하기 위해 권력을 원했고, 특히 죽기 전에 나 자신이 되기 위해 권력을 원했다.

나는 마흔 살이 되어가고 있었다. 만약 내가 그 시기에 죽는다면, 나에 관해서는 일련의 고위 공직자들 이름 사이에 끼인 이름 하나와, 아테네의 집정관을 기리기 위한 그리스어 비명(碑銘)만이 남을 것이었다. 그 이래로 나는, 삶의 한가운데에 이른 한 사람이 그의 성공과 실패를 정확히 가늠할 수 있다고 일반 대중이 생각하는 가운데, 이 세상에서 사라지는 것을 볼 때마다, 그 나이에 나로 말하자면 아직 나 자신과 몇몇 친구들의 눈에나 존재할 뿐인 셈이었으며 그 친구들은 때로, 나 자신 나를 못 믿었듯이 나를 믿지 못했으리라는 것을 상기하곤 했다. 나는 죽기 전에 자신을 실현하는 사람들이 거의 없다는 것을 깨달았고, 사람들의 중단된 업적을, 더 많은 동정을 가지고 판단하게 되었다. 낙망한 삶에 대한 그러한 강박관념은 나의 생각을 단 하나의 점에 정지시키고, 농양(膿瘍)처럼 고착시켰다. 권력에 대한 나의 갈망이나 사랑에 대한 나의 갈망이나 똑같았는데, 사랑의 갈망은 사랑에 빠진 나를, 어떤 의식들이 수행되지 않은 한 먹지도, 자지도, 생각하지도, 심지어 사랑하지도 못하게 하는 것이다. 더할 수 없이 긴급한 일이라도, 내가 지배자로서 장래에 영향을 미칠 결정들을 내리는 것이 금지되어 있는 만큼, 헛되게 보였다. 나는 유용한 존재가 되고자 하는 의욕을 되찾기 위해서는, 지배자가 된다는 것을 보장받기를 필요로 했다. 그 안티오케이아의 궁전은—나는 그 몇 년 후 일종의 열광적인 행복 가운데 거기서 살게 될 터였지만—나에게는 감옥, 아마도 사형수의 감옥에 지나지 않았다. 나는 신탁을 얻기 위해, 유피테르 암몬[118]과 카스탈리아[119]와 제우스 돌리케누스[120]의 신탁소에 비밀 전언을 보냈다. 동방의 점성가들을 부르기도 했

154

다. 안티오케이아의 감옥에서 십자가형을 받기로 결정된 범죄자를 끌어오게 하여, 나의 면전에서 마법사로 하여금 그의 목을 베게까지 했는데, 그것은 삶과 죽음 사이에서 잠시 동안 떠도는 영혼이 나에게 장래를 알려 줄 것이라는 희망에서였다. 그 불쌍한 자는 그렇게 됨으로써 더 오랜 임종의 고통에서 벗어나는 득을 얻은 셈이었지만, 그에게 던져진 질문들에 대답은 없었다. 밤이면 나는 문틀에서 문틀로, 발코니에서 발코니로, 벽들이 지진으로 인해 아직 균열이 생긴 채로 있는 그 궁전의 방들을 따라 지친 걸음을 끌고 가면서, 여기저기 포석들 위에 점성술 계산을 하든가, 흔들리는 별들을 살펴보든가 하는 것이었다. 그러나 장래에 대한 징후들을 찾아야 했던 것은 지상이었다.

황제는 마침내 하트라의 포위를 풀었고, 유프라테스 강을 되건너올 결정을 내렸는데, 그 강을 결코 건너가지 말았어야 했을 것이었다. 이미 찌는 듯이 더워진 날씨와 파

118) 이집트의 신으로, 세계를 창조한 여덟 신들 가운데 가장 중요한 신. 로마에서는 유피테르와, 그리스에서는 제우스와 동일시되었다.

119) 델포이에 있는 샘. 뮤즈들의 거처인 파르나소스 산 밑에 있다. 기실 델포이는 파르나소스 산 남쪽 면에 자리 잡고 있다. 카스탈리아라는 이름은 같은 이름의 요정에서 왔는데, 그 요정이 아폴론의 뒤쫓음을 피해 그 샘에 몸을 던졌다는 것이다. 뮤즈들이 이 샘을 자주 찾았기에, 이 샘물은 시인들에게 영감을 준다고도 한다. 어쨌든 여기 문맥으로는 환유적으로 역시 델포이에 있는 아폴론 신전의 신탁소를 가리키는 듯하다.

120) 원초에 히타이트의 신이었는데, 당시의 소아시아 돌리케에서 이 신에 대한 예배가 계속되다가 로마 군인들에 의해 제국에 널리 퍼졌다고 하며, 로마의 유피테르와 동일시되었다.

르티아 궁수들의 집요한 공격은 그 쓰라린 회군을 더욱더 처참하게 했다. 타는 듯이 더운 어느 5월 저녁 나는 안티오케이아 성문 밖으로 나가, 오론테스[121] 강변에서 열병과 불안과 피로로 고생하고 있는 많지 않은 황제 일행——병든 황제, 아티아누스, 그리고 여인들——을 맞이했다. 트라야누스 황제는 궁전 입구까지 말을 탄 채 가기를 고집했으나, 가까스로 몸을 지탱했다. 그토록 활력으로 차 있었던 그 사람은 다가온 죽음으로 인해 어느 다른 사람보다도 더 변한 듯이 보였다. 크리톤과 마티디아는 그가 층계를 오를 수 있도록 도와주고, 그를 데리고 가 침대에 눕도록 한 후, 침대 머리에 자리를 잡았다. 아티아누스와 플로티나는 전장의 사건들 가운데서, 그들의 짧은 전언들 속에 알릴 수 없었던 사건들을 나에게 이야기해 주었다. 그 이야기들 가운데 하나는 영원히 나의 개인적인 추억들, 나 자신이 간직하고 있는 이미지들과 같은 위치를 차지하게 되었을 만큼, 나를 감동시켰다. 카락스에 도착하자마자 지쳐 있던 황제는 해변의 모래 위로 가, 페르시아 만의 무거운 파도를 눈앞에 두고 앉았다는 것이었다. 그때는 아직 그가 승리를 의심하지 않고 있던 시기였지만, 그러나 최초로 광대한 이 세계가, 그리고 연륜에 대한 감회와 우리들 모두를 조이는 한계에 대한 느낌이 그를 압도했다. 결코 울 줄을 모르리라고 사람들이 생각하던 그 사람의 주름 진 두 뺨

---

121) 지금의 레바논에서 시작하여 시리아와 터키를 거쳐 지중해로 들어가는, 나르 알 아시 강의 옛 이름. 지중해로 들어가기 직전에 안타카야 즉, 옛 이름으로 안티오케이아를 거친다.

위로 굵은 눈물방울들이 흘러내렸다. 로마의, 독수리가 그려진 군기를 그때까지 탐험되지 않은 해안에까지 가지고 온 그 사령관은, 자기가 그토록 꿈꾸던 그 바다 위로 결코 배를 타지 못하리라는 것을 깨달았다 : 그가 멀리서 도취되어 있었던, 인도, 박트리아,[122] 그 미지의 동방 전체가 그에게는 이름들만으로, 꿈만으로 남을 것이었다. 바로 그다음 날로 나쁜 소식들이 그를 다시 출발하지 않을 수 없게 했다. 그 후 이젠 나의 차례가 되어 운명이 나에게 거부의 말을 할 때마다, 나는 아마도 최초로 자기의 삶을 맞대면하여 바라보았을 한 노인이 먼 이방의 해안에서 어느 날 저녁 흘린 그 눈물을 기억하곤 했다.

나는 이튿날 아침 황제의 처소로 올라갔다. 나는 그에게 자식 같은, 형제 같은 정을 느꼈다. 모든 면에서 자기 휘하의 각 병사처럼 살고 생각한다는 것을 언제나 자랑으로 여겨 왔던 그 사람이, 전적인 고독 속에서 삶을 끝내 가고 있었다 : 그는 그의 침대 위에 누워, 이젠 아무도 관심을 가지지 않는 웅대한 계획들을 계속 궁리하고 있는 것이었다. 언제나와 같이 그의 무뚝뚝하고 퉁명스러운 말은 그의 생각을 멋있게 나타내지 못했다. 그는 단어들을 힘들여 발

---

122) 대개 지금의 아프가니스탄 북부에 해당되는 중앙아시아 지역의 옛 이름. 페르시아 령이었다가, 알렉산더 대왕의 정복을 거쳐, 셀레우키다이 령이 되었고, 그 후 한때 독립국이었다가, 파르티아와, 뒤이어 스키티아의 침략을 받고 기원전 1세기에서 기원 3세기에 걸치는 동안 (트라야누스 황제 집권기에 대응되는 시기가 포함되어 있는 기간) 인도-스키티아 제국인 쿠샨 제국에 합병되어 있었다.

음하며, 나에게 로마에서 그를 위해 준비하고 있는 개선 축하식에 관해 말했다. 그는 죽음을 부인하듯, 패전을 부인하고 있었다. 그는 이틀 후 두 번째로 병의 발작을 일으켰다. 나는 다시 아티아누스와, 또 플로티나와 불안한 밀담을 나누었다. 황후는 앞일을 예비하여 나의 오랜 친구를 황제 친위대장의 막강한 직위로 격상시킨 참이어서, 친위대를 우리들의 휘하에 들어오게 했다. 마티디아는 환자의 침실을 떠나지 않았는데, 다행하게도 전적으로 우리 편이 되어 있었다. 게다가 그 단순하고 다정한 여인은 플로티나의 수중에서 그녀의 원대로 되었다. 그러나 우리들 가운데 아무도 황제에게, 제위 승계 문제가 해결되지 않고 있다는 것을 감히 환기시키지 못하고 있었다. 아마도 알렉산드로스 대왕처럼 그 자신이 자기 후계자를 지명하지 않을 결정을 내렸을지도 모르고, 키에투스 도당에 대해 그 자신만이 알고 있는 약속을 마음속에 지니고 있는지도 몰랐다. 한결같이 단순히, 그는 자기의 종말을 직면하기를 거부하고 있었다고 하겠다 : 여러 가정에서 유서 없이 죽는 고집스러운 노인들을 볼 수 있는데, 그런 경우와 같은 것이다. 그들에게 중요한 것은, 그들의 재보나 혹은 제국을 끝까지 간직하려는 것이라기보다는──그들의 마비된 손가락들은 이미 절반쯤은 거기에서 떨어져 나가 버린 것이다──, 이젠 더 이상 내릴 결정도 없고 놀라움을 일으키지도 않으며 산 사람들에게 위협이나 약속을 할 수도 없는 그런 인간의 사후 상태에 너무 일찍 자리 잡지 않으려는 것이다. 나는 그를 동정했다 : 절대적인 권위를 행사해 온 사람들의 대부분이 자기들의 임종 침대에서 절망적으로 찾는, 자기들과 똑같은 위정 방법과 똑같은 과오까지 미리 수임한 그런 양순한 후계자를 그가 나에게서 발견할 수 있기에는, 우리 두 사람은 너무나 달랐던 것이다. 그러나 그의 주위에는 정치가가 없었다 : 그가 훌륭한 행정가와 대군주로서의 자기의 의무가 등한하게 되지 않게 하면서 택할 수 있는 사람은, 나밖에 없었다. 근무 상태를 평가하기에 습관이 된 그는 나를 받아들이도록 거의 강요된 셈이었다. 하기야 그것은 그가 나를 미워하게 되는 훌륭한 이유이기도 했다. 조금씩 조금씩 그의 건강이 침실을 떠날 수 있을 만큼만으로는 회복되었다. 그는 새로운 전쟁 계획에 대해 말하는 것이었지만, 자기 자신 그 가능성을 믿지 않았다. 시의(侍醫) 크리톤은 삼복더위가 그의 건강에 나쁠 것을 두려워하고 있었는데, 마침내 그로 하여금 로마로 귀환하기 위해 다시 배를 탈 결정을 내리게 하기에 성공했다. 출발 전날 저녁에 그는 그를 이탈리아로 다시 데려갈 배의 선상으로 나를 부르게 하여, 자기를 대신할 총사령관으로 임명했다. 후계 문제에 있어서 그는 거기까지는 다가갔지만, 본질적인 것은 이루어지지 않았다.

내가 수령한 명령과는 반대로 나는 즉시, 그러나 은밀하게 오스로에스와 평화 협상을 시작했다. 나는 십중팔구 이젠 더 이상 황제에게 보고할 일이 없으리라는 사실에 내기패를 던진 것이었다. 열흘이 못 된 후, 나는 사자 한 사람이 왔다고 하여 한밤중에 잠을 깼다 : 나는 즉시, 그가 플로티나가 신뢰하는 사람임을 알아보았다. 그는 나에게 두

통의 서신을 전해 주었다. 그 하나는 공식적인 것으로서, 트라야누스 황제가 바다의 요동을 참지 못해 실리시아의 셀리누스[123]에서 하선했는데 거기에서 그는 어느 상인 집에서 병이 심중해져 누워 있다는 사실을 알리는 것이었고, 둘째번 것은 밀서였는데, 기실 그가 죽었다는 것을 알려 주면서 플로티나가, 내가 그 사실을 최초로 고지받는 이득을 얻도록 가능한 한 오랫동안 그 사실을 숨겨 두겠노라고 나에게 약속하는 내용이었다. 나는 시리아 주둔군을 확보하기 위해 필요한 모든 조치를 취한 후, 그 당장 셀리누스로 출발했다. 행로에 오르자마자 새 파발꾼이 공식적으로 황제의 서거를 나에게 알려 주었다. 나를 후계자로 지명하는 그의 유서가 확실한 전달자를 통해 로마로 발송된 지 얼마 안 된다는 것이었다. 10년 전부터 열에 들뜬 듯이 열망하고 모사(謀事)하고 의논하고 혹은 침묵해 왔던 모든 것이, 여인의 작은 필체로 흔들림 없는 손이 쓴 두 줄의 그리스어 전언문으로 축소되어 있었다. 셀리누스의 부두에서 나를 기다리고 있던 아티아누스는 나에게 황제의 칭호로써 예를 올린 첫 사람이 되었다.

병든 황제가 셀리누스에서 하선한 후 죽음을 맞이하는

---

123) 실리시아는 지금의 터키 남동부에 위치한 지방으로 옛날 안티오케이아였던 안타카야에서 멀지 않은 아다나가 그 중심 도시이다. 그리고 셀리누스는 소아시아 반도 남쪽 해변의 셀리누스 강 하구에 있었던 옛 도시로서, 본문에서 보듯이 트라야누스 황제가 여기서 죽었는데, 이 사실(史實)에서 연유한 트라야노폴리스라는 별칭이 있다. 실리시아의 셀리누스라고 한 것은, 시칠리아 섬에도 셀리누스라는 도시가 있기 때문이다.

순간까지, 바로 그사이에 일련의 사건들이 있게 되는데, 그 사건들은, 나에게는 재구성하기가 언제까지나 불가능할 것이면서도 나의 운명의 기반이 된 여러 사건들의 일부분을 이루는 것이다. 아티아누스와, 황제를 수행한 여인들이 그 상인의 집에서 보낸 그 며칠간이 나의 삶을 영원히 결정한 것이다. 하지만 그 며칠간의 사정에 관해서는 나는 언제까지나 모를 것인데, 그것은 나중에 나일 강상의 어느 날 오후의 사정과 같았다. 나는 후자의 경우에 관해서도, 바로 그 전부를 아는 것이 나에게 중요할 것이기 때문에 결코 아무것도 알지 못할 것이다. 로마의 가장 보잘것없는 떠돌이라도 나의 삶의 그 삽화들에 대해 자기 견해를 가지고 있지만, 나 자신은 그 삽화들에 대해 누구보다도 잘 모른다. 나의 적들은 플로티나가 빈사 상태의 황제로 하여금 나에게 권력을 물려준다는 몇 마디 말을 끄적이게 하기 위해 그의 임종의 순간을 이용했다고 그녀를 비난했다. 더욱 심한 중상자들은 커튼을 드리운 침대와, 램프의 흐릿한 불빛, 죽은 트라야누스 황제의 목소리를 흉내 내어 그의 최후의 소망을 구술하는 시의 크리톤을 묘사하여 이야기하기도 했다. 또 사람들은, 황제의 당번병 포이데메가 나를 미워하고 있었으므로 나의 친구들이 그의 입막음을 위해 그를 매수할 수 없었을 터인데, 그가 그의 주군의 서거 다음 날 악성 열병으로 너무나 알맞은 때에 죽어 버렸다는 사실을 강조하기도 했다. 이와 같은 폭력과 음모의 이미지들에는 민중들의 상상력과 심지어 나의 상상력까지도 사로잡는 무엇이 있는 것이다. 어쨌든 소수의 정직한 사람들이 나를 위해 범죄까지 저지를 수 있었다면 그것은, 또 나에 대한 황후의 헌신이 그녀를 그토록 멀리까지 이끌고 갔다면 그것도, 나의 마음에 안 들지는 않을 것이다. 그녀는 결정 하나가 취해지지 않음으로써 국가가 처하게 되는 위험들을 알고 있었다. 나는 그녀가 만약 예지와 상식, 공익, 우정 등에 고무되었다면 필요 불가결한 기만 행위는 범하기를 수락했으리라고 믿을 만큼, 그녀를 존경한다. 나는 나의 적수들에게 그토록 맹렬한 논란의 대상이 된 그 문서를 그 때 이래 나의 수중에 간직해 왔다. 나는 죽어 가는 환자의 그 최후의 구술 문서가 진정한 것인지에 대해 가부를 표명 할 수 없다. 물론 나는 트라야누스 황제 자신이 죽기 전에 자기의 개인적인 편견을 버리고 전적인 자신의 의사로 제 국을, 그가 필경 가장 자격이 있다고 판단한 사람에게 물 려주었다고 상정하고 싶다. 그러나 이 경우 나에게 목적이 수단보다 더 중요했다는 것을 정녕 고백해야 하겠다. 본질 적인 것은, 권력에 도달한 사람이 그에 뒤이어, 그가 그 권력을 행사할 자격이 있다는 것을 증명했다는 사실이다.

내가 도착한 지 얼마 안 되어 황제의 시신은 해변에서 화장되었는데, 개선 장례식이 로마에서 거행될 예정이었 다. 거의 아무도 새벽에 있은 아주 단순한 화장 의식에 참 석하지 않았으며, 그 의식은 트라야누스 황제 개인에게 여 인들이 바친 오랫동안의 가족적인 보살핌의 마지막 삽화에 지나지 않았다. 마티디아는 뜨거운 눈물을 흘리며 울었다. 장작더미 주위의 공기의 진동이 플로티나의 얼굴 모습을 흐릿하게 했다. 신열로 얼굴이 움푹 들어간 듯이 보였으나 침착과 냉정을 유지하고 있는 그녀는, 언제나와 같이 두말할 것 없이 속을 알 수 없는 모습이었다. 아티아누스와 크리톤이 시신의 전부가 충분히 연소되게 하는 데 주의를 기울였다. 마지막으로 조그만 연기가 그늘 없는 아침의 창백한 대기 속으로 흩어졌다. 황제가 죽기 전의 며칠 동안에 있었던 일들에 대해 나의 친우들 가운데 아무도 다시 이야기하지 않았다. 그들의 구호는 물론 침묵하자는 것이었고, 나의 구호는 위험한 질문을 던지지 말자는 것이었다.

바로 그날로, 과수가 된 황후와 그녀의 측근들은 로마로 가기 위해 다시 배에 올랐다. 나는 안티오케이아로 되돌아왔는데, 귀환 길을 따라 군부대들의 환호를 받았다. 놀라울 만한 평온이 나를 점령했다 : 야심과, 그리고 두려움은 지나간 악몽 같아 보였다. 나는 어떤 일이 일어나더라도 황제가 될 가능성을 끝까지 지킬 결심이 언제나 되어 있었지만, 황제의 양자 책봉 유서가 모든 것을 간단하게 만들었다. 이젠 더 이상 나 자신의 삶이 나를 사로잡지 않았다 : 나는 다시 다른 사람들에 대해 생각할 수 있게 되었던 것이다.

TELLUS STABILITA[1]

---

1) '확고해진 대지'라는 뜻이다.

나의 삶은 다시 정상 상태로 되돌아왔으나, 제국은 그렇지 못했다. 내가 상속받은 세계는, 보이지 않는 노쇠의 징후들을 의사의 눈에는 이미 드러내고 있기는 해도 아직도 건장한 한창 나이의 인간, 그러나 방금 중병의 심한 발작을 겪은 그런 인간과 흡사했다. 적대국들과의 협상은 이제부터는 공개적으로 재개되었으며, 나는 트라야누스 황제 자신이 죽기 전에 그 임무를 나에게 맡겼다는 소문을 사방에 퍼뜨리게 했다. 나는 위험한 정복 계획들은 단번에 삭제해 버렸다. 우리가 지탱할 수 없었을 메소포타미아의 경우뿐만 아니라 너무 궁벽하고 너무 멀리 있는 아르메니아의 경우도 그러했는데, 나는 아르메니아를 속국으로 거느리기만 했다. 평화 회의를 그 주 당사자들이 오래 끄는 데서 이득을 얻을 수 있을 경우에 수년간 그 협상을 질질 끌고 가게 할 두셋 난제들은, 페르시아 태수들의 신임을 얻고 있는 상인 오프라모아스의 능란한 외교로 제거되었다. 나는 다른 사람들이 전장에 대해 지니고 있는 그 열정을 그런 협상에 쏟아 붓도록 노력했다. 나는 평화를 어떻게 해서든지 이루려고 했던 것이다. 하기야 나의 상대자들도 적어도 나 자신만큼 평화를 바랐다 : 예컨대 파르티아인들은 그들이 장악하고 있는 인도와 우리 사이의 무역로를 재개할 생각만 하고 있었다. 커다란 위기가 지나간 후 몇 개월 안 되어, 나는 오론테스 강변에 대상의 행렬이 다시 이루어지는 것을 보고 기뻐했다. 오아시스들은 다시 상인들로 붐비고 있었으며, 그들은 새 소식들을 음식 짓는 불빛을 받으며 논평하고, 아침이면 미지의 나라들로 수송해 가기 위해 그들의 상품들과 더불어, 정녕 우리의 것들인 상당수의 사상(思想)들과 말[言語]들, 관습들을 낙타들 등에 다시 싣는 것이었다. 그리하여 그것들은 조금씩 조금씩, 진군하는 로마의 군단들보다도 더 확실하게 지구를 점령해 갈 것이었다. 금전의 순환과, 생명 유지에 필수적인 공기가 동맥 속에서 이동해 가는 것만큼 미묘한 생각의 이행이 세계의 거대한 몸 안에서 다시 시작되고 있었고, 대지의 맥박이 다시 고동치기 시작하고 있었다.

반란의 열병도 제 차례라는 듯 가라앉았다. 이집트에서는 반란이 너무나 맹렬했기 때문에, 우리의 정규 지원 부대들이 도착할 때까지 황급히 농민들을 징집하여 민병대를 조직해야 했을 정도였다. 나는 즉시 나의 동지인 마르키우스 투르보에게 이집트에 질서를 회복시킬 임무를 맡겼고, 그 임무를 그는 현명하게도 단호하게 수행했다. 그러나 거리의 질서는 나에게는 절반 정도밖에 만족스럽지 않았고, 나는 가능하다면 사람들의 정신 속에서도 질서를 회복시키고자, 아니 차라리 사람들의 정신 속에서 최초로 질서가 지배하도록 하고자 했다. 펠루시움[2]에서 체류한 한 주간은 전부, 영원히 서로 상극인 그리스인들과 유대인들을 공평하게 조정해 주는 데 보냈다. 나는 내가 보고 싶었던 것들 가운데 아무것도, 나일 강의 하안도, 알렉산드리아의 박물관도, 사원들의 조상(彫像)들도 보지 못했다. 겨우 하룻밤을 카노보스[3]의 유쾌한 방탕한 놀이에 바칠 수 있게 되었을 따름이다. 한없이 기나긴 6일간을 나는, 바람에 달그락거리는 소리를 내는 가느다란 판자들로 만든 긴 커튼으로 바깥의 더위에서 보호되어 있음에도 불구하고 끓는 가마솥 같은 법원 건물 안에서 보냈다. 밤이면 엄청나게 큰 모기들이 램프들 주위에서 앵앵대는 소리를 냈다. 나는 그리스인들에게는, 그들이 언제나 가장 현명한 것은 아니라는 것을, 유대인들에게는, 그들이 결코 가장 순수한 것은 아니라는 것을 증명해 보이려고 애썼다. 천한 부류의 그리스인들이 그들의 적들을 귀찮게 괴롭히기 위한 풍자가요들은 유대인들의 기괴한 저주들에 거의 못지않게 어리

---

2) 나일 강의 가장 동쪽 지류 상에, 수에즈 운하 북단의 포트사이드에서 남동쪽으로 멀지 않은 곳에 있는 항도인 지금의 텔파라마의 옛 이름.
3) 알렉산드리아 북동쪽 근방, 지금의 아부키르 바로 옆 지점에 있었던 옛 도시. 주색의 향락으로 유명한 도시였다고 하는데, 로마인들은 알렉산드리아에서 카노보스에 이르는 운하를 유람하는 선상에서 향락에 탐닉했다고 한다. 하드리아누스 황제는 티부르의 별궁의 한 부분에 카노보스라는 명칭을 붙였다.

석었다. 수세기 전부터 서로 이웃하여 살아온 그 두 민족은 서로를 알고 싶어 하는 호기심도, 또 서로를 용납하는 예의도 결코 가져 본 적이 없었다. 지쳐 버린 소송인들이 밤늦게 자리를 물러났다가, 새벽에 여전히 재판관석에 앉아 있는 나를 다시 찾아오곤 했는데, 나는 계속 거짓 증거물들의 오물 더미를 분류하기에 매달려 있어야 했던 것이다. 나에게 증거물로 제시된 단도에 찔려 죽은 시체들은 흔히, 침대에서 죽은 환자 시체들로서 염장이들에게서 훔친 것들이었다. 그러나 소송인들 사이에 소강상태가 이루어질 때마다 그것은 그 어느 소강상태라도 그렇듯 일시적인 것이긴 해도 하나의 승리였으며, 분쟁에 중재가 이루어질 때마다 그것은 장래에 있어서의 하나의 선례요, 하나의 보증이었다. 이루어진 합의가 외부로부터 강요된, 표면적이고 십중팔구 일시적인 것이라는 것은 나에게 거의 중요하지 않았다 : 선이든 악이든 관성적인 문제이며, 일시적인 것은 연장되고 표면적인 것은 내부로 스며들어 가면은 결국 얼굴이 되고 만다는 것을 나는 알고 있었던 것이다. 증오와 우매와 광기가 지속적인 효력을 가지고 있을진대, 명석성과 정의와 온정 역시 그렇지 못할 이유를 나는 알지 못했다. 만약 내가 저 유대인 헌 옷 장수와 저 그리스인 돼지고기 장수를 나란히 평온하게 살도록 설득하지 못한다면, 변경의 질서는 아무것도 아닌 것이었다.

평화는 나의 목적이었지 결코 나의 우상은 아니었다 : 이상이라는 말 자체도 현실에서 너무 멀리 떨어진 것으로서, 나의 마음에 들지 않을 것이다. 나는 다키아를 포기함으로써 정복 정책에 대한 나의 거부를 끝까지 밀고 나갈 생각을 했었는데, 만약 나의 전임자의 정책과 정면으로 결별하는 것이 미친 짓이 아닐 수 있었다면 나는 그렇게 했을 것이다. 하지만 나의 통치에 앞서 획득되고 이미 역사에 기록된 전리(戰利)는 가능한 한 가장 현명하게 이용하는 편이 더 나았다. 새로 편성된 그 속주(屬州)의 첫 총독이었던 찬탄할 만한 율리우스 바수스가 과로로 죽고 말았는데, 나자신 사르마티아 국경에서 한 해를 보내는 동안, 복속되었다고 여겨진 나라를 그럼에도 지침 없이 평정하고 또 평정해야 하는 그 영광 없는 일로 기진맥진하여 쓰러질 뻔했었다. 나는 그에게 통상 황제들에게만 가능한 개선 장례식을 로마에서 베풀어 주도록 했다. 정복지에서 크게 알려지지 않은 채 희생된 한 훌륭한 공복에 대한 그 경의의 표시는 정복 정책에 대한 나의 은밀한 최후의 항의였다. 나는 내가 마음대로 그 정책에 종지부를 찍을 수 있게 된 이래, 그것을 이젠 소리 높여 비판할 필요는 없었다. 반면 마우레타니아에서는 군사적인 진압이 요구되었는데, 루시우스 키에투스 측의 선동자들이 소요를 조장하고 있었던 것이다. 그 진압 작전은 나 자신의 존재를 즉시 필요로 하지는 않았다. 브리타니아[4]에서도 같은 사정이 생겼는데, 칼레도니아인들이 아시아 전쟁으로 야기된 주둔 부대들의 철수를 기화로, 국경 지대에 잔류하고 있던 불충분한 경비 부대원

---

4) 지금의 영국에서 잉글랜드, 웨일스, 스코틀랜드를 포함하는 그레이트 브리튼 섬에 대한 로마인들의 명칭.

들을 수많이 죽인 것이었다. 율리우스 세베루스가, 로마의 일들이 정리되어 내가 그 먼 여행을 기도할 수 있게 되기까지 가장 화급한 일을 맡아 수행했다. 그러나 나는 미결상태에 있는 사르마티아 전쟁을 나 자신 종결시키고 싶었고, 그래 이번에는 만족들의 약탈 행위를 완전히 없애기 위해 필요한 수의 부대들을 거기에 투입하고 싶었다. 이런 사정은 이 문제에 있어서도 어느 경우에 있어서와 마찬가지로 내가 하나의 체계에 얽매이기를 거부했기 때문이다. 나는 생약을 시용해 본 후 소작(燒灼) 치료를 결정하는 의사 식으로, 협상으로 불충분하면 평화에 이르기 위한 수단으로서 전쟁을 받아들였던 것이다. 인간사에 있어서는 모든 것이 너무나 복잡한 법이어서, 나의 평화적인 통치도 그 역시 마치 명장(名將)의 삶이 싫든 좋든 드문드문 평화의 막간을 가지는 것처럼, 가끔씩 전쟁 시기를 가질 수 있는 것이다.

사르마티아와의 분쟁의 종국적 해결을 위해 북쪽으로 되올라가기 전에 나는 키에투스를 다시 만나 보았다. 키레네의 반란을 잔인하게 진압했던 그 냉혈 장군은 여전히 무서운 존재였다. 나의 첫 조처는 그의 누미디아인들 척후 부대를 해체시키는 것이었다. 그래도 그에게 남는 것은 원로원 의석과 정규군 내의 그의 직위, 그리고 그가 장래를 위한 발판으로 삼든 은신처로 삼든 자기 뜻대로 할 수 있는 서부 사막 지대의 그 광활한 영지가 있었다. 그는 나를 미시아[5]의 어느 숲 깊숙한 곳에서 행한 사냥에 초대했는데, 교묘하게 사고를 꾸며, 그 사고로 나는 운이나 나의 육체적인 민첩성이 조금만 덜했더라면 틀림없이 나의 생명을 버렸을 것이다. 아무런 의심도 하지 않는 것처럼 보이면서 참고 기다리는 게 더 나았다. 그로부터 얼마 지나지 않아, 사르마티아 군주들이 항복함으로써 내가 상당히 가까운 날로 이탈리아로의 귀환을 예상할 수 있게 되었을 시기에, 나는 저지(低地) 모이시아에서 나의 옛 후견인과의 암호 급신(急信)의 교환을 통해, 키에투스가 황급히 로마로 돌아가 팔마와 회동했다는 것을 알게 되었다. 우리들의 적들은 그들의 위치를 강화하고, 그들의 부대들을 재편성하고 있었다. 그 두 사람이 우리들의 적대자들인 한, 어떤 안전도 불가능했다. 나는 아티아누스에게 빨리 행동을 취하라고 편지를 썼다. 그 노인은 벼락처럼 그들을 쳤다. 그는 나의 명령 범위를 넘어서서, 나의 공공연한 적으로 남아 있던 모든 사람들을 단번에 나에게서 제거시켜 주었다. 같은 날 몇 시간 안 되는 사이를 두고 켈수스는 바이아이[6]에서, 팔마는 테라키나[7]의 그의 별장에서, 니그리누스는 파벤티아의 그의 별장 입구에서 살해되었다. 키에투스는 그의 공모자들과 비밀 회동을 한 후 거기서 나와, 그를 시내로 다시 태우고 오는 마차의 발판 위에서 죽음을 맞았다. 공포의 물결이 로마에 퍼져 나갔다. 나의 늙은 매형 세르비아누스는 표면적으로 나의 행운을 어쩔 수 없이 받아들인 것 같

---

5) 소아시아의 북서쪽에 있었던 옛 지역.
6) 나폴리 근방에 있는 지금의 바이아의 옛 명칭. 고대에 이곳은 황제들과 부자 로마인들이 즐겨 찾았던 별장 지대요 위락지였다고 한다.
7) 라티움 지역. 지금의 라티나 도에 있는 도시.

앉지만 장차의 나의 실수들을 탐욕스럽게 고대하고 있었는데, 이런 사태에 대해서 아마도 그의 전 생애에서 그가 쾌감으로서 맛본 최고의 것이었을, 솟아오르는 기쁨을 느꼈을 것이다. 나에 관해서 떠돌아다니는 모든 불길한 소문들을 사람들은 다시 믿게 되었다.

이러한 소식들을 나는 나를 이탈리아로 태우고 돌아가는 배의 갑판 위에서 전해 들었다. 그 소식들은 나를 대경실색게 했다. 사람들은 언제나 그들의 적대자들이 없어진 것에 대해 아주 만족해하지만, 그러나 나의 후견인은 먼 장래에 나타날 그의 행위의 결과에 대해서 노인다운 무관심을 보인 것이었다 : 그는 그가 범한 살상의 여파 속에서 내가 20년간 이상 살아가야 하리라는 것을 잊은 것이었다. 나는 아우구스투스 황제에 대한 사후의 평판을 영원히 진흙탕으로 더럽힌, ──그가 황제가 되기 전 옥타비우스라는 이름으로 있을 때에 범한 정적들의 공고 단죄(公告斷罪)[8]를, 또, 다른 범죄들이 뒤이은 네로 황제의 최초의 범죄들을 생각했다. 나는 도미티아누스 황제의 말년을, 범용했지만 어느 다른 사람보다 특별히 나쁘지 않았던, 그러나 가해진 공포를 겪고 조금씩 조금씩 인간의 형체를 잃어 가다가 궁전 한가운데서, 마치 숲 속에서 궁지에 몰린 짐승처럼 죽어갔던 그 사람의 말년을 기억했다. 나의 공적인 삶은 이미 나 자신에게서 빠져나가고 있었다 : 나의 묘비명의 첫줄은

---

8) 로마 사(史)에서 '공고 단죄(公告斷罪)'라고 하는 것은 재판 없이 정적을 단죄하는 것으로, 여기서는 옥타비아누스가 공화파를 숙청한 것을 가리키는 듯하다.

깊이 새겨져, 내가 이젠 지우지 못할 몇 마디를 포함하게 된 것이었다. 체구만 크고 너무나 허약한 기관이지만 박해를 받게 되면 곧 강력해지는 원로원은, 그 반열 출신의 네 사람이 나의 명령으로 정식 절차 없이 처형되었다는 것을 결코 잊지 않을 것이었다. 그리하여 세 모사꾼과 한 광포한 짐승 같은 사람이 희생자처럼 보이게 될 것이었다. 나는 즉시 아티아누스에게 브룬디시움[9]으로 나를 찾아와 그의 행위에 대해 나에게 책임을 져야 한다고 통고했다.

그는 항구에서 얼마 떨어지지 않은 곳에 있는, 옛날 베르길리우스가 죽음을 맞이했던 동향(東向)의 여인숙의 한 방에서 나를 기다리고 있었다. 그는 나를 맞이하러 다리를 약간 절면서 입구로 나왔는데, 통풍(痛風)의 발작으로 고통을 겪고 있었던 것이다. 그와 단둘이 있게 되자마자 나는 질책을 퍼부었다 : 온전건고 모범적인 것이 되기를 내가 바라는 나의 치세가 네 사람의 처형으로 시작된다. 그런데 그 가운데 한 건만이 필요 불가결한 것이다. 그리고 그 처형들에 합법적인 형식을 입히기를 위험하게도 등한히 했다. 그와 같은 무력의 남용은, 그런 다음 내가 관대하거나 세심하거나 정당하려고 노력할 것인 만큼 더욱 나를 비난받게 할 것이다. 사람들은 이른바 나의 미덕이라는 것들이

9) 이탈리아 반도 남동쪽 끝 부분 가까이에 있는 항구인, 지금의 브린디시의 옛 이름. 베르길리우스가 죽은 곳일 뿐 아니라, 아우구스투스 황제 때 장관을 지냈으며 시인, 예술가들의 보호자의 대명사가 된 마이케나스(메세나)가, 황제 되기 전의 옥타비아누스와 안토니우스를 화해시킨 곳이기도 하다.

일련의 가면들에 지나지 않음을 증명하기 위해, 아마도 역사가 끝날 때까지 나를 따라다닐 진부한 폭군의 전설을 나에게 조작해 주기 위해, 그것을 이용할 것이다. 나는 나의 두려움을 고백했다 : 나는 나 자신이 잔인성에서도, 또 어떤 인간적인 결함에서도 벗어나 있지 않은 듯이 느낀다. 나는 상투적인 이야기이지만 범죄는 범죄를 부른다는 사실을, 한번 피 맛을 본 동물의 이미지를, 그럴듯하다고 생각한다. 나에게 충성심이 확고한 것으로 보였던 오랜 친구가 나의 내부에서 약한 구석을 발견했다고 생각했는지, 그것을 이용하여 이미 나의 뜻에서 벗어나 제멋대로 행동하고 있다. 나를 섬긴다는 구실하에 니그리누스와 팔마에게 개인적인 복수를 하려고 일을 준비했던 것이 아닌가? 그래 나의 평화 정책을 위태롭게 하고 있고, 나에게 가장 암울한 로마 귀환을 마련하고 있다.

그 노인은 자리에 앉을 수 있도록 윤허를 청하고, 붕대에 감긴 그의 한쪽 다리를 발 받침에 올려놓았다. 말을 계속하면서 나는 그 병든 발 위에 담요를 끌어올려 주었다. 그는 학생이 어려운 문법 규칙의 암송을 어지간히 잘 해내는 것을 듣고 있는 문법 선생의 미소를 띤 채로, 내가 하는 대로 내버려 두고 있었다. 내가 그의 발을 덮어 주고나자, 그는 내가 체제의 적들을 어떻게 할 생각이었는가고 침착하게 물었다. 필요하다면 그 살해된 네 사람이 나의 죽음을 모의했다는 것을 증명할 수 있다는 것이었고, 어쨌든 그들은 그런 모의를 하는 것이 이로웠으리라는 것이었다. 한 치세 권력에서 다른 치세 권력으로의 이행은 어떤 것이나 그것을 위한 숙청 작업을 이끌어 오는 법인데, 그는 나의 손을 깨끗한 채로 두기 위해 그 작업을 스스로 떠맡았다는 것이었다. 만약 여론이 희생자를 요구한다면, 자기에게서 친위대장의 직위를 거두어들이는 것보다 더 단순한 일은 없다. 그런 조처를 예견했다고 나에게 그 조처를 취하라고 하는 것이었다. 그리고 원로원의 화해를 얻기 위해 더 필요하다면, 내가 자기를 추방이나 유형까지 시켜도 좋다는 것이었다.

아티아누스는 옛날 내가 돈을 우려내기도 한 후견인이었고, 어려운 시절의 조언자였으며, 충직한 대리인이었지만, 그러나 내가 처진 볼의 수염을 정성 들여 깎은 그 얼굴과 흑단 지팡이의 두구(頭球) 위에 평온히 겹쳐 놓여 있는, 보기 흉하게 형태가 변한 그 두 손을 주의 깊게 바라본 것은, 그때가 처음이었다. 나는 남자로서의 그의 순탄한 삶의 여러 가지 사실들을 웬만큼 잘 알고 있었다 : 그에게 귀중하고 건강 때문에 보살핌이 필요한 아내, 결혼한 딸들, 자기 자신에 대한 야심이 그러했듯 대단찮으면서도 동시에 집요한 야심을 그가 쏟고 있는 그녀들의 자녀들, 그리고 미식에 대한 기호, 젊은 무희들과 그리스 카메오[10]들에 대한 뚜렷한 취향 등. 그러나 그는 나를 그 모든 것들 위에 두었다 : 30년 전부터 그의 최우선의 관심은 나를 보호하고, 그 다음 섬기는 것이었다. 아직 나 자신보다는 관념들이나 계획들, 아니면 기껏해야 나 자신에 대한 장래의 이

10) 돌을새김을 한 보석.

미지를 더 선호했던 나에게, 인간에 대한 인간의 그 범상한 헌신은 경이롭고 불가사의한 것으로 보였다. 그런 헌신을 받아 마땅할 만한 사람은 아무도 없으며, 나는 여전히 그것을 나 자신에게 설명하지 못하고 있다. 나는 그의 조언을 따랐고, 그래 그는 그의 직위를 잃었다. 그의 희미한 미소는 나에게, 자기의 말이 액면 그대로 받아들여지리라는 것을 그가 예기하고 있었음을 보여 주었다. 그는 오래된 친우에 대한 시의 적절하지 않은 어떤 염려도 결코, 내가 가장 현명한 방침을 취하는 것을 막지 못하리라는 것을 잘 알고 있었다. 그 영리한 정치가는 내가 달리 행동하기를 바라지는 않았을 것이다. 그의 실총의 크기를 과장되게 생각하지는 말아야 할 것이다 : 나는 그가 몇 개월 동안 빛을 잃고 있다가 원로원에 들어가게 하기에 성공했던 것이다. 그것은 기사 계급에 속하는 그에게 내가 허여할 수 있는 가장 큰 영예였다. 그는 가문들과 사업들에 대한 완벽한 지식이 가져다준 영향력을 소유한, 부유한 로마 기사로서의 안락한 노년을 보냈다. 나는 자주 알바 산[11]에 있는 그의 별장에 초대받은 손님이었다. 하지만 그런 것들은 어쨌든, 나는 전투 전야에 알렉산드로스 왕이 그랬던 것처럼, 로마에 들어가기 전에 두려움에 굴복했었던 것이다. 그래 나는 아티아누스를 내가 희생시킨 사람들 가운데 꼽는 때가 있다.

11) 상고 시대에 라티움 내의 30개 도시의 동맹이 공동 비용으로 제물 봉헌을 했다고 하는 산. 교황의 별장이 있는, 로마에서 남서쪽으로 멀지 않은 곳에 있는 카스텔 간돌포 근방에 있다.

아티아누스의 판단은 옳았다 : 존경의 순금은 어느 정도의 두려움으로 합금되지 않으면 너무 무를 것이다. 집정관 네 명의 모살(謀殺)이나 유언장 조작 이야기이나 사정은 같았다 : 정직한 정신, 고결한 마음의 소유자들은 내가 연루되어 있다고 믿기를 거부했고, 뻔뻔스러운 자들은 최악의 것을 상상하기도 했으나 그 때문에 더욱 나를 예찬했다. 나의 원한이 뚝 그쳐졌다는 것이 알려지자 곧 로마는 평온해졌고, 각자 안심을 느끼게 된 데서 오는 기쁨은 죽은 자들을 신속히 잊어버리게 했다. 사람들은 나의 온화로움에 경탄했는데, 그것을 의식적이고 의도적인 것이라고, 그것을 내가 매일 아침 나로서는 그에 못지않게 쉬웠을 폭력 대신 취택한 것이라고 판단했기 때문이었다. 또 나의 진솔함을 찬양했는데, 거기에서 타산을 보았다고 생각했기 때문이었다. 트라야누스 황제는 겸손한 미덕들을 대부분 갖

추고 있었었지만, 나의 겸손의 미덕들은 사람들을 더욱 놀
라게 했고, 거기에서 조금만 더 나아갔다면 그들은 그 미
덕들에서 세련된 악덕을 보려고 했을지 모른다. 나는 이전
과 같은 사람이었지만, 그러나 이전에 사람들이 경멸했었
던 것이 고귀한 것으로 여겨졌다 : 거친 사람들이 나약성의
한 형태, 아마도 비겁성의 한 형태로 보았었던 극도의 예
절이, 힘을 감싸고 있는 매끄럽고 윤나는 씌우개로 보이는
것이었다. 사람들은 탄원자들을 상대하는 나의 인내심, 군
병원들의 환자들에 대한 나의 빈번한 방문, 가정에 귀환한
노병들과 함께할 때의 나의 정다운 친밀성 등을 극찬했다.
그러나 그 모든 것은 내가 평생 동안 나의 하인들과 나의
농장의 소작인들을 다루어 왔던 방식과 다른 것이 아니었
다. 우리들 각자는 사람들이 생각하는 것보다 더 많은 미
덕들을 가지고 있지만, 그러나 성공만이 그것들을 드러낼
따름인 것이다. 아마도 그것은, 성공하면 우리들이 그 미
덕들을 실천하기를 그만두는 것을 사람들이 보고자 하는
기대를 가지고 있기 때문일지 모른다. 인간들이란 세계의
한 지배자가 어리석게 나태하거나, 교만하거나, 잔인하지
않은 것을 보고 놀라워할 때, 그들의 최악의 약점들을 고
백하는 것인 법이다.

　나는 모든 칭호를 거부했었다. 그러나 나의 치세의 첫 1개
월에 원로원은 내가 모르는 사이에 나를 긴 일련의 명예적
인 호칭들로 장식해 놓았는데, 그것들은 몇몇 황제들의 목
주위에 늘어뜨려져 있던 술 장식 달린 숄처럼 내 위에 근
사하게 걸쳐졌다. '다키쿠스', '파르티쿠스', '게르마니쿠

스'[12] : 트라야누스 황제는 파르티아군의 심벌즈나 북 소리와도 흡사한, 그 호칭들의 군악 같은 그 아름다운 말소리들을 좋아했었다. 그 소리들은 그의 내부에 메아리와 응답을 불러일으켰던 것이다. 그러나 나의 경우 그것들은 나를 신경질 나게 하고 성가시게 할 뿐이었다. 나는 그 모든 것을 걷어치우게 했다. 또한 잠정적으로, 아우구스투스 황제가 만년에야 수락했고 나로서는 아직 받아들일 자격이 있다고 생각하지 않는, 국부라는 놀라운 칭호도 거부했다. 개선식도 마찬가지였다 : 나의 유일한 공이 종전을 시켰다는 것일 뿐인 전쟁을 두고 개선식에 동의한다는 것은 우스꽝스러운 일이었을 것이다. 이와 같이 내가 거부한 것들을 두고 거기에서 겸손을 본 사람들이나, 나에게 그 오만을 비난한 사람들이나 똑같이 잘못 생각한 것이었다. 나의 계산은 다른 사람들에게 일으킬 효과라기보다는 나 자신을 위한 이득들에 미쳐 있었던 것이다. 나는 나의 위광이 나 자신에 밀착된 개인적인 것이기를, 즉각적으로 정신적인 민활성이나, 힘이나, 수행된 행위의 관점에서 가늠되는 것이기를 바랐다. 그 칭호들은 생긴다면, 더 나중에, 내가 아직 감히 넘볼 수 없는 더 은밀한 승리들의 증거일 다른 칭호들로부터 생길 것이었다. 당장은 가능한 한 하드리아누스가 될, 혹은 하드리아누스일 필요만으로 충분했다.

사람들은 내가 로마를 별로 좋아하지 않는다고 비난한다. 그럼에도, 국가와 내가 서로를 시험해 본 그 2년 동안

---

12) 다키아, 파르티아, 게르마니아를 정복한 사람이라는 뜻이다.

좁은 거리들과 혼잡한 광장들, 그리고 오래된 살코기 색깔의 벽돌들로 이루어진 그 도시 로마는 아름다웠다. 동방과 그리스를 경험하고 다시 본 로마는, 거기에서 태어나 계속 자라 온 로마인이라면 로마에 그런 것이 있으리라는 것을 알 수 없는 어떤 기이함을 띠고 있었다. 나는 습하고 그을음으로 덮인 로마의 겨울에, 티부르의 폭포들과 알바[13]의 호수들의 한기로 완화된, 아프리카 같은 로마의 여름에 다시 익숙해졌고, 그 일곱 개의 언덕[14]에 시골 사람들처럼 애착을 갖는 거의 촌스러운 로마인들, ——그러면서도 야심이라든가, 돈벌이의 유혹, 로마인들에게 정복되어 노예 상태로 끌려오게 된 우연 등이, 문신한 흑인, 털 많은 게르마니아인, 호리호리한 그리스인, 뚱뚱한 동양인 등등, 세계의 모든 인종들을 조금씩 조금씩 부어 넣어 뒤섞어 놓은 로마인들에게 다시 익숙해졌다. 나는 몇몇 섬세한 태도들을 버렸다 : 나는 공중목욕탕에 많은 사람들이 붐비는 시간에 다녔고, 그때까지 잔인하고 낭비적인 짓거리에 지나지 않는다고 생각했던 투기(鬪技)의 관전을 참아 내기를 배웠다. 투기에 대한 나의 견해가 바뀐 것은 아니었다 : 나는 짐승에게는 기회가 하나도 없는 그 살육을 혐오했다. 하지만 나는 조금씩 조금씩 그 살육의 의식적(儀式的)인 가치, 교양 없는 군중들에 대한 비극적인 정화 효과를 인지하게 되었다. 그래 나는 축제 때에 그 장려함이 트라야누스 황

---

13) 상고 시대의 라티움 내의 30개 도시 동맹 가운데 로마와 경쟁하던
   도시. 알바 산과 마찬가지로 지금의 카스텔 간돌포 근방에 있었다.
14) 로마는 초기에 테베레 강변의 7개 언덕에 토대를 두었다.

제의 치세 때보다 못하지 않기를, 기예나 정연함에 있어서
는 더 낫기를 바랐다. 나는 검투사들의 정확한 검술을 의
무적으로 감상하기로 했지만, 그러나 누구도 자신의 뜻에
반해 그 직업에 종사하도록 강요되지 않는다는 조건을 내
세웠다. 원형경기장의 관람석 높은 데에서 나는 전령의 목
소리를 빌려 군중들과 뜻을 맞추고, 그들을 침묵게 할 때
에는 경의를 가지고서 하며——그들은 그 경의를 백배로 되
돌려 주었는데——, 그들이 합당하게 기대할 권리를 가지고
있는 것 이외에는 결코 아무것도 그들에게 허여하지 않고,
설명 없이는 아무것도 거부하지 않기를 배웠다. 나는 세손
처럼 황제석에 책을 가지고 들어가지는 않았다 : 다른 사람
들의 기쁨을 거들떠보지 않는 것처럼 보이는 것은 그들을
모욕하는 것이다. 경기장 관람이 나를 역겹게 하면, 그것
을 참아 내려는 노력이 나에게는 에픽테토스[15]를 읽는 것보
다 더 효과 있는 훈련이 되었다.

　도덕은 사적인 규범이고, 예절은 공적인 일이다. 너무나
드러나는 일체의 방종은 나에게는 언제나 저질의 과시와
같은 인상을 주었다. 나는 거의 끊임없는 난투극의 원인인
남녀 혼욕을 금지했고, 비텔리우스 황제[16]의 폭음 폭식 때
문에 주문되었던 대규모의 금은 식기 일습을 녹여서 국고
로 환수케 했다. 우리 나라의 초기 황제들은 유증(遺贈)을

---

15) 그리스의 금욕주의 철학자(50~130년경). 에픽테토스에 이르러 금욕
　주의 철학은 전적으로 실천적인 규칙을 부과하는 도덕 이론이 되고,
　그 규칙에 이론적인 근거를 주는 것에는 등한하게 된다. 그의 핵심적
　인 생각은 '인내하고 극기하라'라는 격언으로 요약된다.

쫓아다닌다는 고약한 평판을 얻었는데, 나는 직계 상속인이 자신에게 권리가 있다고 믿을 수 있을 어떤 유증도 국가를 위해서나 나 자신을 위해서나 받아들이지 않을 것을 방침으로 삼았다. 그리고 황가(皇家)에 있는 노예들의 엄청난 수를 줄이고, 특히 그들이 가장 훌륭한 시민들과 대등하게 행세하고 때로는 그들을 두렵게까지 하는, 그들의 방약무인함을 없애려고 노력했다. 어느 날 나의 노예 한 사람이 한 원로원 의원에게 불손하게 말을 건넨 적이 있었는데, 나는 그의 따귀를 치게 했다. 무절제에 대한 나의 증오는 빚으로 파멸한 낭비자들에게 원형경기장 한가운데서 태형을 가하게까지 할 정도였다. 사회적 계급을 혼동하지 않도록 하기 위해 나는 시내에서, 공중 가운데서는 사람들이 토가와 라티클라바[17]를 착용하도록 했는데, 그것들은 모든 명예적인 것과 마찬가지로 불편한 것이어서 나 자신 로마에서만 착용했다. 나는 친구들을 맞기 위해서는 자리에서 일어났으며, 사람들의 알현을 받는 동안 앉거나 누운 자세의 뻔뻔스러움에 대한 반감으로 서 있기로 했다. 사람들이 방자하게 여러 필의 말로 마차를 끌게 하여 로마의 거리를 혼잡스럽게 하고 있었으므로, 나는 마차의 말 수를

16) 로마의 황제(15~69). 갈바 황제가 죽은 후 베스파시아누스 황제가 즉위하기 전에 몇 황제 계승 후보자들 사이에 권력 투쟁이 있었는데, 그 과정에 죽임을 당한다. 갈바 황제가 69년 1월에 죽고 베스파시아누스 황제가 7월에 즉위한 그사이 몇 개월 동안, 제국 전체의 지지를 받지 못하면서 황제로 있었다.
17) 원로원 의원들이 옷 위, 몸 앞부분에 길게 걸쳤던 주홍색의 넓은 띠.

줄이게 했다. 사실 그 속력의 사치는 스스로 그 효력을 없
앤다고 할 수 있었는데, 사크라 로(路)[18]의 굽이들을 따라
서로 붙어 있는 100대의 마차들보다, 한 사람의 보행자가
길 가기에 더 유리했기 때문이다. 방문을 할 때 나는 가마를
타고 사저의 안에까지 들어가는 습관을 들였는데, 그리함으
로써 주인에게 로마의 심술궂은 햇볕과 바람을 맞으며 밖에
서 나를 기다리거나 배웅하는 고역을 면하게 했던 것이다.

나는 나의 가족들을 다시 만났다. 나는 나의 매씨(妹氏)
파울리나에 대해 언제나 약간의 애정을 가져 왔고, 세르비
아누스 자신도 옛날보다는 덜 밉게 보였다. 나의 장모 마
티디아는 동방으로부터 불치의 병의 최초의 징후들을 가지
고 돌아왔었다 : 나는 간소한 연회들을 열어 그녀에게 고통
을 잊게 하려고 애썼는데, 그 처녀와도 같은 순진한 언동
을 가진 부인에게 포도주를 조금 들게 하여 악의 없이 취
하게 하곤 했다. 황후가 그녀의 습관적인 신경질의 폭발로
시골로 가 버리고 없었지만, 그것이 그 가정적인 즐거움에
서 아무것도 거두어 가지 못했다. 모든 사람들 가운데 아
마도 그녀는 내가 상대의 마음에 들기에 가장 실패한 사람
일 것이다. 하기야 내가 그녀의 마음에 들도록 거의 시도
해 보지 않은 것은 사실이다. 나는 과수가 된 태후가 명상
과 독서의 진지한 열락에 빠져 있는 소궁(小宮)을 자주 찾
았다. 나는 플로티나의 아름다운 침묵을 다시 발견했다.
그녀는 부드럽게 있는 듯 없는 듯 처신했다. 그 정원, 그

---

18) 로마 시의 중심 거리.

환한 방들은 매일 매일 더욱더 뮤즈의 닫힌 공간, 이미 여신이 된 태후의 신전이 되어 갔다. 그렇더라도 그녀의 우정은 변함없이 까다로웠지만, 필경 그것이 요구하는 것들은 분별 있는 것일 뿐이었다.

　나는 나의 친우들도 다시 만났다. 나는 오랫동안 로마에 없었다가 그들과 다시 접촉하고 그들을 다시 판단하고 또 그들에게 다시 판단되는 감미로운 기쁨을 맛보았다. 그런데 옛날 문학 공부와 환락을 함께 했던 친우, 빅토르 보코니우스가 별세했다. 나는 그에 대한 추도사를 만들 일을 맡았다. 사람들은 내가 고인의 미덕들 가운데 순결을 언급하는 것을 보고 미소 지었는데, 고인 자신의 시 작품들과, 그가 옛날 자신의 아름다운 고뇌라고 불렀던, 꿀 빛깔의 곱슬머리를 가진 테스틸리스가 장례식에 참석하고 있다는 사실이 그 순결을 반박하고 있었던 것이다. 나의 그 위선은 겉보기보다는 심하지 않은 것이었다고 하겠는데, 심미적 감각을 가지고 취하는 쾌락은 모두 나에게는 순결하게 보였던 것이다. 나는 로마를 마치 집주인이 없더라도 문제가 없을 집, 그래 그가 두고 떠날 수 있기를 바라는 그런 집처럼 정비했다. 새로운 협조자들이 그들의 역량을 발휘해 주었다. 우리 편이 된 옛 적대자들이 팔라티움 궁[19]에서 나의 어려웠던 시절의 친우들과 저녁 식사를 함께했다. 네라티우스 프리스쿠스는 식탁에서 그의 입법 계획의 초

---

19) 팔라티움은 로마의 토대인 7개 언덕 가운데 사람들이 가장 먼저 살기 시작한 언덕으로, 나중에는 그 전체를 몇몇 황제가 지은 궁전들이 차지하게 되었다.

안을 이야기했고, 건축가 아폴로도로스[20]는 우리들에게 그의 설계도들을 설명해 주었으며, 거의 왕족 혈통이라고 할 에트루리아의 오래된 가문 출신인 갑부 세습 귀족, 케이오니우스 콤모두스는 술과 인간에 대해 해박한 사람이었는데, 나와 함께 미구에 내가 원로원에서 취할 행동 계획을 모의했다.

그의 아들 루키우스 케이오니우스는 당시 열여덟 살이 될까 말까 했는데, 나로서는 근엄한 것이 되기를 바랐던 그 연회들을, 젊은 왕족다운 유쾌하고 우아한 매력으로 즐겁게 했다. 그는 이미 몇몇 터무니없으면서도 재미있는 기벽들——친구들에게 희귀한 요리를 만들어 주는 취미, 꽃 장식에 대한 세련된 취향, 도박과 가장(假裝)에 대한 열광적인 기호 등등——을 가지고 있었다. 마르티알리스[21]는 그의 베르길리우스였다 : 그 외설적인 시들을 그는 뻔뻔스럽고도 매력 있게 낭송하곤 했다. 나는 그에게 약속한 것들이 있었는데, 그 후 그 약속들이 나를 무척 거북하게 했고, 그 춤추는 젊은 목신(牧神)은 나의 생애의 6개월을 차지해 버렸다.

나는 그 후 수년 동안 루키우스를 자주, 못 보다가 보다가 했으므로, 내가 그 당시의 그에 대해 지니고 있는 이미지는 필경 그의 짧은 생존의 어떤 국면과도 일치하지

---

20) 그리스의 건축가(60년경~129).. 트라야누스 황제에게 중용되어, 로마의 트라야누스 광장을 필두로 여러 건조물들을 지었다.
21) 로마의 풍자시인(40년경~104년경). 그의 풍자는 특정의 개인에 대한 신랄한 조롱의 경향이 강했다.

않는, 여러 가지 중첩된 기억들로 이루어진 것일 위험이 있다. 로마의 멋에 대한 약간 건방진 감식가, 소심하게 몸을 기울여 문체의 범례들을 살펴보며 어려운 대문(大文)에 대해 나의 의견을 구하던 초기의 웅변가, 많지 않은 턱수염을 끊임없이 만지작거리던 걱정 많은 젊은 사관, 내가 임종의 순간까지 지켜본, 기침으로 몸이 뒤흔들리던 환자 등은 훨씬 더 나중에야 존재한 모습들이었다. 청년 루키우스의 이미지는 나의 추억의 한결 더 은밀한 구석들에 갇혀 있다 : 얼굴, 몸, 설화석고 같은 창백하고도 발그레한 안색, 칼리마코스[22]의 어느 연애 시편이나 시인 스트라톤의 선명하고 적나라한 몇 구절에서 표현된 것과 똑같은 모습.

그것은 그렇고, 나는 로마를 서둘러 떠나고 싶었다. 나의 선제(先帝)들은 지금까지 특히 전쟁을 하기 위해 로마에서 자리를 비웠었다. 나의 경우에는 원대한 계획들, 평화 활동, 그리고 나의 삶마저 로마의 성벽 밖에서 시작되는 것이었다.

마지막으로 배려해야 할 일이 하나 남아 있었다 : 그것은 트라야누스 황제에게 병상의 그의 꿈을 떠나지 않고 있었던 그 개선식을 거행해 주는 것이었다. 개선식이란 사자(死者)들에게나 어울리는 것이라고 할 것이다. 살아 있을 때에는 언제나, 옛날 카이사르 황제에게 그의 대머리와 여성

---

22) 그리스의 시인, 문법가, 문학자, 평론가(기원전 315년경~240년경). 서사적인 비가에 뛰어났으며, 세련된 기교를 강조했다.

편력을 두고 그랬던 것처럼, 우리들에게 우리들의 약점들을 험구하는 누군가가 있게 마련이다. 그러나 사자라면, 뭐랄까 무덤 속 삶의 개시식(開始式) 같은 것, 영광의 수세기와 망각의 수천 년을 앞에 두고 그 몇 시간의 소란하고 성대한 의식의 권리가 있는 것이다. 사자의 운이란 실패에서도 보호되어 있는 법이다 : 그의 패배마저 승리의 광휘를 얻는 것이다. 트라야누스 황제를 위한 그 최후의 개선식은 파르티아인들에 대한 다소 의심스러운 승리를 기념하는 게 아니라, 그의 전 생애에 걸친 존경할 만한 노력을 기념하는 것이었다. 우리들은 아우구스투스 황제의 노후(老後) 이래 로마가 맞이했던 가장 훌륭한 황제, 가장 자기 일에 부지런하고 가장 정직하고 가장 정의로운 황제를 찬양하기 위해 모였다. 그의 결점들마저 이젠 대리석 흉상이 실제의 얼굴 모습과 완벽히 닮은 것을 알아보게 하는 특징들일 뿐이었다. 황제의 영혼은 트라야누스 황제 기념 원주비의 움직임 없는 나선에 실려 하늘로 올라갔다. 나의 양부는 신이 되었다 : 그는 세기마다 세계를 전복시키고 쇄신하기 위해 나타나는, 영원한 군신 마르스[23]의 현세의 호전적인 화신들 가운데 자리를 차지한 것이었다. 팔라티움 궁의 발코니에 서서 나는 그와 나의 다른 점들을 가늠했

---

23) 그리스 신화에 나오는 전쟁의 신 아레스와 동일시되는 로마의 신. 로마 신화에서는 가장 본원적인 신이다. 로물루스와 레무스(28번 각주 참조)의 아버지이며, 전쟁이 시작되는 것이 겨울이 끝날 때이기에 농경과 봄의 신이기도 하고, 전쟁에 동원되는 것이 젊은이들이기에 젊음의 신이기도 하다.

다. 나는 더 평온한 목표들을 지향하여 나 자신을 조율하고 있었던 것이다. 나는 위엄 있는 통치권을 꿈꾸기 시작하고 있었다.

로마는 이젠 로마 안에 있지 않다 : 로마는 멸망하든가,
금후 세계의 절반과 같아지든가 해야 한다. 석양이 저토록
아름다운 장밋빛으로 물들이는, 저 지붕들, 저 테라스들,
여기저기 섬처럼 보이는 무리를 이루고 있는 저 집들은 이
젠 옛 우리 왕들의 시대처럼 두려운 듯이 성벽들로 둘러싸
여 있지 않다. 나 자신 상당 부분의 성벽을 게르마니아의
숲들을 따라, 그리고 브리타니아 지방의 황야 위에 재축조
했다. 그리스의 한 아크로폴리스[24]와 그것을 안고 있는 도
시, ──마치 꽃받침이 그 줄기에 붙어 있듯 언덕에 붙어 있
는, 꽃처럼 완전한 아름다움을 지닌 도시를 햇빛으로 환한
어느 도로 굽이에서 멀리 바라볼 때마다, 나는 그 비견할

---

24) 고대 그리스 도시 국가에서 도시의 낮은 부분을 내려다보는 가장 높
   은 지대에 성벽을 쌓은 부분. 거기에서 나라의 정치, 종교 생활이 영
   위되었다.

데 없는 꽃이 바로 그 완전함 자체에 의해 제한되어 공간의 한 점 위에, 그리고 시간의 한 부분 내에 완성되어 있다고 느껴지곤 했다. 그것이 확장될 수 있는 유일한 기회는 식물과 마찬가지로 그것의 씨앗에 있었다: 그리스가 이 세계를 풍요롭게 한 사상의 씨앗. 그러나 그런 그리스의 도시보다 더 무겁고 더 무정형하며, 강을 옆에 끼고 평원 위에 더 모호하게 펼쳐져 있는 로마는 더 광활한 확장을 지향하여 조직되어 있었다: 도시는 국가가 된 것이었다. 나는 국가로서의 로마가 더욱 확장되고 세계의 이법(理法), 사물의 이법이 되었으면 했다. 일곱 언덕의 작은 도시에 대해서는 충분하던 덕목들은 이 지상 전체에 적합하도록 유연해지고 다양해져야 할 것이었다. 내가 감히 최초로 영원하다고 형용한 로마는 점점 더 아시아 종교들의 모신(母神)과 같은 존재가 되어 갈 것이었다: 자기 가슴에 사자들과 꿀벌 떼들도 감싸 안는, 젊은이들과 수확의 어머니. 그런데 영원성에 이르고자 하는 인간 창조물은 어떤 것이나 자연의 거대한 사물들의 변화하는 리듬에 적응해야, 천체의 시간에 일치해야 하는 법이다. 우리의 로마는 이젠, 이미 부분적으로 지나가 버린 미래를 품고 있던 늙은 에우안드로스[25]의 전원의 촌락이 아니다. 공화국 시대의 맹수 같던 로마는 그의 역할을 완수했으며, 초기 황제들의 광란의 수

25) 라티움의 전설적인 왕으로 라티움을 개화했다고 한다. 전설에 의하면 그는 그리스 신화에 나오는 헤르메스의 아들로, 트로이 전쟁이 일어나기 60여 년 전에 라티움에 자리를 잡고 팔라티움 언덕에 팔란티움이라는 도시를 세웠으며, 문자와 농경 기술을 가르쳤다고 한다.

도는 저 스스로 얌전해져 가는 추세에 있다. 나에게 그 모습이 잘 상상되지 않지만 그 형성에 내가 기여하게 될 다른 로마들이 또 도래할 것이다. 성스러우나 이젠 운명을 다한, 인류에게 현재적 가치가 없는 고대 도시들을 방문했을 때, 나는 나의 로마에는 테베[26]나 바빌로니아나 티로스[27] 같은 도시들의 그 화석화한 운명을 면하게 해 주겠노라고 나 자신에게 다짐하곤 했다. 로마는 돌로 이루어진 그의 몸뚱이에서 벗어나고 국가라는 말, 시민이라는 말, 공화국이라는 말로 이루어져 돌보다 더 확실한 불멸성을 현현할 것이었다. 라인 강변이나 도나우 강변, 바타비아 해변에 있는 아직 미개한 지방들에서 말뚝 울타리로 방어되어 있는 마을을 볼 때마다, 나는 우리 로마의 쌍둥이 형제[28]가 늑대의 젖으로 포식하고 난 후 자고 있는 갈대 오두막과 두엄 더미 속을 생각하곤 했다 : 그 미래의 주요 도시들은 로마를 재현하게 될 것이기 때문이었다. 민족과 종족의 육신에,

---

26) 코린토스 지협 동단에서 북쪽으로, 아테네에서 북서쪽으로 얼마 떨어지지 않는 곳에 있는 도시. 그리스 신화에서 이 도시는 아주 유명한데, 우선 헤라클레스가 태어난 곳이 이곳이며, 또 몇몇 유명한 에피소드가 이곳을 무대로 하고 있는데, 그 가운데 저 유명한 오이디푸스 왕 이야기가 있다.
27) 지금의 이스라엘과 레바논의 접경 가까이 있는 레바논의 항도 수르의 옛 이름. 고대에 페니키아의 주요 도시의 하나였던 티로스는 기원전 1세기에 로마의 시리아 속주에 편입되기 전까지, 동서 교통의 요충지적 성격과 뛰어난 장인들로 하여 상공업, 해양 도시로 번영하여, 이집트, 아시리아, 바빌로니아, 알렉산드로스 대왕의 마케도니아, 셀레우키다이 등의 나라들과의 투쟁과 예속의 관계를 가진, 이미 오랜 역사가 있었다.

우연적으로 이루어진 개별적인 지리와 역사에, 서로 다른 신들이나 선조들의 잡다한 요구에, 우리는 그 아무것도 파괴하지 않으면서 영원히 하나의 통일된 품행, 슬기로운 체험에 의한 경험적 정신을 중첩시켜 놓을 것이었다. 로마는 어떤 더할 수 없이 작은 도시 속에서도 영속할 것이고, 거기에서도 행정관들은 상인들의 저울추들을 검사하고, 그들의 거리들을 청소하고 밝게 하며, 무질서와 태만과 공포와 불의에 대항하고, 법을 합리적으로 재해석하려고 노력할 것이었다. 로마는 인간들의 최후의 도시가 사라질 때에라야 멸할 것이었다.

Humanitas, Filicitas, Libertas[29] : 나의 치세하의 화폐에 새겨져 있는 이 아름다운 세 마디 말은 내가 만들어 낸 말이 아니다. 어떤 그리스 철학자라도, 교양 있는 로마인이라면 거의 누구라도, 이 세계에 대해 나와 같은 이미지를 그릴 것이다. 너무나 엄격하기에 정당하지 못한 한 법률에

---

28) 로마를 세운 전설적인 왕 로물루스와 그의 쌍둥이 동생 레무스를 가리킨다. 전설에 의하면, 알바 왕 누미토르의 동생 아물리우스가 형의 왕위를 빼앗고 질녀 레아 실비아를 가정의 여신 베스타의 무녀로 만들었는데, 군신 마르스가 레아 실비아와 사랑을 하여 위의 쌍둥이 형제를 낳는다. 베스타의 무녀들은 순결을 지켜야 했으므로, 아물리우스는 레아 실비아를 벌하여 쌍둥이 아들을 빼앗아 바구니에 담아 티베리스 강물에 버리게 한다. 그런데 두 아이는 늑대에게 구조되어 늑대의 젖을 먹고 자라다가, 한 목동에게 거두어져 길러진다. 나중에 우연히 자기의 혈통을 알게 된 로물루스는 아물리우스를 죽이고 외할아버지에게 왕위를 되돌려 준다. 그 두 형제가 팔라티누스에 세운 것이 로마인 것이다.
29) 원문에 라틴어로 나와 있다. '인성(人性), 행복, 자유'라는 뜻이다.

대면하여 트라야누스 황제가 그 법률의 집행이 이젠 시대 정신에 부합하지 않는다고 외치는 것을 나는 들은 적이 있다. 그러나 최초로 그 시대정신에 자신의 모든 행위를 의식적으로 예속시키고, 그것을 철학자의 몽롱한 꿈이나 훌륭한 군주의 다소 막연한 열망과는 다른 어떤 것으로 만든 것은 아마도 나였을 것이다. 그리고 내가 맡게 된 과업이 혼돈에서 아직 완성되지 않은 한 물질을 추출하거나 시체 위에 엎드려 그것을 소생시키려고 노력하는 게 아니라 한 세계를 신중하게 재조직하는 데에 있는, 그런 시대에 내가 살도록 신들이 허락해 주신 데 대해, 나는 신들께 감사하곤 했다. 나는 우리의 과거가 우리에게 여러 범례들을 제공해 줄 만큼 충분히 오래된 것이지만 그것들로 우리를 짓누를 만큼 무겁지는 않다는 것, 우리의 기술의 발전이 도시의 위생과 백성들의 번영을 용이하게 하는 단계에 이르렀으나 무용한 성과물들로 인간에게 오히려 방해가 될 위험이 있을 과도한 정도에는 이르지 않았다는 것, 너무 많은 과일들을 산출해 주어서 다소 지친 상태에 있는 과수(果樹)들과 같은 우리의 예술들이 아직도 상당수의 감미로운 열매들을 맺을 수 있다는 것을 기뻐했다. 그리고 모호하기는 하나 존경할 만한 우리의 종교들이 일체의 비타협성과 야만적인 의식에서 벗어나 우리들을 인간과 대지에 대한 가장 오래된 꿈들에 신비롭게 참여시키면서도, 제(諸) 사상(事象)들의 비종교적인 설명과 인간 행위에 대한 합리적인 견해를 우리에게 금하지 않는다는 것을 기뻐했다. 마지막으로 인성, 자유, 행복이라는 그 세 마디 말 자체가 아직까지, 너무 많이 우스꽝스럽게 적용됨으로써 가치가 떨어지지 않았다는 사실이 나는 좋았다.

나는 인간 조건을 개선하려는 모든 노력에 하나의 이의가 있음을 본다 : 인간들은 아마도 그런 개선을 누릴 자격이 없다는 것이 그것이다. 그러나 나는 이 이의를 힘들이지 않고 배제한다 : 칼리굴라 황제의 꿈[30]이 실현성이 없는 것으로 남아 있는 한, 인류 전체가 칼 아래 내밀어진 단 하나의 머리로 축소되지 않는 한, 우리들은 인류를 관용하고 포용하며 우리들의 목적을 위해 이용해야 할 것이다. 인류에 봉사하는 것이 좋게 이해된 우리들의 이득에 맞을 것이다. 다른 사람들을 대하는 나의 방식은 오래전부터 나 자신을 관찰하여 얻은 일련의 관찰 결과들에 근거를 두고 있었다 : 모든 명징한 설명은 언제나 나를 설득했고, 모든 예절은 나의 마음을 사로잡았으며, 모든 행복은 거의 언제나 나를 예지롭게 했다. 그래 행복은 무기력하게 하고 자유는 나약하게 하며 인성은 그 혜택을 받는 사람들을 부패시킨다고, 나쁜 뜻을 가지고 있지 않은 사람들이 그렇게 말하는 때에라도 나는 그들의 말을 한 귀로만 들었다. 그럴 가능성이 있을지 모르지만, 그러나 이 세계의 통상적인 상태에서는 그들의 주장을 따른다는 것은, 여윈 사람에게 그가 몇 년 후에 영양 과다로 고통을 겪게 될지도 모른다는 두려움으로 합당한 식사를 시키기를 거부하는 것과 같

---

30) 칼리굴라 황제가 유혈 광란의 극에 달했을 때, 그는 로마 백성들 전체가 단 하나의 머리만 가지고 있어서 그것을 단칼에 베어 버릴 수 있었으면 하고 바랐다고 한다.

다. 무용한 질곡들을 가능한 한 덜고 불필요한 불행들을 피하고 난 후에라도, 인간의 영웅적인 미덕들을 긴장 상태에 있게 할, 긴 일련의 진정한 고통들——죽음, 노쇠, 치유되지 않는 질병들, 공유되지 않는 사랑, 거부나 배신을 당한 우정, 우리들의 계획보다 협소하고 우리들의 꿈보다 빛깔 없는 범용한 삶——, 현실의, 신이 내려 준 본성에 의해 야기되는 모든 불행들은 여전히 남아 있을 것이다.

고백하거니와 나는 법을 거의 신뢰하지 않는다. 법이 너무 엄격하면 인간은 법을 어기게 되고, 또 그것은 당연하다. 법이 너무 복잡하면, 인간의 간지(奸智)는 그 약하고 축 늘어진 그물 틈으로 빠져나갈 방도를 쉽사리 발견한다. 고대 사회에 있어서 법의 준수는 인간의 신앙심의 가장 깊은 부분에 해당되는 것이었고, 또한 재판관의 나태의 의지처가 되어 주기도 했다. 가장 오래된 법은 야만성의 본질을 띠고 있는 것이었고, 다만 야만성을 완화시키려는 노력으로 만들어졌을 따름이다. 그리고 가장 존경할 만한 법이라도 역시 힘의 산물이다. 우리의 형법은 대부분——아마도 이것을 다행스럽다고 해야 하겠는데——적은 일부분의 범죄자들에게만 미칠 따름이고, 우리의 민법은 끊임없이 변화하는 수많은 다양한 사건들에 적용될 수 있을 만큼 충분한 신축성을 결코 가지지 못한 것이다. 그 법들은 풍습보다 더 느리게 변하는데, 풍습에 뒤떨어질 때에는 위험해지지만 풍습에 앞서 가려고 할 때에는 더욱 위험해지는 법이다. 어쨌든 그, 위험한 혁신들과 시대에 뒤진 관례들의 집적체에서 여기저기, 마치 의학에서 그러하듯 몇몇 유용한 처방들이 나타나는 것이다. 그리스 철학자들은 우리들에게 인간의 본성을 얼마간 더 잘 알 수 있기를 가르쳐 주었지만, 우리의 가장 훌륭한 법률가들은 수 세대 이래로 상식을 지침으로 삼아 작업을 해 오고 있다. 법의 부분적인 개혁들만이 오래 남아 있을 수 있는데, 그 부분적인 개혁들의 몇몇을 나 자신 실현한 바 있다. 너무 자주 위반되는 법은 어떤 것이나 나쁜 법이며, 그러한 사리에 어긋나는 법령이 당하는 무시가 더 타당한 다른 법들에 확산되지 않도록, 입법자는 그것을 폐기하거나 개정해야 한다. 나는, 불필요한 법은 신중하게 검토하여 없애 버리고 확고하게 공포할 적은 일군의 현명한 법규들은 제정할 것을 목적으로 하기로 작정했다. 모든 오래된 법들을 인류의 이익을 위해 재평가할 때가 온 것처럼 보였다.

　에스파냐 타라고나[31] 근방에서 어느 날 나 혼자 태반(殆半) 폐광이 된 한 광산을 방문했을 때, 이미 오래된 연륜의 삶을 거의 전부 그 지하 갱도에서 보낸 노예 한 사람이 나에게 단도를 들고 덤벼드는 일이 일어났다. 그는 43년간의 그 질곡에 대해 황제에게 복수하고자 한 것이었는데, 그것은 이치에 맞지 않는 것이 결코 아니었다. 나는 그에게서 쉽사리 무기를 빼앗고, 그를 시의(侍醫)에게 맡겼다. 그의 격노는 사라졌고, 정녕 그 자신인 모습,――다른 사람들에 못지않게 분별 있고 많은 사람들보다 더 충직한 인간으로

---

31) 에스파냐 동북부 지방에 있는, 지중해 연안의 항구. 역시 항구인 바르셀로나에서 남쪽으로 멀지 않은 곳에 있다.

그는 변모했다. 법이 잔인하게 적용되었다면 그 당장 처형되었을 그 죄인은, 나에게 유용한 종복이 되었다. 대부분의 인간들은 그 노예와 흡사하다 : 그들은 너무나 굴종적인 삶을 살아 왔을 따름이고, 그 얼빠진 상태의 그들의 오랜 삶이 무용하고도 난폭한 몇 번의 반항들로 단락 지어져 있는 것이다. 현명하게 합의된 자유만 주어졌더라도 그 이상의 반항들이 야기되지는 않지 않았을까, 나는 알고 싶었고, 그러한 시도가 더 많은 군주들을 유혹하지 못했다는 사실에 놀라워한다. 광산의 노역에 처해졌던 그 만인(蠻人)은 나에게는 우리의 모든 노예들, 우리의 모든 만족들의 상징이 되었다. 나에게는, 그들 모두를 내가 그 사람을 다루었던 것과 같이 다루기가, ── 즉 그들을 무장 해제하는 손이 신뢰할 만하다는 것을 우선 그들이 알기만 한다면, 그들을 최대한 호의로 대함으로써 위험하지 않은 사람으로 만들기가, 불가능하지 않게 보였다. 지금까지 모든 민족들이 관후함이 부족하여 멸했던 것이다 : 스파르타인들이 그들의 농노[32]들에게 스파르타의 존속이 그들에게도 중요하

---

32) 원문에는 헤일로토스로 되어 있는데, 그들은 스파르타 체제에 고유했던 농노로, 국가가 시민에게 배분한 토지에 종속되어 있었고, 이들 덕택에 스파르타인들은 농사에서 해방되어 끊임없이 동원되는 시민군이 될 수 있었다. 그들은 일체의 정치적인 권리가 없고 법의 보호를 받지 못하여, 인구 수에서 다수인 그들에게 위화감을 느낀 소수인 스파르타인들은 그들에게 수많은 금제와 굴욕을 주고 그들을 살육하기도 했다고 한다. 플루타르코스에 의하면 스파르타 젊은이들의 교육을 끝내는 성인식 시험은 헤일로토스들의 살해로 끝났다고 한다. 그리하여 헤일로토스들의 반란이 드물지 않았다.

다는 사실에 관심을 가지도록 했다면, 스파르타는 더 오래 살아남았을 것이다. 그러나 아틀라스[33]는 어느 날 하늘의 무게를 떠받치기를 그만두어 버리고, 그의 반항은 대지를 뒤흔들고 마는 것이다. 국외에서는 만족들이, 국내에서는 노예들이, 멀리서 존경하거나 아래에서 섬기도록 그들에게 요구되는 이 세계에, 그러나 그러면서도 거기에서 나오는 이득은 그들의 것이 아닌 이 세계에 덤벼들 순간을, 나는 가능한 한 미루고 싶었고, 가능하다면 피하고 싶었다. 나는 가장 불우한 인간, 도시의 시궁창을 청소하는 노예, 국경 지대에서 배회하는 주린 만인이라도 로마가 지속되는 것을 보는 것이 그들에게 이로워지도록 하고자 했다.

나는 이 세상의 모든 철학이 동원되더라도 노예 제도를 폐지하기에 이르리라고는 믿지 않는다 : 기껏해야 그 명칭

---

33) 티탄(90번 각주 참조)의 하나인 이아페토스가, 다른 한 티탄인 대양의 신 오케아노스와 티타니스(90번 각주 참조)의 하나인 테티스가 결혼하여 낳은 딸 클리메네와 결혼하여 낳은 거인. 제우스와는 사촌, 프로메테우스와는 형제가 된다. 제우스는 크로노스를 위시한 티탄들과의 싸움에서 승리한 후, 크로노스가 아버지인 하늘 우라노스를 제거할 때 절단된 우라노스의 생식기에서 흘려진 피가 어머니인 땅 가이아와 결합하여 태어난 아들들인 기간테스라는 거인들의, 티탄들을 위한 복수의 도전을 받는다. 이때 아틀라스가 기간테스들 편에 참여했으므로, 기간테스들을 물리친 제우스는 그에게 하늘 궁륭을 어깨에 메고 있게 하는 벌을 내린다. 크로노스─티탄─기간테스─아틀라스가 땅인 가이아와 한편을 이루면서 제우스를 공동의 적으로 하고 있으며, 게다가 아틀라스와 형제인 프로메테우스가 제우스를 거슬러 인간들에게 불을 훔쳐 주었고 그 아들인 데우칼리온을 통해 대홍수 후의 멸망한 인류가 다시 소생한 것을 생각하면, 제우스에 저항하는 아틀라스를 통해 지상의 인간과 신의 대립, 지배자와 피지배자의 대립이 나타난다.

을 바꿀 것이다. 우리 사회에서 볼 수 있는 노예 상태보다 더 교활한 것이기에 더 나쁜 형태들의 노예 상태를 나는 상상할 수 있다 : 인간을 어리석고 불만 없는 기계 같은 것으로 변화시켜, 실제로는 노예처럼 지배를 당하면서도 스스로 자유롭다고 믿게 하도록 하는 데 성공하거나, 인간적인 즐거움과 여가를 보내는 오락들을 인간에게서 배제하고, 만족들이 가지고 있는 전쟁열만큼 광적인, 일에 대한 취향을 인간에게 키워 주거나 하면 될 것이다. 이와 같은 정신 혹은 상상력의 노예 상태보다는 나는 여전히 우리의 사실상의 노예 제도를 택하겠다. 그것은 어쨌든, 인간을 다른 한 인간의 뜻에 좌지우지되게 하는 그 참혹한 상태는 법에 의해 세심하게 규제될 필요가 있다. 노예가 더 이상, 그가 맺은 가족의 인연을 고려하지 않고 사람들이 매매하는 그러한 무명의 상품, 재판관이 증인 선서하에 그 증언을 받아들이지 않고 고문을 받게 한 후에야 그 증언을 기록게 하는 그러한 경멸적인 대상으로 취급되지 않도록, 나는 주의를 기울였다. 나는 노예에게 수치스럽거나 위험한 직업을 강요하거나, 노예를 매춘 포주나 검투사 학교에 매매하는 것을 금했다. 그러한 직업들을 좋아하는 사람들만이 거기에 종사하면 될 것이다 : 그러면, 그 직업들은 더 잘 영위될 것이다. 관리인이 노예의 힘을 혹사하는 농장들에서는, 나는 가능한 한 노예를 자유 소작인으로 대치시켰다. 우리의 일화집들은 곰치[34]들에게 하인들의 몸을 먹이로

---

34) 바닷물고기의 하나. 살이 많으며 성질이 몹시 사납다.

던져 주는 미식가들의 이야기들로 가득하지만, 그러나 그, 쉽사리 처벌 대상으로 여겨질 수 있는 언어도단의 범죄도, 아무도 불안하게 할 생각을 하지 못하는 냉담한 마음의 부자들이 매일매일 범하는, 흔해빠진 수많은 잔학한 짓들에 비하면 대수로운 일이 아니다. 내가 늙은 노예들을 학대하는 어느 존경받는 부유한 귀족 부인을 로마에서 추방했을 때, 사람들은 격렬하게 항의한 적이 있다. 불구의 부모를 돌보지 않는 배은망덕한 자식이 한 사람이라도 있으면, 그것이 사회 일반의 양심에 더 큰 충격을 주는데, 나는 그 두 형태의 비인간성 사이에 거의 차이를 보지 못한다.

여자들의 조건은 이상한 관습들로 결정되어 있다 : 여자들은 예속되어 있으면서 동시에 보호되어 있기도 하고, 약하면서 동시에 힘을 행사하기도 하며, 지나치게 멸시되면서 동시에 지나치게 존경받기도 한다. 이와 같은 모순된 관습들의 혼돈 가운데는 사회적인 사실이 자연적인 사실과 겹쳐져 있다. 게다가 그 양자를 서로 구별하기가 쉽지도 않다. 여간 혼잡하지 않은 이와 같은 사태는 어디에서나, 겉보기와는 달리 요지부동이다 : 전체적으로 여자들은 현상태대로 있기를 원해서, 변화에 저항하거나 변화를 그녀들의 한결같은 목적만을 위해 이용한다. 오늘날 여자들의 자유는 옛 시대보다 더 많아졌거나 혹은 적어도 더 뚜렷해졌지만, 번영기의 더 안락한 삶의 한 국면에 지나지 않는다고 할 수 있으며, 옛날의 원칙, 심지어 편견까지도 중대하게 손상된 것은 아니다. 진지한 것이든 그렇지 않은 것이든 간에, 공식적인 찬사와 묘비명에서는 우리 로마의 부인들이 공화정 때 그녀들에게 요구되었던, 능숙한 일솜씨, 정숙, 근엄 등의 똑같은 미덕들을 가지고 있다고 말하기를 계속하고 있다. 어쨌든 실제적이거나 추정적인, 여자들의 조건상의 그 변화는 하기야 하층민의 옛부터의 방종한 풍기도, 시민층의 한결같은 근엄한 척하는 처신도 조금도 변화시키지 않았고, 시간만이 그 변화가 영구적인 것일지를 증명할 것이다. 여자들의 약함은 노예들의 경우와 마찬가지로 그녀들의 법적 조건에 기인하는데, 그녀들의 힘은 그녀들이 행사하는 권한이 거의 무제한한 조그만 일들에서 그에 대한 복수를 한다. 나는 여자들이 군림하지 않는 집안을 거의 보지 못했고, 또한 집사나, 주방장, 해방된 노예가 집안을 지배하는 것도 본 적이 흔하다. 금전적인 면에 있어서 여자들은 법적으로는 어떤 형태로서든지 감독을 받는 상태에 머물러 있지만, 실제적으로는 수부라[35]의 모든 구멍가게에서 통상 가금육(家禽肉) 장수 부인이나 과일 장수 부인이 계산대에 주인으로 으스대며 앉아 있는 것이다. 아티아누스 부인은 감탄할 만한 사업가적인 재능을 가지고 집안 재산을 관리했던 것이다. 법은 가능한 한 이와 같은 관습과 차이가 나지 않아야 할 것이다. 그래 나는 여성에게, 자신의 재산을 관리하며 유증하고 유증받을 더 많은 자유를 허여했다. 나는 또한 어떤 처녀도 자신의 동의 없이는 결혼을 하지 않을 수 있도록 하라고 주장했는데, 당자의 동의 없는 결혼의 그 합법적인 강간은 여느 강간과

---

35) 옛 로마에서 하층민들이 밀집해 살던, 평판 나쁜 구역.

마찬가지로 혐오스러운 것이다. 결혼은 여자들에게 있어서 대사이며, 그녀들이 오직 전적으로 자기의 의사로 그 대사를 결정한다는 것은 너무나 타당하다.

우리들의 불행의 일부분은 너무나 많은 사람들이 수치스럽게 부유하거나, 혹은 절망적으로 궁핍하다는 사실에서 온다. 다행하게도 오늘날 그 두 극단 사이에 균형이 이루어져 가고 있다 : 황제들이나 해방된 노예들의 엄청난 재산은 과거지사가 되었다 : 트리말키오[36]와 네로 황제는 죽은 것이다. 하지만 이 세계의 이지적인 경제적 재조정에 있어서 해야 할 일은 모두 남아 있다. 즉위하면서 나는 각 도시가 황제에게 자발적으로 바치는 기부금을 받지 않기로 했는데, 그것은 가장된 절취에 지나지 않는 것이다. 나는 세손 역시 그렇게 하기를 권고한다. 국가에 대한 개인들의 빚을 완전히 면제해 주는 것은 한결 더 과감한 조치였지만, 10년간의 전시(戰時) 경제 다음에 백지상태에서 출발하기 위해서는 필요한 것이었다. 우리의 화폐는 한 세기 전 이래로 위험스럽게 가치가 떨어져 왔다. 그렇지만 로마의 영원성은 우리의 금화의 가치로 평가되는 것이다. 그 금화에, 여러 가지 물건들과 대비하여 확고하게 계량된 가치와 중량을 되돌려주는 것은 우리들이 해야 할 일이다. 우리의 토지는 되는대로 경작되고 있을 뿐, 운 좋은 지역들——이

---

36) 네로 황제의 측근이었다가 음모에 연루되어 자살을 강요당해 죽은 페트로니우스의 작품으로 추정되는 『사티리콘』에서 가장 유명한 에피소드에 나오는 인물. 벼락부자가 된 해방 노예인 그는 연회를 베푼 자리에서 초대객들을 감탄케 하기 위해 우스꽝스럽게 호사를 과시한다.

집트, 아프리카, 토스카나,[37] 그리고 몇몇 다른 지역들——
에서만 밀과 포도의 경작에 정통하게 훈련된 농부들의 공
동체가 형성될 수 있었다. 나의 관심의 하나는 바로 그 계
층을 북돋우어 그들에게서 더 원시적이거나 더 인습적인,
덜 능숙한 촌민들에게 농사를 가르칠 사람들을 차출하는
것이었다. 나는 공공의 이익에 거의 관심을 두지 않는 대
지주들이 토지를 휴경지로 버려 두는 파렴치에 종지부를
찍었다 : 경작을 하지 않은 지 5년이 경과된 모든 밭은 그
이후에는, 그 밭을 맡아 이용하는 농부에게 속하게 되도록
했기 때문이다. 광산 채굴의 경우도 이와 거의 같은 조처
를 받게 했다. 대부분의 우리의 부호들은 국가나 공공 기
관, 군주에게 엄청난 재산을 헌납한다. 그 가운데 많은 사
람들은 이해관계에 의해, 몇몇은 덕행으로서 그렇게 행동
하나, 필경 거의 모두가 거기에서 이득을 얻는다. 그러나
나는 그들의 관후함이 그와 같은 과시적인 헌납이 아닌 다
른 형태들을 취하는 것을 보고자 했고, 지금까지 그들이 그
들의 자녀들을 부유하게 하기 위해서만 재산을 증식했지만
이젠 공동체의 이익을 위해 슬기롭게 그렇게 하도록 그들
에게 가르치고자 했다. 바로 이와 같은 정신에서 나 자신
황제 영지의 관리를 맡았던 것이다. 아무도 수전노가 그의
금화 단지를 다루듯, 토지를 다룰 권리는 없는 것이다.

우리의 상인들은 때로 우리의 가장 훌륭한 지리학자, 가

---

37) 라티움 지역과 그 북쪽에서 접경하고 있는 지역인데, 이탈리아 반도
　　전체로 보면 중심부에서 북쪽으로 조금 올라간 중서부 지방에 위치하
　　고 있다.

장 훌륭한 천문학자, 가장 박식한 자연과학자들이며, 우리
의 은행가들은 우리 나라에서 가장 능란하게 인간들을 판
단할 수 있는 사람들에 꼽힌다. 나는 여러 사람들의 서로
다른 능력을 이용했고, 그 능력들이 서로의 영역을 침범하
는 것을 전력을 다해 막았다. 선주들에 대한 지원은 외국
과의 통상을 10여 배나 증가시켰고, 그리하여 나는 큰 비
용이 드는 제국 선단(船團)을 작은 경비로 보강하기에 성공
했다 : 동양과 아프리카로부터의 수입에 관한 한 이탈리아
는 고도(孤島)와 같은 입장이어서, 식량의 경우 더 이상 자
급자족하지 못하게 된 이래 밀 중개상들에 의존하지 않을
수 없고, 이와 같은 상황의 위험에 대비하는 유일한 방법
은 그 필요 불가결한 사업가들을 관리로 대우하면서 가까
이서 감독하는 것이다. 우리의 오래된 속주들은 근년 상당
한 번영 상태에 도달했고 더욱 큰 번영이 불가능하지도 않
지만, 그러나 중요한 것은 그 번영이 오직 헤로데 아티쿠
스[38]의 은행이나, 한 그리스 마을의 기름 전부를 매점하는
소투기가에게만 이득이 되는 게 아니라, 모든 사람들에게
이득이 되어야 한다는 것이다. 우리의 도시들에 우글거리
는 중간 상인들의 수를 줄일 수 있게 하는 법이라면 어떤
법도 지나치게 혹독하다고 할 수 없다 : 음란하고 배가 나

---

38) 그리스의 수사학자(101~177년경). 안토니누스 황제의 청으로 황제
   즉위 전의 마르쿠스 아우렐리우스의 교육을 맡았다. 열렬한 문학·예
   술 애호가로, 그리스의 여러 도시들의 건축물들을 보수, 미장하거나
   새로운 건축물들을 건조케 했는데, 그 비용을 자기 재산으로 감당한
   엄청난 부의 소유자였다.

온 족속인 그들은 술집이란 술집은 어디에서나 밀담을 나누면서 계산대에 팔꿈치를 기대고, 당장 자신들에게 이익을 주지 않는 정책은 어떤 것이나 무너뜨릴 준비가 되어 있는 것이다. 국가 양곡창의 공정한 분배는 기근이 든 때에 식량 가격의 터무니없는 폭등을 저지하는 데 도움이 된다. 그러나 나는 특히 갈리아 지방의 포도 재배자들과 흑해의 어부들 등, 생산자 자신들의 조직에 기대를 걸었는데, 그들이 당하는 사회적인 불공평을 두고 보면, 예컨대 후자의 경우 그들의 보잘것없는 양식마저 그들의 고역과 위험으로 살찌는, 철갑상어 알젓과 염어(鹽魚)의 수입상들이 집어삼키는 셈인 것이다. 나의 가장 훌륭했던 날의 하나는, 내가 에게 해의 일단의 어부들을 설득하여 동업 조합을 결성케 하고 도시의 소매상들과 직접 거래케 했던 날이다. 나는 나 자신이 군주임을 그보다 더 유용하게 느낀 적이 결코 없었다.

평화는 군의 경우, 너무나 빈번히 두 전투 사이의 소란한 무위의 시기에 지나지 않는다. 무위와 무질서에 대체될 수 있는 것은 확정적인 전쟁을 위한 준비, 그리고 그 다음, 전쟁이다. 나는 이와 같은 군의 관례와 결별했다. 전방 진지에 대한 나의 끊임없는 방문은 그 평화 상태의 군으로 하여금 유용한 활동을 계속하게 하기 위한 많은 수단들 가운데 하나에 지나지 않았다. 평지에서나 산중에서나, 숲 가에서나 사막 한가운데서나, 어디에서나 주둔 부대는 항상 같은 건물들, 연병장들, 병사(兵舍)들──쾰른에서는 눈에, 람바이시스[39]에서는 모래 돌풍에 버틸 수 있도록 건

조된——, 내가 필요 없는 용품들을 팔아 버리게 한 창고
들, 황제의 조상이 굽어보고 있는 사관(士官) 클럽 등을 산
재시키거나 집결시켜 놓는다. 그러나 이와 같은 획일성은
표면적인 것일 뿐이다 : 그 서로 바꿔놓을 수도 있을 병영
들은 외원군(外援軍)을 두고 보면 각각 다른 종족의 병사들
을 포함하고 있는 것이다. 모든 종족의 인간들이 그들의
특이한 미덕과 무기들, 보병이나 기병이나 궁수로서의 그
들의 재능을 우리 군에 가져다주는 것이다. 나는 거기에서
황제로서의 나의 목적인 통일성 속의 다양성을 인위적이
아닌 상태에서 재발견했다. 나는 병사들에게 그들 종족 고
유의 전투 함성을 외치고 그들 종족의 언어로 명령을 내리
는 것을 허용했고, 고참병들이 만족의 여자들과 결연하는
것을 인가하고 그들의 자녀들을 적출로 인정했다. 그리함
으로써 나는 야전 생활의 난폭성을 완화하고, 그 단순한
사람들을 인간으로서 대우하도록 노력했던 것이다. 그들의
기동성을 감소시키는 위험을 무릅쓰고, 나는 그들이 방어
할 책임을 맡고 있는 그 한 귀퉁이의 땅에 애착을 갖기를
바랐다. 나는 군을 지역화하기를 주저하지 않았다. 나는
각자가 자기의 밭과 농장을 방위하던 초기 공화정 시대의
민병대에 상응하는 것을 제국 차원에서 복원하기를 희망했
다. 나는 특히 군단들의 기술적인 효율성을 발전시키는 데

---

39) 지금의 알제리 동북부 지방에 있는 타주의 옛 이름. 로마 제국 제3군
　　단 아우구스타의 주둔지였는데, 아우구스타는 인근의 협로들과 사막
　　도로를 지배했으며, 하드리아누스 황제가 이곳을 시찰한 것이 당시
　　유명했다고 한다.

힘을 기울였다. 나는 그 군사적인 중심들을 마치 문명화의 수단처럼 이용하고자 했다. 견고한 쐐기처럼 이용하여, 민간의 한결 더 섬세한 수단들이라면 그 날을 무디게 해 버렸을, 정도로, 그런 뚫고 들어가기 힘든 곳으로 조금씩 조금씩 침투해 들어가고자 했다. 군은 숲과 스텝과 늪 지대의 하층민과 세련된 도시 주민을 연결시켜 주는 역할을 하게 되었으며, 만족들에게는 초등학교요, 교양 있는 그리스인이나 로마의 안락에 습관되어 있는 젊은 기사에게는 인내와 책임을 배우는 학교였다. 나는 나 자신 군 생활의 힘든 측면을, 그리고 또한 안이하고 기만적인 측면도 알고 있었다. 나는 특권들을 폐기했다. 장교들에게 허여되는 너무 잦은 휴가를 금했고, 그들의 연회실과 위락소와 유지비가 큰 정원을 병영에서 없애도록 했다. 그 불필요한 건물들은 의무실이나 고참병들의 원호소가 되었다. 우리는 우리의 병사들을 너무 어린 나이에 징집하고 너무 늙도록까지 복무시켰는데, 그것은 경제적이지도 못했고 동시에 잔인한 일이었다. 그 모든 것을 나는 바꾸었다. 제국의 지엄한 군율은 당세기의 인성(人性)에 참여함을 의무로 해야 하는 것이다.

우리 황제들은 국가의 공무원이지 카이사르 같은 황제가 아니다. 언젠가 내가 그 고소 내용을 끝까지 경청하기를 거부했던 여자 고소인이 소리치기를, 자기 이야기를 들을 시간이 나에게 부족하다면 그것은 나라를 다스릴 시간이 나에게·부족하다는 것이라고 한 적이 있는데, 그녀의 말은 옳았다. 내가 그녀에게 한 변명은 순전히 형식적인 것은 아니었다. 그렇지만 시간이 부족한 것은 사실이다 : 제국이 더 커지면 커질수록 권부의 여러 국면들은 수장 공무원의 손안에 집중되는 경향이 있는 것이다. 그래 그 바쁜 사람은 필연적으로 다른 사람들에게 자기 직무의 일부를 떠맡겨야 한다. 그의 재능은 점점 더, 자기 주위를 믿을 수 있는 조력자들로 둘러싸는 데 있게 되게 된다. 클라우디우스 황제[40]나 네로 황제의 큰 죄악은 그들이 거느리고 있던 노예들이나 해방 노예들이 주인의 대리인, 조언자, 대표자로서의 그 역할을 독점하는 것을 나태하게 버려둔 것이었다. 나의 삶과 여행들의 일부분은 새 관료의 각 분야별 간부들을 선택하고 훈련시키며, 가능한 한 가장 타당하게 재능과 지위를 조화시키고, 국가가 의존하고 있는 중류 계층에게 일할 수 있는 유익한 가능성을 터 주는 데 바쳐졌다. 나는 민간인들로 이루어진 군대라고 할 그들이 대면하고 있는 위험을 알고 있다 : 그것은 관례적인 업무 행태의 고착이라는 이 한마디에 담겨 있다. 그리고 수세기에 걸쳐 조립된 그 톱니바퀴 장치는 거기에 주의를 기울이지 않으면 망가져 버릴 것이므로, 주인이 끊임없이 그 움직임을 조절하고 그 파손을 예견하거나 보수해야 한다. 그러나 경험이 보여주는 것은, 우리들의 후계자들을 선택하기 위해 쏟는 한없는 정성에도 불구하고 범용한 황제들이 언제나 가장 많은

40) 로마의 황제(기원전 10~기원 54). 그의 선제가 칼리굴라 황제이고, 후제가 네로 황제이다. 간질 환자이고 말더듬이었던 그는, 책임감 없는 약한 성격 탓에 황후 메살리나에게 휘둘리고, 측근인 해방 노예, 팔라스와 나르키소스에게 좌지우지 당했다고 한다.

숫자를 차지할 것이며, 적어도 1세기당 한 명 꼴로 미친 황제가 군림한다는 사실이다. 위기의 시기에는 그 잘 조직된 관료가 본질적인 공무를 계속 수행하여, 한 현명한 군주와 그 다음 현명한 군주 사이의, 때로 아주 길기도 한 대리 기간을 무사히 넘길 수 있을 것이다. 어떤 황제들은 목으로 서로 묶인 만인들의 대열, 끝없는 피정복자들의 행렬을 이끌고 간다. 나의 경우 내가 양성하기를 기도한 정예 관료가 다른 의미로 행렬을 이룬다. 국정 자문 회의: 이 회의를 구성하는 이들 덕택에 나는 수년간 로마에서 자리를 비울 수도, 로마로 되돌아오는 길이 로마를 그냥 지나가는 길일 수도 있었다. 나는 그들과 가장 빠른 파발꾼들을 통해, 위험이 있을 경우에는 해안 신호소의 신호를 통해 교신을 했다. 그들은 또 그들대로 유용한 다른 보좌인들을 양성했다. 그들의 능력은 내가 이룩한 것이다. 그들의 잘 조정된 업무 수행은 나 자신으로 하여금 다른 일들을 할 수 있게 해 주었다. 그리하여 나에게 너무 큰 불안 없이 자리를 떠나 죽음으로 사라질 수 있도록 해 줄 것이다.

재위 20년 가운데 나는 12년을 일정한 처소 없이 보냈다. 나는 번갈아 가며 아시아 상인들의 궁전 같은 저택들이나, 절도 있는 그리스 집들, 갈리아 지방의 로마 주재관들의, 욕탕과 난방 장치가 갖추어진 아름다운 별장들, 오두막집들, 농장들 등에 머물렀다. 아마포와 밧줄로 만든 건조물인 가벼운 천막은 더욱 선호된 거처였다. 내가 탄 배들도 지상의 숙소들에 못지않게 다양했다: 체육실과 도서실이 설치되어 있는 나의 배가 있었는데, 그러나 나는 모든 고정된 상태를 너무 경계했기 때문에 어떤 거처에도, 심지어 그것이 움직이는 것일지라도, 애착을 가지지 않았다. 어느 시리아 백만장자의 소유람선, 함대의 여러 단의 갑판을 가진 함선, 혹은 그리스 어부의 이물, 고물이 뾰죽한 어선 등, 어느 것이나 나의 거처로서 좋았다. 유일한 사치는 속력과 그것을 높이는 데 도움이 되는 일체의 것, ─가장 훌륭한 말, 현가장치가 가장 잘 되어 있는 마차, 가능한 한 거추장스럽지 않은 짐, 해당 지역의 풍토에 가장 알맞은 옷과 필요한 소도구들 등이었다. 그러나 움직임의 큰 수단은 무엇보다도 완전한 상태의 몸이었다 : 200리 길의 강행군은 아무것도 아니었고, 잠 없는 하룻밤은 사색을 하게 하는 계기에 지나지 않는 것으로 간주되었다. 여행을, ─모든 습관의 그 항구적인 파괴, 모든 선입견에 대한 그 끊임없는 충격을 오랫동안 좋아하는 사람들은 거의 없다. 그러나 나는 아무런 선입견도 가지지 않도록, 그리고 습관은 거의 가지지 않도록 노력했다. 나는 푹신한 침대의 기분 좋은 느낌을 높이 샀지만, 맨땅의 감촉과 내음, 이 지상의 어떤 부분의 기복 있는 표면에 대해서라도 역시 그러했다. 나는 브리타니아의 애벌 찧은 귀리나 아프리카의 수박도 좋아할 만큼, 다양한 음식에 익숙해져 있었다. 나는 어느 날, 어떤 미개한 게르마니아 부족들이 진미라고 하는, 반쯤 부패한 사냥한 고기를 맛본 적이 있다. 나는 먹은 것을 얼마간 토해 냈지만, 어쨌든 그 경험을 시도해 보았던 것이다. 사랑에 있어서 내가 선호하는 것은 아주 분명해서, 나는 그 점에서도 관례적인 태도를 꺼렸다. 나의 수행원들은 필요 불가결하거나 섬세한 사람들로 제한되어 있었으므로, 나는 나머지 세상과 격리되는 적이 거의 없었다. 나는 나의 기동이 자유롭고 나에 대한 접근이 쉽도록 주의를 기울였다. 바위들로 이루어진 본거지에 올라앉아 있는 브리타니아나, 언월도와 함께 그려진 다키아 등, 나 자신 그 문장(紋章)을 각각 선택해 주었던 공식적인 대 행정 단위 지역들인 속주들은 구체적으로, 내가 그 그늘을 찾았던 숲들과, 그 물을 마셨던 우물들, 여행 중 숙박지들에서 우연히 만났던 사람들, 알고 있었던, 때로는 사랑했던 얼굴들로 해체되어 떠오르곤 했다. 나는 로마가 아마도 이 지상에 준 가장 아름다운 선물인 우리의 도로들의 마지막 한 마일까지 알고 있었다. 그러나 잊지 못할 순간은, 도로가 어느 산허리에서 멈추고 나의 일행이 산의 균열된 틈에서 틈으로, 암괴에서 암괴로 기어 올라가 피레네 산맥이나 알프스 산맥의 깎아지른 한 봉우리 위에서 새벽 동이 트는 것을 바라보던 순간이다.

나에 앞서 피타고라스와 플라톤, 열두어 명가량의 현자들과 상당수의 모험가들 등, 여러 사람들이 이 지상을 편력한 바 있었다. 그러나 여행자가 여행자임과 동시에 전적으로 자유롭게, 보고 개혁하고 창시할 수 있는 군주이기도 한 것은 최초였다. 그것은 나의 행운이었고, 직무와 기질과 세계의 그 행복한 조화가 다시 출현하려면 아마도 수세기가 흘러가야 하리라는 것을 나는 깨달았다. 새로운 인간, ──그리고 거의 결혼 생활도 하지 않고 자식도 없으며 조상도 없는 것이나 다름없는, 혼자인 인간, ──마음속의 이타케⁴¹⁾가 아닌 다른 이타케는 가지고 있지 않은 그런 오디세우스, ——이런 인간일 때에 가질 수 있는 이점을 내가 느낀 것은, 바로 그때였다. 여기서 나는 아무에게도 한 적이 없는 고백을 하나 해야 하겠는데, 그것은 내가 어떤 곳에도, 심지어 지극히 사랑하는 나의 아테네에도, 심지어 로마에도 완전히 속해 있다는 감정을 결코 가져 본 적이 없다는 것이다. 나는 어디에서도 이방인이었지만, 또 어디에서도 특별히 고립되어 있다고 느끼지도 않았다. 나는 여행을 하면서, 황제의 직분을 이루고 있는 여러 가지 직업들을 수행했다. 나는 군 생활을, 오랫동안 입어서 편해진 옷을 걸치듯 받아들였다. 나는 병영의 말, ——그, 만족들의 언어의 압력으로 왜곡되고 습관적인 욕설과 하찮은 농담들이 흩뿌려지듯 뒤섞여 있는 라틴어를 어렵지 않게 다시 말하기 시작했고, 훈련일의 거추장스러운 군장(軍裝)에, 왼팔에 드는 무거운 방패가 몸 전체에 일으키는 그 균형의 변화에 다시 익숙해졌다. 아시아 속주의 회계를 감사하는 일이든, 혹은 온천장의 건립으로 빚을 진 브리타니아의 조그만 마을의 회계를 감사하는 일이든, 오랜 회계원의 일도 어디에서나 더욱더 나를 옭아매었다. 재판관의 일에 대해

---

41) 그리스 서쪽, 이오니아 해(海) 연안에 있는 이오니아 제도(諸島) 가운데 가장 큰 섬이자 코린토스 만과 비슷한 위도 상에 있는 케팔레니아 섬의 동북쪽에 있는 작은 섬. 호메로스가 체류한 적이 있었다고 하는 이 섬은, 그의 『오디세이아』의 주인공 오디세우스의 고국으로, 오디세우스는 트로이 전쟁에 참전한 후 파란만장의 모험을 거치고 이타케로 돌아온다.

서는 나는 이미 말한 바 있다. 기타의 직업들에서 추출해 볼 수 있는 유사성들이 내 머리에 떠오르기도 했다 : 이 집에서 저 집으로 돌아다니며 환자들을 치료하는 왕진의, 도로를 보수하거나 터진 수도관을 땜질하도록 부름을 받은 도로국의 일꾼, 가능한 한 채찍은 덜 사용하면서 노잡이 노예들을 독려하며 일군의 선박들의 한쪽 끝에서 다른 쪽 끝까지 달려가는 노잡이 노예 감독, 등을 나는 생각했다. 그리고 오늘, 나의 별궁 테라스 위에서 나는 노예들이 나뭇가지들을 치거나 화단에서 잡초를 뽑는 것을 바라보며, 특히, 정원을 신중하게 오가는 정원사를 생각하고 있다.

나의 시찰 여행에 내가 데려간 장색(匠色)들은 나에게 신경 쓸 일을 거의 만들지 않았다 : 그들이 여행을 좋아하는 마음은 나에 못지않았다. 그러나 나는 문사(文士)들과는 어려움들이 있었다. 없어서는 안 될 존재인 플레곤[42]은 노파와 같은 결점들을 가지고 있는데, 그러나 그는 관행에 저항한 유일한 비서이다. 그는 아직도 나의 곁에 있다. 시인 플로루스에게 나는 라틴어 서기관직을 맡겼는데, 그는 로마 황제가 되고 싶지 않으며, 스키티아의 추위와 브리타니아의 비를 견뎌 내야 하는 신세는 되고 싶지 않노라고 사방에 큰소리로 떠들고 다녔다. 도보의 먼 산책 역시 그에게는 관심 없는 일이었다. 나쪽에서도 로마의 문사 생활의 즐거움과, 사람들이 매일 저녁 서로 만나 똑같은 재담들을 주고받고 똑같은 모기들에게 우애롭게 물리는 술집들을 기

---

42) 해방 노예로서 하드리아누스 황제의 비서.

꺼이 그에게서 빼앗지 않았다. 나는 수에토니우스[43]에게는 기록보관소 관리인의 자리를 주었었는데, 그 지위로 하여 그는 로마 황제들의 전기를 쓰기 위해 그가 필요로 하는 비밀문서들을 접할 수 있었다. 너무나도 잘 어울리는 트란킬루스[44]라는 별명이 붙은 그 능란한 사람은 도서관 안에서라야 상상될 수 있는 존재였다 : 그는 로마에 남아서 황후의 측근의 한 사람, 황후의 거소에 모여 세상이 돌아가는 추세를 비판하는 불만스러운 보수주의자들의 조그만 모임의 일원이 되었다. 그 무리는 나의 마음에 별로 들지 않았다 : 나는 트란킬루스를 은퇴시켰고, 그는 사비니 산맥[45]의 산간에 있는 그의 작은 집으로 가, 평온히 티베리우스 황제의 패덕한 행위들을 생각하며 은거했다. 아를[46]의 파보리누스는 얼마 동안 그리스어 서기관직에 있었다 : 그, 피리 소리 같은 목소리를 가진 난장이는 예민함이 없지 않았다. 그는 내가 만난 가장 그릇된 정신의 소유자들 가운데 한

---

43) 로마의 사가, 전기작가(70년경~128년 이후). 평생 전적의 연구에만 몰두한 학자로, 하드리아누스 황제의 서한 비서인 적도 있었으나, 여기에 뒤이어 언급되어 있듯이, 황후 측근의 불만스러워하는 무리들에 연루되어 황제의 신임을 잃는다. 곧 언급되는 바대로 그의 직책이 고문서에 접할 수 있게 하는 것이어서, 널리 알려진 『12황제의 생애』를 썼다. 그러나 원로원 귀족 추종자이기에, 원로원과 사이가 나빴던 황제들을 편견을 가지고 나쁘게 묘사한 점도 많다고 한다.

44) '조용한 사람' 이라는 뜻이다.

45) 이탈리아 반도의 남북으로 뻗은 아펜니노 산맥의 지맥의 하나로, 라티움에 있다.

46) 지금의 프랑스 마르세유에서 서북쪽으로 얼마간 떨어진 곳에 있는 도시.

사람이었다. 우리 두 사람은 서로 논쟁을 하곤 했으나, 그의 박학은 나를 매혹했다. 그는 우울증으로 인해, 마치 사랑에 빠진 남자가 그의 정부에게 그렇게 되듯 자기의 건강에 마음이 사로잡혀 있었는데, 그의 그 우울증을 나는 재미있어했다. 그의 인도인 하인은 그에게 큰 비용을 들여 동양에서 들여온 쌀로 요리를 해 주었는데, 불행하게도 그 외국인 요리사는 그리스어를 아주 못했으며, 또 어떤 언어로도 조금밖에 말하지 않았다. 그래 그는 나에게 그가 태어난 나라의 경이로운 것들에 관해 아무것도 가르쳐주지 못했다. 파보리누스는 그의 생애에서 상당히 희귀한 세 가지 일을 수행했음을 뽐내곤 했는데, 갈리아인으로서 누구보다도 잘 그리스화한 것이 그 하나요, 신분이 낮은 사람임에도 황제와 끊임없이 다투면서도 그로 인해 형편이 더 나빠지지는 않는 것 —— 하기야 그 기이한 사실은 전적으로 나의 장점에 치부되는 것이었지만 —— 이 그 둘이요, 성불능자이면서 항상 간통죄로 벌금을 무는 것이 그 셋이었다. 사실 그의 찬미자들 가운데 지방의 여인들이 그에게 귀찮은 문제들을 야기하곤 했는데, 그 난처함에서 내가 그를 구해 주어야 했던 것이 한두 번이 아니었다. 나는 거기에 지쳤고, 에우데몬이 그의 자리를 차지했다. 그러나 전체적으로 나는 유달리 섬김을 잘 받은 셈이다. 나에 대한 그 적은 무리의 친우들과 관리들의 존경은, 어떻게 그리되었는지 알 수 없지만, 여행을 통해 갑작스럽게 생긴 친밀한 관계를 넘어서서 지속되었다. 그들의 조심성은, 그럴 수 있을 때에는, 그들의 충성보다 더욱더 놀라웠다. 미래의 수에토니우스 같은 사가(史家)들은 나에 관해 일화들을 거의 수집할 수 없을 것이다. 대중들이 나의 삶에 관해 알고 있는 것은, 나 자신이 드러낸 것이다. 나의 친우들은 나의 비밀들을——정치적인 비밀들이나 다른 비밀들이나——지켜 주었으며, 빈번히 나도 그들을 위해 그렇게 해 주었다는 것도 바른 말이다.

건설을 한다는 것은 대지와 협력한다는 것이고, 하나의 풍경에 인간의 흔적을 남겨 그 풍경을 영원히 변모시킨다는 것이다. 그것은 또한, 도시의 삶 자체인 완만한 변화에 기여한다는 것이다. 다리 하나, 혹은 샘 하나가 위치할 정확한 장소를 찾기 위해, 한 산간 도로에 가장 경제적이면서도 동시에 가장 단정한 곡선을 부여하기 위해 얼마나 많은 정성을 들이는지……. 메가라의 도로 확장 공사는 스키로니아의 바위 투성이 풍경을 변형시켰으며, 안티노오폴리스[47]를 홍해에 연결하는 약 2000스타디움의 길에 포석을 깔고 저수통들과 군 초소들을 배치하는 공사는, 그 사막 지대에 안전의 시대가 위험의 시대를 뒤잇도록 했다. 트로아스[48]에 수로 조직을 건조하기 위해서는 아시아의 500개 도시에서 나오는 세입 전부로도 비용이 충분하지 않았다. 카르타고의 수로 공사는 가혹했던 포에니 전쟁[49]을 이를테면 변상해 주는 역할을 하기도 했다. 보루를 구축하는 것은

---

47) 하드리아누스 황제가 나일 강변에 창건한 도시. 지금의 이집트의 셰이크아바데.
48) 소아시아 반도 북서단 지방의 옛 이름. 고대 도시 트로이가 그 수도였다.

제방을 건조하는 것과 필경 같은 일이었다 : 그것은 둑길과 제국이 방어될 수 있는 선, 파도와 만족들의 공격이 억제되고 저지되며 분쇄되는 지점을 발견한다는 것이었다. 만을 개발해 항구를 창건하다는 것은 그 만의 아름다움을 풍부하게 한다는 것이었고, 도서관을 건립한다는 것은 또 공공 곡물창을 건축하는 것, 정신의 겨울에 대비해 곡식을 저장한다는 것이었다. 그 정신의 겨울은 나의 뜻에 반해 가까이 오는 것이 어떤 징후들을 통해 보이는 것이다. 나는 재건축을 많이 하기도 했다 : 그것은 시간의 지난 국면을 통해 시간과 협력하는 것이요, 그 국면의 정신을 파악하거나 변모시켜, 그것이 더 장구한 미래를 향해 나아가는 데 중계 역할을 해 주는 것이며, 돌 밑에서 샘의 비밀을 되찾는 것이다. 우리들의 삶은 짧다 : 끊임없이 우리들은 우리 세기를 앞섰거나 뒤따를 세기들을 두고, 마치 그 세기들이 우리들과 전적으로 무관한 것인 것처럼 말한다. 하지만 나는 돌과의 유희에서 그 세기들을 촉지했던 것이다. 내가 지주로 버티어놓게 하는 저 벽들은 아직도 사라진 육체들과의 접촉으로 따뜻하고, 아직 존재하지 않는 손들이 저 열주의 주간(柱幹)들을 애무할 것이다. 나는 나의 죽음에 대해, 특히 한 다른 사람[50]의 죽음에 대해 명상하면 할

---

49) 기원전 3세기 중반에서 2세기 중반까지 3차에 걸쳐 있었던, 로마와 카르타고 사이의 전쟁. 고대의 가장 위대한 장군으로 여겨지는 카르타고의 명장 한니발이 이름을 떨친 것은 2차 포에니 전쟁 때이다. 3차 포에니 전쟁 때, 카르타고는 3년 동안 로마 군에 포위되어 있다가 함락된 후, 철저히 불태워지고 파괴되었다고 한다.

수록, 우리들의 삶에 그 거의 멸하지 않을 연장(延長) 부분을 덧붙이려고 더욱더 노력했다. 로마에서는 나는 되도록이면 영구히 지속될 벽돌들을 사용했는데, 그 벽돌들은 그것들이 태어난 흙으로 아주 서서히 되돌아가며, 침하되거나 감지되지 않는 가운데 풍화되더라도, 그것들로 이루어진 건조물이 뚜렷하게 요새나 원형경기장이나 묘로 보이지 않게 되었을 때에도 거대한 산으로 남아 있게끔 되는 것이다. 그리스나 아시아에서는 나는 거기에서 산출되는 대리석을 썼는데, 그 아름다운 석재는 일단 다듬어지면 그 인간의 처분에 충직하게 머물러 있어서, 예컨대 신전 전체의 설계가, 파괴된 원형(圓形) 주간초석(柱幹礎石)의 어떤 파편 속에라도 함축되어 있을 정도인 것이다. 건축은 비트루비우스[51]의 네 건축 양식에 비추어 생각될 수 있을 것보다 더 다양한 가능성을 풍부히 가지고 있다. 우리의 석괴들은 우리 음악의 음들처럼 무한한 재조합의 가능성이 있는 것이다. 나는 판테온을 짓기 위해 점장이들과 장점(腸占)[52]을 하는 승려들이 있는 오래된 지방 에트루리아로 올라갔다. 베누스의 성전은 반대로, 카이사르의 종족이 비롯된 사랑의 여신 주위에 이오니아 양식의 형태들과 백색과 장미색

50) 이 사람이 누구인지 독자들은 나중에 알게 될 것이다.
51) 로마의 건축가(기원전 1세기경). 아우구스투스 황제에게 바쳐진 『건축에 대하여』라는 건축 이론서로 널리 알려져 있다. 고대 건축에 대한 유일한 이론서이며 르네상스 시대 건축가들에게 수다히 원용되고 해석된 이 책에는, 그의 건축 양식 분류도 개진되어 있다.
52) 고대 로마에서 제물로 봉헌된 짐승의 내장을 보고 장래를 예측하는 점.

의 수다한 원주들의, 둥근 모습을 햇빛 아래 드러내 보인
다. 한편 아테네의 올림페이온[53]은 정확히 파르테논[54]에 대
응되는 것이어야 했다. 전자가 평원에 위용을 드러내고 있
고 거대하다면, 후자는 산언덕에 솟아 있고 완벽하다 : 한
쪽이 평온의 무릎 밑에 열정을 잠재운 것이라면, 다른 한
쪽은 미의 발밑에는 화려함을 굴복시킨 것이다. 안티노우
스[55]의 예배당들과 신전들은 마법의 방인 양, 삶과 죽음 사
이의 신비로운 이행이 이루어지는 기념 건물이요 질식시킬
것 같은 고통과 행복의 기도실로서, 기도를 드리고 신령이
재현현하는 장소였다 : 나는 거기에서 그의 죽음을 생각하고
비탄에 잠기곤 했던 것이다. 티베리스 강 하안에 있는 나의
묘소는 아피아 로(路)[56]의 고대 분묘들을 거대한 규모로 재
현한 것인데, 그러나 그 규모 자체가 그것을 변형시켜서, 바
빌로니아나 크테시폰을, 거기에 있는, 인간이 천체에 다가가

---

53) 아테네의 아클로폴리스와, 아테네를 지나가는 일로소스 강 사이에
  있는 제우스 신전으로, 기원전 6세기에 착공되었으나 중단과 재착공
  을 거쳐 하드리아누스 황제에 의해 준공되었다. 신상 안치소에 제우
  스 상 옆에 황제의 상이 함께 있다.
54) 그리스 신화에서 제우스의 딸로, 로마인들이 그들의 미네르바와 동
  일시하는 전쟁과 지혜와 문예·학문의 여신이며 아테네라는 도시명의
  기원이기도 한 것이 아테나인데, 파르테논은 이 아테나 여신의 신전
  이다. 아테네의 아크로폴리스에 있는 이 건축물은 페이디아스의 지휘
  로 건조된 것으로, 고대 그리스의 가장 장려한 건축물로 여겨진다.
55) 독자들은 (신격화된) 이 사람이 누구인지 나중에 알게 될 것이다.
56) 로마에서 브린디시에 이르는 넓은 도로. 기원전 4세기 말경에 시작
  되어 300여 년 이상이나 걸려 아우구스투스 황제 때 완성되었는데, 일
  군의 화려한 무덤들이 길가에 있었으며, 그 유적이 남아 있다.

려는 탑들과 노대들을 생각나게 한다.[57] 이집트의 장례 관습은 유해 없는 기념묘에 오벨리스크들과 열지어 선 스핑크스들을 정돈해 세웠는데, 그런 기념묘는 이집트에 어렴풋이 적대적인 로마에, 아무리 애도해도 다하지 못할 친우를 기념하려는 이집트인들의 노력을 거부할 길 없이 보여준다. 나의 별궁은 여행의 무덤, 방랑자 하드리아누스의 최후의 야영장, 아시아 군주들의 천막 거소나 군 막사의, 대리석으로 지어진 등가물이었다. 형태의 세계에서는 우리들의 취향이 시도해 보기를 수락할 수 있는 거의 모든 것이, 이미 시도되었다. 그래 나는 색채의 세계로 옮겨 갔다 : 심해와 같은 초록색 벽옥(碧玉), 피부와 같은 오돌토돌한 반암(班岩), 현무암, 우중충한 흑요석(黑曜石) 등. 짙은 적색의 벽포는 더욱더 정묘한 자수로 장식되었고, 바닥 포장이나 벽의 모자이크는 아무리 짙은 금갈색이어도, 아무리 짙은 백색이어도, 아무리 어두운 색이어도 부족했다. 돌 하나하나는 한 의지의, 한 기억의, 때로는 한 도발의 기이한 구현물이었고, 건조물 하나하나는 한 꿈의 설계도였다.

플로티노폴리스, 하드리아노폴리스,[58] 안티노오폴리스, 하

---

57) 바빌로니아에는 여러 거대한 규모의 건조물들이 있었다고 하는데, 그 가운데 점점 작은 넓이의 노대들을 쌓아 올리고 제일 작은 맨 꼭대기 노대 위에 예배당을 세워 거기에서 천체를 관찰했다는, 전체적으로 피라미드 형상의 종교적인 건축물(ziggourat)과, 마찬가지로 노대를 층층이 쌓아 올려 높이 만든, 세계 7대 불가사의의 하나인 '공중 정원'이 있다. 그리고 크테시폰(티그리스 강 동안에 있었던 메소포타미아의 옛 도시)에는 페르시아 왕 샤푸르 1세의 궁전이 있었는데, 거기에 딸린 '크테시폰의 홍예문'은 높이가 30미터이다.

드리아노테라이……. 나는 인간 벌의 그 벌집들을 가능한 한 많이 증가시켰다. 배관공과 석공, 기술자와 건축가가 도시들의 그 탄생을 주재한다. 그 작업은 또한 수맥 발견자의 어떤 재능들도 요구한다. 아직도 절반 이상 숲과 사막, 미개간 상태의 황야로 뒤덮여 있는 이 세계에서, 포석을 깐 거리, 어떤 신이든 신에 바쳐진 신전, 공중목욕탕과 공중변소, 이발사가 고객들과 로마의 소식들을 논란하는 이발소, 제과점, 샌들점, 아마도 서점도, 또 의원 간판, 그리고 때때로 테렌티우스[59]의 극작품을 공연하는 극장 등, 이런 것들은 아름다운 광경이다. 우리의 까다로운 인사들은 우리 도시들의 일률성을 불평한다 : 그들은 어느 도시에서나 똑같은 황제 조상과 똑같은 수로를 만난다고 진저리를 낸다. 그들은 옳지 않다 : 님[60]의 아름다움은 아를의 아름다움과는 다른 것이다. 그러나 세 대륙에 걸쳐 있는 그 일률성마저 이정표의

58) 유럽 쪽 터키(흑해와 마르마라 해를 잇는 보스포로스 해협 너머에 있는 터키 영역)에서 그리스와의 접경 지대에 있는, 지금의 에디르네의 옛 이름. 본디 그리스의 도시였으나, 로마 지배하에 든 후, 하드리아누스 황제가 아름답게 재건했고, 그 명칭도 황제의 이름에서 비롯되었다.
59) 로마의 희극 시인(기원전 185~159). 아프리카인 해방 노예 출신으로, 그리스 문화에 깊은 영향을 받아 그리스적인 섬세함과 우아함을 당대의 교양 있는 로마 관객들의 취향에 접목시키려고 애쓰는 가운데, 다른 작가들보다 더 미묘한 심리 묘사와, 인간은 그 드러나는 모습보다 더 훌륭하며 존중과 신뢰를 받을 만한 가치가 있다는 고귀한 사상을 보여 주었다고 하는데, 교양층 관객 이외의 일반 로마 관객들에게 널리 성공을 거두지 못하고 르네상스 시대에 널리 부활했다.
60) 지금의 프랑스 남쪽, 아를에서 서북쪽으로 조금 떨어진 곳에 있는 도시.

일률성처럼 여행자를 만족시킨다. 우리 도시들 가운데 가장 평범한 도시들이라도 역마나 역참이나 숙박소가 있다는, 여행객들을 안심시키는 매력을 지니고 있는 것이다. 도시: 테두리를 가진 지역, 단조롭다면야 단조롭다고도 할 수 있는, 그러나 꿀로 가득 찬 밀랍 벌집방들이 단조롭듯 그렇게 단조로운 인간의 건설물, 접촉과 교환의 장소, 농부들이 와서 그들의 농산물들을 팔고 주랑의 그림들을 멍청하게 입을 벌린 채 바라보며 지체하는 곳……. 내가 건설한 도시들은 만남들에서 태어났다 : 나와 한 귀퉁이의 땅과의 만남, 황제로서의 나의 계획들과 한 인간으로서의 나의 삶의 우연적인 사건들과의 만남. 플로티노폴리스는 트라케[61]에 새로운 농산물 판매처들을 설치할 필요 때문에 건설된 것이지만, 또한 플로티나에게 경의를 표하고자 하는 나의 애정 어린 욕구에 기인된 바도 있다. 하드리아노테라이는 소아시아의 산림관들에 상품 매매처로 사용될 예정으로 건설된 것이다. 그곳은 나에게는 우선, 여름철 은거지요, 사냥감 많은 숲, 아티스[62] 신의 언덕 밑에 나무둥치들을 사각으로 깎아 지은 별장, 매일 아침 미역 감는 물거품

---

61) 지금의 그리스 북동부, 불가리아 남부, 그리고 유럽 쪽 터키에 걸쳐 있던 옛 지역의 이름.

62) 이 이름의 원문 표기가 'Attys'로 되어 있는데, 'Atys'의 오표기인 듯하다. 'Attis'로도 표기하기 때문이다. 아티스는 프리기아에서 그리스, 로마로 전래된 풍요의 신으로, 키벨레 여신에게 사랑 받은 젊고 아름다운 목동이었는데, 그녀에게 한 동정 서원을 어겨, 노한 그녀가 그를 미치게 하고, 미친 그는 자신의 사지를 자른다. 그리스, 로마에서 그에 대한 예배 의식은 신비극의 형태를 띠었다고 한다.

이는 급류가 있는 곳이었다. 에페이로스[63]에 있는 하드리아노폴리스[64]는 빈곤해진 속주 한가운데에 중심 도시를 재개시켰는데, 나의, 도도나[65]의 성전 방문의 소산이었다. 만족 지역의 변두리에 있는 전략적 중심지이며, 전원도시, 군사도시인 하드리아노폴리스는 사르마티아전 참전 고참병들이 정착해 살고 있는 곳으로, 나는 개인적으로 그들 각자의 장단점과 이름, 복무 연수, 그리고 그들이 몇 군데에 부상을 입었는지 알고 있다. 불행[66]의 장소에 생긴, 나에게 가장 소중한 도시 안티노오폴리스는 강과 암벽 사이의 좁고 메마른 지대에 꼭 끼여 있는 것처럼 보인다. 나는 그렇기에 더욱 그 도시를 다른 자원들——인도와의 무역, 하상 운수, 주요한 그리스 도시의 깊이 있는 아취 등——로 부유롭게 하는 데 집착했다. 이 지상에서 내가 그보다 더 다시 보고 싶지 않은 곳도 없고, 그보다 더 많은 정성을 바친 곳도 거의 없다. 그 도시는 계속되는 주랑과도 같다. 나는 그곳 신전의 기념문과, 홍예문(虹霓門)의 조상(彫像)들에 관해 그곳의 총독인 피두스 아킬라와 편지를 교환하고 있

---

63) 지금의 그리스 북서부와 알바니아 남부를 포함하는 지방.
64) 이 이름의 원문(즉 프랑스어) 표기는 'Hadrianople'로, 58번 각주의 하드리아노폴리스의 원어 표기 'Andrinople'과는 다르나, 그리스어 표기에 의한 우리 말 표기는 같아진다. 두 도시의 위치도 물론 다르다. 이 다음 문장에 나오는 하드리아노폴리스는 후자.
65) 에페이로스 지방에 있었던 옛 그리스 도시. 여기에 제우스 신의 신전과 신탁소가 있는데, 신탁소는 고대 그리스에서 가장 중요하고 오래된 것의 하나였다.
66) 이 불행이 무엇인지 독자들은 나중에 알게 될 것이다.

다. 나의 추억들의 아주 완전한 목록이며 드러나거나 은밀한 상징들인, 그 도시 구역들과 행정 구분 지역들의 이름을 내가 정했다. 나 자신, 강둑을 따라 규칙적으로 열 지어 서 있는 종려나무들에 대응되게 세운 코린토스식 열주들의 설계 도면을 그렸다. 그리스식 극장에서 묘관(墓館)[67]으로 뻗은 장려한 큰 가로로 양분되고 평행하는 여러 거리들로 잘려져 있는, 그 거의 완벽한 사변형의 도시를 나는 생각 속에서 수많이 돌아다녔다.

우리는 많은 조상(彫像)들로 거추장스러움을 느끼고, 황홀하게 아름다운 회화와 조각 작품들로 포만되어 있지만, 이 풍부함이 착각을 불러일으키고 있다. 우리는 우리가 더 이상 창조할 수 없을 대략 수십여 개의 걸작들을 끊임없이 복사하고 있는 것이다. 나 역시 별궁을 장식하기 위해 헤르마프로디토스[68]와 켄타우로스, 니오비데[69]와 베누스를 복제케 했다. 나는 가능한 한 그 형태들의 멜로디 가운데서 살

67) 내용으로 미루어 짐작하면, 유해들을 모시는 기념 건조물인 듯하여 묘관으로 옮겼다.
68) 그리스 신화에서 헤르메스와 아프로디테의 아들로, 너무나 아름답게 생긴 그를 사랑한 님프가 그를 껴안고 그와 영원히 결합하게 해 달라고 신들에게 기원한다. 그녀의 기원을 신들이 들어 줘, 그 둘의 몸을 한 사람으로 만들고 남녀 양성을 부여한다. 그는 고대 조각에서 남녀 양성의 특징을 동시에 지닌 모습으로 남아 있다.
69) 제우스의 아들 탄탈로스의 딸이자, 역시 제우스의 아들이며 테베의 왕인 암피온의 아내 니오베는, 다산이어서 일곱 아들과 일곱 딸을 가졌는데, 이들이 니오비데들이다. 니오베는 거만하여, 역시 제우스와의 사이에서 쌍둥이 남매 아폴론과 아르테미스밖에 가지지 못한 레토에게 자랑을 하고 모멸을 주어, 아폴론과 아르테미스는 그들의 어머

기를 고집했다. 나는 과거에 대한 경험을, ——사라진 예술
가들의 의도와 기예에 대한 감각을 되찾는 깊이 있는 의고
(擬古) 취미를 장려했다. 나는 흰 대리석으로 만든 가죽 벗
긴 마르시아스[70]를 붉은 대리석으로 복제함으로써 그것을
색깔을 가진 형상들의 세계로 복귀시키거나, 검고 우둘투
둘한 이집트 조상(彫像)들을 파로스[71]산 대리석의 흰 색조
로 옮김으로써 우상을 유령으로 변화시키는, 그런 변주들
을 시도했다. 우리의 예술은 완벽하다. 즉 완결되어 있다.
그러나 그 완벽성은 순수한 목소리의 경우만큼 다양한 전
조(轉調)의 가능성을 가지고 있다. 그 결정적으로 찾아진
해결점에 끊임없이 가까이 가거나 멀어지는 그 능숙한 연
주를 하고, 엄밀함이나 과도함의 끝가지 가며, 그 아름다
운 범위 내에 수많은 새로운 축조물들을 채워 넣어야 하는
것은 우리인 것이다. 자신의 배후에 수많은 비교의 대상들
을 가지고 있다는 데에는, 스코파스[72]를 스스로 바라는 대

니의 수모를 복수하기 위해 열넷 니오비데를 죽이려고 했는데, 그 가
운데 딸 하나 클로니스만 살아 남는다. 이 문장의 니오비데는 그 클로
니스인 듯하다.

70) 프리기아에서 디오니소스의 전설 가운데 디오니소스의 현명한 교육
자로 나오는 반수신(半獸神). 자기의 피리가 아폴론의 리라보다 낫다
고 생각하고, 아폴론에게 어느 악기가 나은지 승부를 거는데, 아폴론
이 이긴 자가 진 자를 원하는 대로 처분하기로 하는 조건으로 그 도전
을 받아들인 후, 승리한다. 그래 아폴론은 그를 소나무에 매달고 산
채로 가죽을 벗긴다.

71) 그리스의 펠로폰네소스 반도와 터키의 소아시아 반도 사이의 가운데
쯤에 있는 에게 해상의 큰 섬인 낙소스 섬 서안에 가까이 있는 섬. 흰
대리석 산지로 유명했다.

로 지혜롭게 계승하거나 프락시텔레스[73]를 쾌감을 느끼며 일탈할 수 있다는 데에는, 이점이 있다. 만족들의 예술과 접함으로써 나는 각각의 종족은 예술에 있어서 어떤 주제들에, 가능한 양식들 가운데 어떤 양식들에 스스로를 제한한다고 믿게 되었다. 각 시대는 각 종족에 제공되어 있는 가능성들 가운데서 또 한번 선별 작용을 한다. 나는 이집트에서 거대한, 신들과 왕들의 조상(彫像)을 보았고, 사르마티아인 포로들의 손목의 팔찌가, 똑같은 달리는 말이나 똑같은 서로의 꼬리를 집어삼키는 두 뱀을 한없이 되풀이해 보여 주는 것을 발견했다. 그러나 우리의 예술(그리스인들의 예술을 두고 하는 말인데)은 인간만을 다루기를 선택했던 것이다. 오직 우리만이 부동의 육체 가운데 잠재적인, 힘과 민첩성을 보여 줄 수 있었으며, 오직 우리만이 매끈매끈한 이마를 예지로운 사유의 등가물로 만들었다. 나는 우리의 조각가들과 같다 : 인간적인 것으로 나는 만족한다. 나는 거기에서 모든 것을, 영원성까지 발견하는 것이다. 내가 그토록 사랑하는 숲은 나에게 있어서 그 전체가 켄타우로스의 이미지 속에 모아져 있고, 폭풍우는 한 바다의 여신의, 바람으로 부풀린 숄에서만 가장 잘 호흡한다. 자

---

72) 그리스의 조각가, 건축가(기원전 5세기말경 탄생). 프락시텔레스와 함께 기원전 4세기 그리스에서 가장 유명한 조각가, 건축가의 한 사람이었다. 비장한 표현에 뻬어나, 고통 받는 인물이나 비극적인 영웅의 형상을 즐겨 조각했다.

73) 그리스의 조각가, 건축가(기원전 4세기초경 탄생). 스코파스와는 달리 조용하고 우아하고 관능적인 분위기에 잠겨 있는 여체나, 남자의 육체라도 거의 양성적인 우아함을 지닌 몸을 조각했다.

연적인 대상들, 성스러운 상징물들도 인간적인 연상들로 무게를 얻음으로써만 가치 있는 것이 된다 : 남근과 죽음을 연상시키는 솔방울, 샘가의 낮잠을 암시하는, 비둘기들이 새겨져 있는 수반, 사랑하는 이를 하늘로 데려가는 그리포스[74] 등.

  초상화는 나의 관심을 별로 끌지 못했다. 우리 로마의 초상화들은 연대기적인 가치밖에 가지고 있지 않다 : 정확한 주름들과 특유의 사마귀로 알아보게 하는 인물들의 복사, 살아 있을 때에는 무심히 팔꿈치로 부딪히지만 죽자마자 잊혀져 버리는 모델들의 전사(轉寫). 반대로 그리스인들은 인간의 완전미를 사랑했으므로, 사람들의 다양한 얼굴 모습은 거의 괘념하지 않았다. 나는 나 자신의 조상(彫像) ──대리석의 백색으로 왜곡된, 햇볕에 그을린 그 얼굴, 크게 뜬 그 두 눈, 얇게 보이나 살이 두텁지 않지 않고 떠는 듯이 보일 정도로 굳게 다문 그 입──은 한번 힐끗 보기만 할 따름이었고, 다른 한 사람[75]의 얼굴이 나를 더 사로잡았다. 그 얼굴이 나의 삶 가운데 중요한 것이 되자마자, 예술은 사치가 되기를 그쳤고 한 의지처, 구원의 한 형태가 되었다. 나는 그 얼굴 모습을 세상에 알렸다 : 오늘날 그 아이의 초상은 어떤 저명인보다, 어떤 왕후보다 더 많이 있다. 나는 우선, 조상술(彫像術)로 하여금 그 변화해 가는 모습의 연속적인 아름다움을 포착케 하도록 마음먹었

---

74) 그리스 신화에 나오는, 몸은 사자이고 머리와 날개는 독수리인 괴물. 신전이나 궁전이나 무덤의 지킴이였다.
75) 이 사람이 누구인지 독자들은 나중에 알게 될 것이다.

다. 그리하여 그다음 예술은 잃어버린 얼굴 모습을 환기할
수 있는 일종의 마술 작용이 되었다. 거대한 초상은 사랑
이 그 대상 존재에게 부여하는 참된 크기를 표현하는 한
수단처럼 보이는 것이었다. 나는 그 아이의 초상들이 아주
가까이에서 본 모습처럼 거대하기를, 꿈속의 환영들이나
유령들처럼 우뚝하고 장중하기를, 그의 추억이 지금까지
그런 것처럼 압도적이기를 바랐다. 나는 완벽하고 완성된
작품, 순수하게 완전한 작품을, ──스무 살에 죽은 사람이
라면 누구나, 그를 사랑했던 이들에게는 신적인 존재가 되
는 것이지만, 바로 그런 신을, ──그러면서도 또한 정확한
유사성, 친숙한 현존성, 그 얼굴의 아름다움보다 더 소중
한 얼굴의 모든 특이성들을 얻고자 했다. 한쪽 눈썹의 두
터운 선과 약간 부어오른 듯이 보이는 동그란 한쪽 입술을
살려 내기 위해 얼마나 많은 논의를 했던가……. 나는 소
멸하게 마련인, 아니 이미 소멸해 버린 그 육체를 영속시
키기 위해 석상의 영원성, 청동상의 정확성에 절망적인 기
대를 걸었고, 뿐만 아니라 기름과 산을 혼합하여 매일 대
리석상에 발라 그것이 젊은 피부의 윤택과 거의, 부드러운
감촉까지도 가지도록 하기를 고집했다. 그 유일무이한 얼
굴 모습을 나는 도처에서 다시 찾아내었다: 나는 인간 모
습의 신들을, 양성(兩性)을, 영원의 속성들을 혼합했고, 숲
의 억센 디아나와 우수로운 바코스를, 격투기 경기장의 힘
찬 헤르메스[76]와, 한창 때의 방종 가운데 머리를 팔에 괴고
자고 있는 이중신(二重神)[77]을 혼합했다. 나는 상념에 잠긴
젊은이가 얼마나 남자다운 아테나[78]와 닮아 보이는지를 확

인했다. 내가 일을 맡긴 조각가들은 다소 갈피를 잡지 못해 했다. 그들 가운데 가장 범용한 이들은 드문드문 생동감을 잃거나 과장에 떨어졌지만, 그러나 모두가 다소간 나의 꿈에 참여했다. 우선 생존시의 그 아이의 모습을 담은, 15세에서 20세에 이르는 그 광활하고 변화 많은 풍경을 반영하는 조상들과 초상화들이 있다 : 얌전한 어린아이의 진지한 옆모습, 코린토스의 어느 조각가가, 마치 길모퉁이에서 한판 벌어진 주사위 놀이를 지켜보기라도 하듯 한 손은 허리에 얹고 어깨를 내린 채 배를 내밀고 있는 소년의 방만한 모습을 대담하게 포착하려고 한 그 조상. 또 아프로디시아스[79)]의 파피아스가 수선화와도 같이 금방이라도 부서질 것 같은 신선함을 띠고 있는, 나신에서도 또 더 벗은 듯한 자기방어를 버린 육체를 새긴 그 대리석도 있다. 그

---

76) 제우스와, 아틀라스의 딸 마이아의 아들로, 여러 가지 성격의 신이다. 처음에 전원 신으로 양들의 수호신이었으나, 나중에 영리하고 꾀바르고 능숙한 자질이 덧붙여져, 여행객이나 망령을 인도하는 길 안내자, 도량형의 창안자요 최초의 악기 발명자, 모든 학문의 창안자 등으로 여겨졌으며, 그리하여 길을 통해 이루어지는 상업과, 여러 가지 기예 가운데 특히 체육과, 학문을 관장하는 신이 되었고, 양들뿐만 아니라, 길을 이용하는 도적들과 나그네들의 수호신이 되었다. 체육을 관장하는 신으로서 스파르타, 아테네, 올림피아(올림픽 경기가 거행되던 도시)의 경기장들에서 숭앙되었다.

77) 헤르마프로디토스를 암시하는 듯하다.

78) 아테나는 전쟁의 여신답게 아버지 제우스가 거인족들과 싸우는 것을 돕는 것을 위시하여, 여러 영웅들이 악한 것들을 물리치는 데 도움을 주는데, 순결한 처녀인 그녀는 그러나 위풍당당한 큰 몸을 가지고 있어서 일종의 남성적인 여성성을 보여 주는 것으로 표상된다.

리고 아리스테아스는 나의 명령을 받아, 다소 거친 표면의 석재에 위엄 있고 오연한 그 조그만 머리를 조각한 바 있다…… 다음 그의 주검을 본떠 만든, 죽음이 들어가 있는 초상들이 있다: 더 이상 삶에 속하는 비밀들이 아니기에 더 이상 나의 비밀들이 아닌 그런 비밀들을 담고 있는, 학자연한 모습의 입술을 가진 그 커다란 얼굴들. 포도 수확에 참여한 그가 생사 비단의 옷을 입고 벗은 한쪽 다리가 애견의 다정한 코에 눌린 채 있는 모습을, 카리아[80)인 안토니아노스가 낙원의 우아함을 지니도록 하여 조각한 그 저부조상이 있다. 또 키레네의 어느 조각가의 작품으로, 한 바위 위에 두 파도가 맞부딪히듯 그 한 얼굴 위에 쾌락과 고통이 확산되며 서로 충돌하는, 바라보기가 거의 참을 수 없는 그 면상(面像). 그리고 제국의 선전 문구인 'Tellus stabilita'를 알리는 데 도움이 된, 진흙으로 만든 그 값싼 작은 조상들: 과일과 꽃을 들고 누워 있는 젊은이의 모습으로 상징시킨, 평정된 대지의 정령.

Trahit sua quemque voluptas.[81) 우리들 각자는 각자의 경

---

79) 고대 그리스에 아프로디테에게 경의를 표하기 위해 이 이름을 붙인 몇몇 도시가 있었는데, 그 가운데 가장 널리 알려져 있었던 것이 소아시아 반도 남서쪽에 있었던 도시로, 로마 시대에 크게 융성했다. 여기에 아주 빼어난, 조각의 한 유파가 있었고, 이 유파의 조각가들이 하드리아누스 황제의 별궁 빌라 하드리아나를 위해 일했다. 바로 이 도시를 가리키는 듯하다.
80) 위 각주의 아프로디시아스가 속해 있던 지방.
81) 원문에 라틴어로 나와 있다. 베르길리우스의 시구로 '우리들 각자는 자신의 욕망에 의해 드러난다.'라는 뜻이다.

향이 있게 마련이다. 또한 각자의 목적, 이렇게 말하고 싶다면 각자의 야심, 각자의 가장 은밀한 취향, 각자의 가장 분명한 이상이 있게 마련이다. 나의 이상은 아름다움이라는 이 말——감각과 눈이 얻는 모든 자명한 느낌들에도 불구하고 정의하기가 여간 어렵지 않은——에 함축되어 있었다. 나는 나 자신이 이 세계의 아름다움에 책임을 지고 있는듯이 느꼈다. 나는 도시들이 장려하고 통풍이 좋으며 맑은 물로 살수되고 있기를 바랐고, 그 주민들은 육신이 비참이나 굴종의 흔적들로, 천한 부에서 오는 비만으로 훼손되지 않는 사람들이기를 바랐다. 그리고 학생들은 적합한 목소리로 결코 우매하지 않은 교과를 낭송하고, 가정의 여인들은 그녀들의 동작에 모성적인 품위 같은 것, 무게 있는 안식 같은 것을 지니며, 체육장들은 여러 경기들과 기예들에 결코 무지하지 않은 젊은이들이 출입하고, 과수원들은 가장 아름다운 과일들을, 전답들은 가장 풍요로운 수확을 생산하기를 바랐다. 또 나는 마치 운행 중인 천구(天球)의 음악처럼 감지되지 않으면서도 현전하는, 로마의 평화의 무한한 존엄이 만인에게 확장되고, 더할 수 없이 미천한 여행자라도 귀찮은 행정적 수속 없이, 위험 없이, 어디에서나 최소한의, 적법성과 문화가 있음을 확신하면서, 한 나라에서 다른 한 나라로, 한 대륙에서 다른 한 대륙으로 돌아다닐 수 있으며, 우리 병사들이 국경에서 그들의 영원한 검무를 계속하고, 공방들과 사원들까지 모든 것이 장해 없이 기능하며, 바다에는 아름다운 배들이 물길을 내며 항해하고, 도로에는 마차들의 왕래가 빈번하며, 질서

정연한 세계에서 철학자들이, 또 무용가들도, 그들의 위치를 얻기를 바랐다. 필경 온건한 것이라고 할 이 이상은, 만약 인간들이 우매하고 광포한 일들에 소비하는 기력의 일부를 그것을 위해 바친다면 상당히 자주 접근할 수 있을 것이다. 나는 행운을 얻어, 최근 사반세기 동안 그 이상을 부분적으로 실현할 수 있었다. 이 시대의 가장 훌륭한 정신들 가운데 한 사람인 니코메데이아[82]의 아리아누스[83]는, 라케다이몬[84]이 꿈에만 그리고 도달하지 못한 삶의 완벽한 양식인 스파르타의 이상을 노년의 테르판드로스[85]가 세 마디 말로 정의하고 있는 아름다운 시를 나에게 즐겨 환기시킨다 : 힘, 정의, 뮤즈가 그 세 마디이다. 기반에 있는 것이 힘이었는데, 그것은 아름다움이 있기 위해서는 필요 불가결한 엄격성이요, 정의가 있기 위해서는 필요 불가결한 단호성이었다. 정의는 부분들의 균형, 어떤 과잉에 의해서도 위태롭게 되지 말아야 할, 부분들 상호간의 조화로운 비율들의 전체였다. 그리고 힘과 정의는 뮤즈들의 손으로 잘 조

---

82) 비티니아의 수도였던, 소아시아의 옛 도시. 기원 초기의 가장 아름다웠던 도시의 하나. 뒤이어 나오는 아리아누스의 고향.
83) 그리스의 철학자, 역사가(95년경~175년경). 로마 시민권을 얻어, 하드리아누스 황제에 의해 집정관과 카파도키아 총독에 임명되었다. 철학자로서는 에픽테토스의 제자로 스승의 가르침을 책으로 남겼으며, 역사가로서는 알렉산드로스 대왕의 출정(出征)에 관한 저서가 있다.
84) 스파르타의 다른 이름.
85) 그리스의 시인, 음악가(기원전 7세기 탄생). 전승에 의하면 시인으로서는 호메로스에, 음악가로서는 오르페우스에 비교되었다고 한다. 레스보스에서 태어났으나 스파르타에서 살았다.

율된 악기에 지나지 않았다. 모든 비참과 모든 난폭성은 그 모두가 인류의 아름다운 육체에 가해지는 모독으로서 금지되어야 할 것이었고, 모든 불공정은 모든 영역들의 하모니 속에서 피해야 할 틀린 음이었다.

게르마니아에서 나는, 보루(堡壘)들이나 진지들을 개수하거나 건설하고 도로들을 개통하거나 복구하는 등의 일로 1년 가까이 잡혀 있었다. 700리에 걸치는 지역에 구축된 새 능보(稜堡)들은 라인 강을 따라 우리 국경을 강화했다. 포도밭들과 거품 이는 하천들로 이루어져 있는 그 지방에서 나는 의외의 일은 아무것도 만나지 못했다. 나는 거기에서, 트라야누스 황제에게 그의 즉위 소식을 전해 주었던 젊은 군단장의 자취를 다시 보았다. 또한 나는 전나무 숲에서 벌목한 통나무들로 구축한 우리의 최후의 요새 너머로 옛날과 같은 단조롭고 어두운 지평선, 아우구스투스 황제의 군대가 무모하게 침입한 이래 우리에게는 폐쇄되어 있는 옛날과 같은 세계, 그리고 나무들의 대양과, 비축된 인력인 셈인 금발의 백인들을 다시 발견했다. 그 지역의 재조직 작업이 끝나자, 나는 벨기카[86]와 바타비아의 평원을 따라 라인 강의 하구까지 내려갔다. 황량한 사구들이 간간이, 바람에 휙휙대는 소리를 내는 초지들로 끊기면서 북방의 풍경을 이루고 있었다. 노비오마구스[87] 항의, 말뚝들 위에 건조된 집들이 그 입구에 밧줄로 매어 놓은 배들에 기대듯 서 있었고, 해조(海鳥)들이 그 지붕들 위에 내려 앉아 있었다. 나의 부관들에게는 추악하게 보인 그 슬픈 지방을, 그 흐린 하늘을, 막막하고 광채 없는 대지를 파며 흘러가는, ——어떤 신도 그 물속 진흙을 빚으려고 하지 않은 그 진흙탕 강들을 나는 사랑했다.

밑바닥이 거의 평평한 작은 배가 나를 브리타니아 섬으로 옮겨 놓았다. 바람이 여러 번 계속하여 우리들을 떠나온 해안으로 되밀어냈다 : 바람의 방해를 받은 그 도항은 나에게 의외의 한가한 시간을 주었다. 거대한 구름 덩이들이, 밑바닥에서부터 끊임없이 요동치고 떠오른 물 밑 모래로 더럽혀진 무거운 바다에서 태어나고 있었다. 옛날 다키아와 사르마티아에서 대지를 종교적으로 관조한 바 있듯이, 나는 거기에서 최초로 우리나라에서보다 더 혼돈스러운 넵투누스,[88] 무한한 액체의 세계를 발견했다. 나는 플루타르코스의 책에서 암흑의 바다 인근 해역에 위치하고 있는, 승

86) 지금의 벨기에의 기원이 된 지역으로, 센 강과 라인 강 사이의 지역. 그러므로 지금의 벨기에와 프랑스 북부를 포함한 일대.
87) 갈리아 지방에 로마인들이 노비오마구스라고 부른 몇몇 도시가 있었다는데, 위치로 보아 이 노비오마구스는 지금의 네덜란드 남부의 독일 접경에 가까이 있는 네이메헨을 가리키는 듯하다.
88) 로마 신화에서 그리스 신화의 포세이돈과 동일시되는 해신(海神).

리한 올림포스 산[89]의 신들이 정복된 티탄[90]들을 수세기 이
래 추방해 가두어 두고 있다고 하는 어느 섬에 관한 뱃사
람들의 전설을 읽은 바 있었다. 바위와 파도에 갇힌 그 거
인 포로들은 잠 없는 대양에 영원히 채찍질을 당하고 잠
못 이루어 하면서도 끊임없이 그들의 꿈에 사로잡혀, 올림
포스 산의 신들의 질서에 그들의 폭력과, 그들의 불안과,
그들의 욕구——그것이 항구적으로 처벌됨에도 불구하고

---

89) 그리스 반도 동북쪽에 있는 테르마이코스 만 입구 부분 서안 가까이
에 있는 산. 그리스 신화에서 신성한 산인 이 산의 정상에 제우스의
궁전이 있고, 이 궁전에서 올림포스 산의 신들이 논의나 축연을 위해
회동한 것으로 되어 있다.

90) 그리스 신화에서 하늘인 우라노스와 땅인 가이아가 맺어져 여러 형
제자매들이 태어나는 가운데, 티탄이라고 불리는 여섯 아들과 티타니
스라고 불리는 여섯 딸이 있다. 티탄들 가운데 하나인 크로노스가 부
모의 불화에서 어머니 가이아의 편에 서서 아버지 우라노스를 제거하
고 세계의 지배자가 된다. 그런 후 여섯 누이 티타니스들 가운데 하나
인 레아를 아내로 취해 낳은 아이들 가운데 하나가 제우스이다. 크로
노스는 역시 자신의 한 아이에 의해 제거되리라는 부모의 예언이 있
었기에, 레아가 낳는 아이들을 모두 집어 삼킨다. 그 가운데 제우스만
이 어머니의 노력으로 살아남는데, 제우스는 자란 다음 아버지 크로
노스에게 약을 먹여, 그가 삼킨 제우스의 형과 누나들을 토해 내게 한
다. 그들 남매들은 제우스의 지휘로 아버지 크로노스에게 반란을 일
으키고, 크로노스는 그의 형제들인 티탄들과 함께 이에 맞서는데, 이
싸움에서 제우스의 형제들을 돕는 것이 올림포스 산의 제신들과, 티
탄들 아닌 크로노스의 다른 형제들이다. 이 싸움에서 제우스 쪽이 승
리하고, 티탄들을, 텍스트에 언급되어 있는 전설과는 달리, 지옥 밑에
있는 우주의 심연인 타르타로스에 던져 넣어 가둔다. 이후 제우스를
필두로 한 올림포스 산의 신들의 세계(世系)가 그리스 신화의 세계를
지배하게 된다.

──로써 대항하기를 계속한다는 것이다. 세계의 끝을 무대로 하는 그 신화에서 나는 나 자신의 철학으로 삼기로 한 철학자들의 이론들을 다시 발견하는 것이었다 : 인간 각자는 그의 짧은 삶을 살아가는 동안 언제까지나, 지침 없는 희망과 현명한 무망(無望) 사이에서, 혼돈의 희열과 안정의 희열 사이에서, 티탄과 올림포스 산의 신 사이에서 어느 한쪽을 선택해야 하는 것이다. 그 양자 사이에서 어느 한쪽을 선택하거나, 아니면 언젠가 그 양자를 서로 조화시키기에 성공해야 하는 것이다.

브리타니아에서 완수한 민정(民政)상의 개혁들은, 다른 곳에서 말한 바 있는 나의 행정적인 업적의 일부를 이루고 있다. 여기서 중요한 점은, 그때까지 유일하게 클라우디우스 황제[91]만이 총사령관의 자격으로 위험을 무릅쓰고 며칠간 가 있었던, 기지(旣知)의 세계의 한계 지역에 위치하는 그 섬에 내가 평화롭게 머문 최초의 황제였다는 것이다. 한 해 겨울 내내 론디니움[92]은 나의 선택에 의해, 파르티아 전쟁에 기인한 필요성에 따라 안티오케이아가 그러했던 것처럼, 세계의 실질적인 중심이 되었다. 내가 수행한 각각의 여행은 이와 같이 권력의 중심(重心)을 이동시켜, 그것을 얼마 동안은 라인 강변에, 또 얼마 동안은 템스 강의 제방 위에 두면서, 그러한 황제의 거좌지(居座地)의 있을 법한 장점과 약점을 나로 하여금 평가할 수 있게 했다. 나

---

91) 그는 약한 성격의 소유자였으나, 제국의 국경을 공고히 했으며, 트라케를 로마의 속주로 편입시키고, 남부 브리타니아를 정복했다.
92) 지금의 런던에 대한 로마인들의 명칭.

의 그 브리타니아 체류는 나에게 서양에 중심(中心)을 둔
국가, 대서양 세계, 이러한 것의 가능성을 검토케 했다.
그와 같은 관념적인 견해는 실제적인 가치가 없는 법이다 :
하지만 그것은 예측자가 그의 예측을 위해 충분히 먼 미래
를 자신에게 허용할 때에는, 곧 부조리하지 않게 된다.

내가 도착하기 불과 3개월 전에, 제6군단 승리 군단이 브
리타니아 지역 관구에 이동해 있었다. 제6군단은 거기에서,
우리의 파르티아 파병의 끔찍한 여파로 브리타니아에서 발
생했던 폭동 때에 칼레도니아인들에 의해 산산조각이 난
불행한 제9군단을 대체했던 것이다. 그와 같은 참화의 재발
을 방지하기 위해 두 가지 조처가 불가피했다. 우리 군은
토착민의 외원군(外援軍) 부대의 창설로 강화되었다 : 에보
라쿰에서 나는 푸른 언덕 위에 올라가, 그 새로 창설된 브
리타니아 군이 최초로 기동 훈련을 하는 것을 참관했다.
동시에 브리타니아 섬을 가장 좁은 지역에서 양분하는 성
벽을 세워, 로마의 통치를 받는 남쪽의 비옥한 지역을 북
쪽 부족들의 공격에서 방어하는 데 도움이 되도록 했다.
800리에 걸치는 경사지 위에 동시에 모든 곳에서 시작된
그 공사의 상당 부분을 나 자신이 검열했다 : 거기에서 나
는 한 해안에서 다른 해안으로 뻗은 그 완전히 획정된 지
대 위에서, 그 후로 다른 모든 곳에서 적용될 수 있을 방
어 체제를 시도해 볼 기회를 얻었다. 그 순전히 군사적인
공사는 그러나 벌써부터 평화를 조장했고, 브리타니아의
그 부분의 번영을 진전시켰다. 마을들이 형성되었고, 우리
의 국경 쪽으로 많은 인구의 이동이 이루어졌다. 군단의

토목 인부들이 작업을 하는 데 토착민 작업 조들의 지원을 받았다. 성벽의 건립은 얼마전까지만 해도 반항적이었던 그 산간 주민들 가운데 많은 사람들에게는 그들을 보호하는 로마 권력의 부인할 수 없는 최초의 증거였고, 봉급으로 지급된 돈은 그들의 손을 지나가는 최초의 로마 화폐였다. 그 성벽은 나의 정복 정책 포기의 상징이 되었다 : 최전방 능보 밑에 나는 테르미누스[93] 신에게 봉헌하는 신전을 건립케 했다.

그 비 많은 땅의 모든 것이 나의 마음을 끌었다 : 언덕들의 허리에 술 장식 같이 늘어져 있는 안개, 우리의 물의 요정들보다 더 야릇한 물의 요정들에 바쳐진 호수들, 회색빛 눈동자의 우수로운 종족 등. 나는 브리타니아 외원군의 젊은 부대장 한 사람을 안내자로 데리고 있었는데, 그 금발의 영웅은 라틴어를 이미 배웠고, 그리스어는 더듬거리며 말할 정도는 되었으며, 그 언어로 사랑의 시를 지으려고 수줍어하며 노력하고 있었다. 어느 추운 가을 밤, 나는 그에게 나와 한 무녀 사이를 통역하도록 했다. 우리들은 어느 켈트인[94] 숯장이의 연기에 찬 오두막에 앉아서 거친

---

93) 고정성과 확고성을 표상하는 로마 원초의 신으로, 밭의 경계를 암시했다.

94) 켈트족은 기원전 2000년경 중부 유럽에 나타나 지중해 북쪽 연안의 여러 나라와 영국 등지에 자리를 잡고 여러 우여곡절을 겪게 되는데, 독립된 나라를 이룩한 적이 없고, 각 지역의 기왕의 주민들에 빨리 동화했다. 기원 2세기에 이르러 로마인들이 골(갈리아), 에스파냐, 발칸 반도, 영국 등을 차례로 복속시킨 후, 켈트족은 프랑스의 브르타뉴와 영국, 아일랜드 등지에서만 유지되었다.

모직의 투박한 통바지로 동작이 거북한 다리를 불에 쪼이며, 한 노파가 비에 젖은 채 바람에 머리털을 헝클어뜨리고 숲의 야수처럼 날렵하고 은밀한 동작으로 우리들을 향해 기듯이 다가오는 것을 보았다. 그녀는 아궁이 안에서 구어지고 있는 조그만 귀리 빵들에 덮쳐들었다. 나의 안내자는 그 무녀를 구슬렸고, 그녀는 연기의 소용돌이와 불시(不時)에 나타나는 불티들, 포도 나무 햇가지들과 그 타고 남은 재들이 이루는 쉽게 부서질 구조물들을 보고 나의 장래를 읽어 주기에 동의했다. 그녀는 건립되는 도시들, 기쁨에 잠긴 군중들을 보았지만, 또한 불탄 도시들, 나의 평화의 꿈에 어긋나는 피정복민들의 비통한 행렬들도 보았다. 그리고 그녀가 여인의 모습이라고 생각한다는 한 다정한 젊은 얼굴도 보았다는데, 나는 그런 여인의 존재는 믿으려 하지 않았다. 또 흰 유령을 보았다는데, 아마도 그것은 조상(彫像)에 지나지 않는 것이었겠지만, 숲과 황야에서 사는 그 노파에게는 조상은 유령보다 더욱 불가해한 것이었을 것이다. 그리고 그녀는 확실치 않은 햇수의 시간을 상거(相距)해 나의 죽음을 보았는데, 죽음이야 그녀 없이라도 내가 잘 예견했을 것이다.

번영하는 갈리아와 부유한 에스파냐는 브리타니아만큼 나를 붙잡아 두지 못했다. 갈리아의 나르보넨시스[95] 지방에서 나는 그리스를 다시 발견했는데, 거기에까지 그리스의

---

95) 갈리아 지방의 네 로마 속주들 가운데 하나. 대체적으로 지금의 프랑스 남부 지역에 해당된다.

훌륭한 웅변 학교들과 주랑들이 깨끗한 하늘 아래에 분견되어 와 있었던 것이다. 나는 플로티나에게 봉헌될 바실리카[96] 회당의 설계도를 입안하기 위해 님에서 행로를 멈추었는데, 그것은 언젠가는 그녀의 신전이 되기로 예정되어 있었다. 가족의 추억들이 황태후로 하여금 그 도시에 애착을 느끼게 했고, 그래서 나에게도 그 도시의 건조한 황금빛 풍경을 더 소중한 것이 되게 했다.

그러나 마우레타니아의 반란이 아직 계속되고 있었다. 나는 코르도바[97]와 바다 사이에서 나의 선조들과 어린시절의 도시인 이탈리카에 잠시 멈추는 것마저 무시해 버리고, 에스파냐 횡단 시간을 단축했다. 나는 카디즈에서 아프리카를 향해 배에 올랐다.

아틀라스 산맥[98] 산간의 문신한 아름다운 전사들은 아직도 아프리카 해안 도시들을 불안하게 하고 있었다. 나는 거기에서 짧은 며칠 동안, 사르마티아전(戰) 당시와 똑같은 혼전(混戰)을 누미디아인들과의 전투에서 겪었다. 나는 하나씩 하나씩 굴복한 부족들을 다시 보았고, 사막 한가운데서 여인들과 잡낭(雜囊)들과 무릎 꿇고 있는 짐승들이 무질서하게 주위에 흩어져 있는 채로, 몸을 엎드린 추장들의

---

96) 로마 시대의 직사각형의 큰 홀 같은 건물로, 법정이나 시장으로 사용되었고, 기타 종교적인 집회를 비롯하여 여러 가지 집회에 사용되었다.
97) 지금의 에스파냐 남부 한가운데쯤에 있는, 안달루시아 지방의 도시.
98) 지금의 모로코 남서부에서 튀니지 북부에 이르는, 아프리카 주 북서부의 산맥.

자긍심을 잃지 않은 항복의 모습을 다시 보았다. 그러나 거기에서는 모래가 눈을 대신하고 있었다.

　이번 한 번쯤은 로마에서 봄을 보내고, 거기에서 공사가 시작된 별궁을 다시 찾아보고 루키우스의 변덕스러운 애무[99] 와 플로티나의 우정을 다시 접한다는 것은, 나에게는 가슴 다사로운 일이었으리라. 그러나 로마에서의 그 체류는 곧 불안스러운 전쟁 소문으로 중단되었다. 파르티아인들과 평화를 맺은 지 겨우 3년밖에 지나지 않았는데, 벌써 유프라테스 강에서 중대한 사건들이 터지고 있었던 것이다. 나는 즉시 동방으로 출발했다.

---

99) 루키우스는 하드리아누스 황제가 후계자로 결정하기 전에, 얼마 동안 황제의 애정을 받았고, 그의 시신도 황제의 능에 매장되었다.

나는 그 국경 분쟁을 군대의 진군 같은 평범한 수단이 아닌 수단으로 해결할 결심이었다. 오스로에스 황제와의 개인적인 회담이 주선되었다. 나는, 트라야누스 황제가 바빌로니아를 점령했던 시기에 거의 요람에 있던 어린 나이에 포로가 되어 그 후 로마에 인질로 억류되어 온 황제의 딸을, 나와 함께 동방으로 다시 데리고 갔다. 그 아이는 큰 눈을 가진 허약한 소녀였다. 그 아이와 그 아이의 시녀들을 동반한 것은, 지체 없이 빨리 가야 하는 것이 무엇보다도 중요한 그 여행에서 나에게 다소 방해가 되었다. 베일로 얼굴을 가린 그 여인들의 무리는 시리아 사막을 지나가며, 단봉낙타들의 등 위에서 엄하게 커튼을 내린 차일을 받은 채 이리저리 흔들렸다. 저녁에 숙영지에서마다 나는 사람을 보내어, 황녀가 아무것도 부족한 것이 없는지 물어보게 하곤 했다.

나는 이전에 이미 협상자의 자질을 보여 준 바 있는 상인 오프라모아스를 설득하여 파르티아 영토에서 나를 수행하도록 하기 위해 리키아에서 한 시간 동안 행로를 멈추었다. 시간이 부족했으므로, 그는 그의 습관적인 사치를 과시한 차림을 할 수 없었다. 그는 비만 때문에 유약해져 있었지만, 그래도 사막의 모든 우발적인 사태들에 익숙한 훌륭한 동반자였다.

오스로에스와의 회합 장소는 두라[100]에서 멀지 않은, 유프라테스 강의 좌안의 어느 지점이었다. 우리들은 뗏목을 타고 강을 건넜다. 파르티아의 황제 친위대 병사들이 황금 갑옷을 입고 그들 자신에 못지않게 휘황한 말을 탄 채, 제방을 따라 눈부시게 도열해 있었다. 언제나 나에게서 떨어지지 않는 플레곤의 얼굴이 아주 창백해지는 것이었다. 나를 수행한 사관들 자신도 얼마간 두려움을 느꼈다 : 그 회합은 함정일 수도 있는 것이었다. 아시아의 분위기를 눈치채는 데에 익숙한 오프라모아스는 편안한 태도였는데, 침묵과 소란, 부동과 돌연한 질주가 뒤섞이는 그 병사들의 행동과 모래 위의 양탄자처럼 사막 위에 깔린 그 호화로움이 의미하는 바를 믿었던 것이다. 나로 말할 것 같으면 놀라울 정도로 불안감이 없었다 : 작은 배에 타고 있던 카이사르가 그랬던 것처럼 나는 나의 운명을 싣고 가는 그 나뭇조각들을 믿었다. 나는 내가 되돌아올 때까지 파르티아

---

100) 셀레우코스 1세가 유프라테스 강변에 세운 그리스 식민 도시로, 전략적, 상업적 요충지였다. 파르티아 지배로 넘어갔다가, 후에 로마에 복속되게 된다.

황녀를 우리 측에 붙잡아 두게 하는 대신, 곧바로 그녀의 아버지에게 되돌려 줌으로써 그 신뢰감의 증거를 보여 주었다. 또한 나는 이전에 트라야누스 황제가 탈취한 아르사키데스 왕가의 황금 옥좌를 반환해 줄 약속도 했는데, 그것은 우리에게는 소용이 없는 것이었지만, 동방의 미신에서는 큰 가치를 가지고 있는 것이었던 것이다.

오스로에스와의 그 회담의 호사로운 분위기는 외면적인 것일 뿐이었다. 그 회담은 집 사이의 경계벽 문제를 협의하여 타결하려고 하는 두 이웃 간의 면담과 아무것도 다를 바가 없었다. 내가 상대하고 있었던 것은, 그리스어를 말하며 조금도 우둔하지 않고 반드시 나보다 더 불성실한 것도 아닌, 그러면서도 거의 신뢰감을 주지 않아 보일 정도로 우유부단하기도 한, 세련된 만인이었다. 주의를 세심하게 기울이는 나의 정신적 규율은, 내가 그러한 상대방의 파악하기 힘든 생각을 포착하는 데에 도움이 되었다 : 파르티아 황제의 면전에 앉아, 나는 그의 답변들을 예견하고 또 미구(未久)에는 그 답변들을 유도하기까지를 터득하는 것이었다. 나는 그의 이해관계의 입장에 서려고 했고, 나 자신이 하드리아누스와 흥정하는 오스로에스가 되었다고 상상했다. 나는 대화 상대자들 각자가 미리, 자기가 굴복하리라든가 그렇지 않으리라든가를 알고 있는 무용한 논쟁을 혐오한다 : 분쟁사(紛爭事)에 있어서 진상이란 특히 사태를 단순화하고 빨리 해결하는 수단으로서 나의 마음을 끄는 것이다. 파르티아인들은 우리를 두려워했고, 우리는 파르티아인들을 무서워했다. 전쟁은 바로 양측의 이, 두 공포의 결합에서 발생할 터였다. 파르티아의 태수들은 개인적인 이해관계로 그 전쟁을 충동했다 : 오스로에스도 키에투스나 팔마 같은 내부의 적들이 있다는 것을 나는 재빨리 알아차렸던 것이다. 국경 지대에 자리 잡고 있는 그 반독립적인 제후들 가운데 가장 소요적인 파라스마네스는 우리보다도 파르티아 제국에 대해 더욱 위험한 존재였다. 사람들은 내가 음흉하면서도 단호하지는 못한 그 국경 지방의 적들을 원조금으로써 중립화시킨 것을 비난한 바 있다 : 그렇지만 그것이야말로 잘 투자된 돈이었다. 나는 어리석은 자존심에 거추장스럽게 사로잡히기에는 우리의 무력의 우월성을 너무나 확신하고 있었다 : 나는 위신에 관계되는 것일 뿐인, 내실은 없는 양보들은 모두 받아들이되, 그 이외의 것은 어떤 것도 받아들이지 않을 채비였다. 가장 어려웠던 것은, 내가 약속한 사항들이 조금밖에 되지 않지만 그것은 내가 그 약속들을 반드시 지킬 의도이기 때문이라는 것을 오스로에스에게 납득시키는 일이었다. 어쨌든 그는 나를 믿어 주었고, 혹은 나를 믿는 것처럼 행동했다. 나의 그 방문 동안 우리 둘 사이에 체결된 협약은 아직도 지속되고 있다 : 15년 전 이래 저쪽에서나 이쪽에서나 아무 것도 국경 지대에서 평화를 깨트린 것은 없다. 이 평화로운 사태가 나의 사후에도 계속되도록 나는 세손의 능력을 기대한다.

어느 날 저녁, 황제가 거하는 천막에서 오스로에스가 나에게 경의를 표하기 위해 베푼 연회가 진행되는 동안, 나는 긴 속눈썹의 여인들과 시동들 사이에 바싹 여위고 미동

도 하지 않는 나신의 남자 한 사람을 보았는데, 그의 크게
뜬 두 눈은 고기로 가득한 접시들과, 곡예사들, 무희들로
혼잡한 그 연회장을 무시하고 있는 듯이 보였다. 나는 나
의 통역자를 통해 그에게 말을 걸었다. 그는 응대해 주려
하지 않았다. 그는 현인이었다. 그러나 그의 제자들은 한
결 수다스러웠다. 그 경건한 방랑자들은 인도에서 왔으며,
그들의 스승은 권세 있는 바라문 카스트에 속하는 사람이
었다. 나는 그의 명상이 그로 하여금, 이 우주 전체가 환
영들과 착각들의 직조에 지나지 않는다고 믿게 한다는 것
을 알았다. 엄격한 생활, 욕망의 포기, 죽음 등이 그에게
는 변화에 찬 만상의 유동에서 벗어나고──우리의 헤라클
레이토스는 반대로 그 유동에 스스로 몸을 맡겨 띄워 보냈
지만──감각적인 세계 너머로 저, 순수한 신성의 영역, 플
라톤 역시 꿈꾼 바 있는 저 고정되고 텅 빈 천계에 이르는
유일한 수단이었다. 나의 통역자들의 서툰 통역을 통해 나
는, 그러니까 우리의 어떤 현인들에게는 전적으로 낯설지
만은 않은 사상들을 예감했는데, 그러나 그 인도인은 그
사상들을 더 결정적이고 더 꾸밈없는 방식으로 표현하는
것이었다. 그 바라문은 그의 육신 이외에는 아무것도 그
를, 그가 결합되고자 하는, 실체도 형상도 없고 촉지할 수
도 없는 신과 더 이상 갈라놓고 있지 않는 상태에 도달해
있었다. 그는 그 이튿날 스스로 산 채로 불타 죽는 의식을
치를 결정을 내려 두고 있었다. 오스로에스는 나를 그 성
대한 의식에 초대했다. 향내 나는 장작더미로 화장대가 설
치되었고, 그 사람은 거기에 몸을 던져 한 마디 외침도 없

이 사라졌다. 그의 제자들은 어떤 애석함도 표시하지 않았
는데, 그것은 그들에게는 장례 의식이 아니었던 것이다.

　그 의식이 있은 날 밤 나는 오랫동안 그것을 다시 생각
했다. 나는 아롱거리는 빛깔의 무거운 천으로 휘장을 두른
천막 안에서 값비싼 모직 양탄자 위에 누워 있었다. 시동
한 사람이 나의 발을 마사지하고 있었다. 바깥으로부터 그
아시아의 밤이 들려 주는 많지 않은 소리들이 흘러 들어
왔다 : 그 천막 문 앞에서 소근거리는 말을 주고받는 노예
들의 대화, 한 그루 종려나무의 가볍게 살랑이는 소리, 어
느 휘장 뒤에서 코를 고는 오프라모아스, 족쇄를 찬 어느
말이 말굽을 땅에 두드리는 소리, 더 멀리에서는 여자들
구역에서 들려오는 비둘기 울음소리 같은 우수로운 노래.
그 바라문은 그 모든 것을 대수롭지 않게 생각했던 것이
다. 그, 거부에 취한 사람은 마치 연인이 침대 안에서 뒹
굴듯이 화염 속에 몸을 맡겼던 것이다. 그는 사물들, 존
재들, 그 다음 자기 자신까지 그 모두를, 그가 어떤 것보
다도 선택했던 그 보이지 않고 텅 빈 중심(中心), 그 유일
한 현존을 그로부터 은폐하는 옷들인 양, 떨쳐 버렸던 것
이다.

　나는 그와는 달라서 다른 선택을 할 준비가 되어 있다고
느꼈다. 엄격한 생활, 욕망의 포기, 만상의 부정은 나에게
도 전적으로 낯선 것은 아니었다 : 나는 사람들이 거의 언
제나 그러하듯, 스무 살 때 그런 태도에 매력을 느꼈던 것
이다. 내가 로마에서 한 친우의 인도로 노년의 에픽테토스
를, 도미티아누스 황제가 그를 추방하기 며칠 전에 수부라

에 있는 그의 누옥으로 만나러 갔을 때, 나는 그 나이에도 못 미쳤었다. 오래전 난폭한 주인이 한쪽 다리를 부러뜨렸을 때에 한마디의 신음 소리도 내지 않았던 그 옛 노예, 신장결석의 오랜 고통을 인내로써 견뎌내고 있는 그 허약한 노인은 나에게는 거의 신적인 자유를 소유하고 있는 것처럼 보였다. 나는 목발과, 짚을 넣은 매트와, 도기로 된 램프와, 질그릇 속에 놓여 있는 나무 숟가락, 그, 순수한 삶의 단순한 도구들을 경탄으로써 응시했다. 그러나 에픽테토스는 너무나 많은 것을 포기하고 있었고, 나는 나의 경우에는 포기하는 것보다 더 위험하게 쉬운 것은 아무것도 없다는 것을 재빨리 깨달았다. 앞서의 인도인은 더 논리적이어서 삶 자체를 내던져 버렸다. 나는 그 순전한 광신자들에게서 배울 것이 많았지만, 그러나 그것은 그들이 나에게 제공하는 교훈을 그 본래 뜻과 달리 해석한다는 조건하에서의 일이었다. 그 현인들은 형상들의 대양(大洋) 너머에서 그들의 신을 다시 만나려고, 그리고 그 신을 그, 유일무이하고 촉지 불가능하며 무형한 자질로 환원하려고 노력했는데, 그 인도인은 스스로 우주이고자 했을 때 그 자질마저 방기해 버렸던 것이다. 나는 나와 신성과의 관계를, 막연하지만 그런 방식과는 달리 생각했다. 나는 신이 세계에 형태와 질서를 부여하고, 그, 소용돌이 모습으로 휘감기고 분지(分枝)와 굴곡들로 뒤얽힌 양상을 발전시키고 증대시키려고 함에 있어서 나 자신이 그를 보좌하는 것으로 상상했다. 나는 바퀴의 구분된 부분들 가운데 하나요, 다양한 만상(萬象)에 참여되어 있는 그 유일한 힘, ──독수리와 황소, 인간과 백조, 남근과 두뇌, 이 양자들을 아우르는 전체, 프로테우스[101]이자 동시에 유피테르인 것, 이러한 것인 그 유일한 힘의 국면들 가운데 하나인 것으로 여겨졌다.

그리고 내가 나 자신을 신으로 느끼기 시작한 것은 바로 그 시기쯤이었다. 세손은 오해 없기 바란다 : 나는 여전히, 나는 어느 때보다도 더, 지상의 과일들과 짐승들로 섭생을 하고, 먹은 음식의 찌꺼기는 땅으로 되돌려 보내며, 천체들의 한번 회전 때마다 수면(睡眠)에 몸을 맡기고, 너무 오랫동안 사랑이 따뜻하게 존재하지 않을 때에는 미칠 정도로 불안해하는, 그 동일한 인간이었다. 나의 기력, 나의 육체적, 정신적인 민활성은 전적으로 인간적인 단련으로 정성껏 유지되고 있었다. 그러나 그 모든 것이 신적으로 체험되고 있었다고 하지 않는다면, 무엇이라고 말할 것인가? 젊은 시절의, 모험에 찬 시도적(試圖的)인 행동들과, 지나가는 시간을 서둘러 즐기려는 조급함은 끝나고 없었다. 그 당시 마흔네 살의 나는 내가 초조함이 없고 자신에 차 있으며, 나의 본성이 허용할 만큼 완절무결하고, 영원한 것처럼 느꼈다. 그런데 이것은 지적으로 생각한 것이라는 것을 세손은 잘 이해하기 바란다 : 광적으로 그런 생각에 빠진 것은, 그것을 광적이라고 표현해야 한다면, 나중에 오게 된다. 나는 단순히, 인간이었기에 신이었다. 그 후 그

101) 그리스 신화에서 바다의 신의 하나로, 바다를 지배하는 신 포세이돈이 거느리는 괴물 해수(海獸)들을 돌보는 역할을 한다. 여기서는 하늘의 신인 유피테르에 대립적인 성격을 가진 것으로 등장한 듯하다.

리스가 나에게 부여한 신적인 칭호들은, 내가 오래전부터 나 스스로 확인하고 있던 것을 공포한 것에 지나지 않았다. 나는 도미티아누스 황제의 감옥이나 광산의 수갱(竪坑) 속에서도 나 자신을 신으로 느낄 수 있었으리라고 생각한다. 내가 감히 그렇게 주장하는 것은, 나에게 그런 감정이 거의 비상궤적인 것으로 보이지 않고, 또 유례없는 것으로는 결코 보이지 않기 때문이다. 나 아닌 다른 사람들도 그런 감정을 과거에 가졌거나, 미래에 가질 것이다.

나는 나의 칭호들이 그 놀랄 만한 확신에 더해 준 것이 거의 없다고 말했는데, 반대로 그 확신은 황제로서의 나의 직무의 가장 단순하고 관례적인 일들에 의해서도 확인되는 것이었다. 만약 유피테르가 이 세계의 두뇌라면, 인간사를 조직하고 조정하는 책임을 맡은 사람은 자신을, 모든 것을 주재하는 그 두뇌의 일부분으로 간주해도 이치에 어긋나지 않을 것이다. 인류는 옳든 그르든 간에, 거의 언제나 그들의 신을 섭리라는 것을 통해 생각해 왔다. 나의 직무는 나를 인류의 일부분에 대해 그 섭리의 화신이 되지 않을 수 없게 했던 것이다. 국가가 발전하여 인간들을 빈틈없이 냉혹한 사슬로써 속박하면 할수록, 더욱더 인간들의 신뢰는 그 거대한 사슬의 다른 쪽 끝에, 그들이 경배하는, 보호자의 이미지를 세워 두기를 열망하는 것이다. 내가 원했든 원하지 않았든 간에, 제국의 동방 백성들은 나를 신으로 대우했던 것이다. 심지어 서방에서도, 심지어 우리들 황제들이 사후에라야 공식적으로 신으로 선언되는 로마에서도 백성들의 암묵리의 경애심은 우리들을 즐겨 점점 더 생전에 신격화한다. 미구(未久)에 파르티아인들은 사은의 표시로, 평화를 이룩하고 유지한 로마 황제를 경배하는 신전들을 건립했다. 나는 광활한 이방 세계의 한가운데, 볼로가지아에 나의 성전을 가지게 되었다. 나는 이와 같은 경배의 표시에서, 그것을 받아들이는 인간이 떨어질 수 있는 광기나 절대 권력의 위험을 보기는커녕, 하나의 억제 작용, ——어떤 영원한 전범에 맞추어 자신의 모습을 그리고 인간의 권력에 지고한 지혜를 그 일부분으로 결합시킬 의무를 발견했다. 신이 되는 것은 요컨대, 황제가 되는 것보다 더 많은 미덕들을 강요하는 것이다.

나는 18개월 후 엘레우시스교에 입교했다. 어떤 의미로는 오스로에스에 대한 그 방문은 나의 삶에 있어서 하나의 전기가 되었다. 나는 로마로 돌아가는 대신, 제국의, 그리스와 동방의 속주(屬州)들에 몇 년간을 바칠 결정을 내렸던 것이다 : 아테네는 점점 더 나의 조국, 나의 중심(中心)이 되어 가는 것이었다. 나는, 그리스인들의 마음에 들고 또 가능한 한 그리스화하기를 열망했다. 그러나 부분적으로 정치적인 고려에 그 동기가 있었던 엘레우시스교 입교는, 그렇더라도 비길 데 없는 종교적 체험이 되었다. 그 성대한 의식은 인간의 삶의 제 사건들을 상징할 뿐이지만, 그러나 상징은 행위보다 더 깊은 의미를 함축하며, 우리들의 행동 하나하나를 영원한 우주적 구조를 통해 설명하는 것이다. 엘레우시스교에서 받은 가르침은 비밀로 남아 있어야 하는데, 사실 그것은 그 본성상 형언할 수 없는 것인 만큼 더욱 누설될 가능성이 적다. 말로 표현되면 그것은 기껏 더할 수 없이 범속한 자명한 진실들로 귀결될 것이고, 바로 그 점에 그 심오성이 있는 것이다. 그 후 엘레우시스교의 사제와 사적인 대화를 나누는 도중에 나에게 주어진 더 높은 수준의 가르침은, 입교 시의 최초의 충격──그것은, 목욕제계 의식에 참가하고 샘에서 물을 마시는 가장 무식한 순례자에게도 똑같이 느껴지는 것이지만──에 거의 아무것도 더해 주는 것이 없었다. 나는 불협화음들이 화음으로 해소되는 것을 들었었으며, 일순 다른 한 천구(天球)에 몸을 의지하고, 나 자신 참가하고 있는 인간들과 신들의 행렬을, 고통은 아직 존재하고 있으나 과오는 더 이상 존재하지 않는 그런 세계를, 멀리에서, 뿐만 아니라 아주 가까이에서도, 관조했었던 것이다. 그리고 인간의 운명, ──가장 훈련되지 않는 눈이라도 많고 많은 잘못된 곳들을 분간할 수 있는 그 모호하게 그어진 설계도가 마치 하늘의 소묘화인 양 반짝이던 것이었다.

그리고 이제 여기서, 엘레우시스교의 길보다는 덜 비밀스러운──그러나 필경 그 길과 평행적인──길로 나를 평생 동안 이끌고 간 한 습관에 관해 언급하는 것이 좋겠다 : 별들에 대한 연구를 말하고자 하는 것이다. 나는 언제나 천문학자들의 친구였고 점성가들의 고객이었다. 점성가들의 학문은 세부적으로는 불확실하고 그릇되나, 아마도 전체적으로는 옳을지 모른다. 인간이 우주의 한 단편일진대, 하늘을 주재하는 것과 똑같은 법칙의 지배를 받을 것이므로, 저 하늘에서 우리들이 삶의 문제들을 찾고, 우리들의 성공과 오류를 함께하는 차가운 공감을 찾는다는 것은 부조리한 일은 아닐 것이다. 나는 가을날 저녁마다 남쪽 하늘에서, 내가 태어난 성좌인 수병좌(水瓶座)[102] ─ 그것은 천상의 작관(酌官)[103]이요 분배자(分配者)인데 ─ 에 빠짐없이 절하곤 했다. 나는 나의 삶을 통제하는 목성과 금성을 그 각각의 운행로에서 찾아보는 것도 잊지 않았고, 위험한 토성의 영향을 가늠하는 것도 잊지 않았다. 그러나 별들이 반짝이는 궁륭에 나타나는 그 기이한 인간사의 굴절이 흔히 나의 잠 안 자는 시간들을 사로잡았지만, 나는 천문 수학에, 그리고 화염에 싸여 있는 그 거대한 천체들이 불러오는 추상적인 사색에 더욱더 강렬한 흥미를 느꼈다. 나는 우리의 현인들 가운데 가장 대담한 어떤 사람들처럼, 이 대지 역시 밤과 낮 동안의 그 천체 운행 ─ 엘레우시스교의 성스러운 행렬은 기껏 이 천체 운행의 인간적인 모의(模擬)에 지나지 않는데 ─ 에 참여하고 있다고 믿고 싶은 마음이 생기는 것이었다. 모든 것이 힘들의 소용돌이, 원자들의 무도일 뿐인 세계, 모든 것이 위와 동시에 아래에, 중심과 동시에 주위에 존재하는 세계에서, 나는 부동의 구체(球體), 고정되어 있으면서 동시에 움직이는 것이 아닌 점의 존재를 생각하기 힘들었다. 또 어떤 때에는 옛날 알렉산드

---

102) 황도대(黃道帶)를 12등분하여 각 부분을, 그 각 부분에 가장 가까운 별자리 이름으로 명명했는데, 수병좌는 그 별자리의 하나. 그 모습이 무릎을 꿇고 물병의 물을 따르는 사람의 모습과 비슷하기에 붙여진 이름이다.

103) 왕이나 기타 중요 인사에게 마실 것을 따라 올리는 직책을 가지고 있었던 옛 관리.

리아의 히파르코스가 증명한 세차(歲差) 계산이, 내가 깨어 있는 밤에 나의 머리를 떠나지 않기도 했다 : 세차 계산에서 나는 이젠 우화나 상징이 아니라 실증의 형식으로, 엘레우시스교에서 말하는 그 동일한 이행(移行)과 회귀의 비의를 다시 발견하는 것이었다. 처녀좌[104]의 스피카성(星)은 오늘날 더 이상, 히라프코스가 천체도에서 그것을 표시했던 점에 있지 않은데, 그러나 이와 같은 변동은 한 순환의 수행이며, 그 변화 자체가 그 천문학자의 가설을 확증하는 것이다. 서서히, 그리고 필연적으로 저 천공은 다시 히파르코스 당대 상태의 그 천공이 될 것이며, 그러다가 다시 하드리아누스 당대 상태의 저 천공이 될 것이다. 무질서가 질서에 통합되고, 변화는 천문학자가 미리 파악할 수 있었던 구도의 일부를 이루게 되는 것이다. 인간 정신은 여기서 정확한 정리(定理)들을 수립함으로써 우주에 대한 그의 참여를 보여 주었는데, 그것은 의식(儀式)에서의 외침과, 춤으로써 엘레우시스에 대한 참여를 보여 주는 것과 같았다. 관조하는 인간과 관조되는 천체들은 하늘 어느 부분에 표시되어 있는 그들의 목표를 향해 피할 수 없이 굴러 떨어져 가는 것이었다. 그러나 그 추락의 매 순간은 정지의 시간이고, 위치 표지점이며, 황금 사슬만큼 견고한 한 곡선의 부분이었다. 그리고 우리들이 매번 미끄러져 갈 때마다, 그것은 우리들을, 우연히 우리들이 거기에 있었기 때문에 우리들에게 중심으로 보이는 지점에 끌고 가는 셈이

---

104) 역시 황도대의 한 부분을 가리키는 별자리.

되는 것이었다.

나의 어린 시절, 밤에 조부 마룰리누스가 팔을 들어 나에게 성좌들을 가리켜 보여 주던 때 이래, 하늘의 사물들에 대한 호기심은 나를 떠난 적이 없다. 야영 부대에서 밤에 자지 않고 있어야 하는 동안, 나는 만족의 하늘의 구름들을 지나가는 달을 응시했고, 나중에 아티카[105]의 별 밝은 밤에 천문학자, 로도스 섬[106]의 테론이 자기가 생각하는 세계의 체계를 나에게 설명해 주는 것을 들었으며, 에게 해의 외양에서 배의 갑판 위에 드러누워, 천천히 요동하는 돛대가 별들 사이를 이동해 가며 황소좌[107]의 붉은 눈에서 묘성(昴星)[108]의 눈물로, 천마좌에서 백조좌로 나아가는 것을 바라보았던 것이다. 그때 나는 나와 함께 같은 하늘을 응시하고 있던 젊은이의 순진하고도 진중한 질문들에 최선을 다해 대답해 주었다. 나는 여기, 별궁에 천문대를 건조케 했는데, 병으로 인해 이젠 그 층계를 오를 수가 없다. 평생 동안 한 번 나는 더 유별난 짓을 한 적이 있는데, 하룻밤 전체를 성좌들에 바친 것이었다. 그것은 내가 오스로에스를 방문한 후 시리아 사막을 통과하던 중의 일이었다. 등을 바닥에 누인 채 눈을 크게 뜨고 몇 시간 동안 모든 인간적인 근심을 떠나, 나는 저녁부터 새벽까지 그 불꽃과

---

105) 아테네가 있는 지방으로서, 그리스 반도의 남동단을 이루고 있는 반도.
106) 소아시아 반도 남서단에 가까이 있는 그리스의 섬.
107) 황도대의 한 부분을 가리키는 별자리.
108) 황소좌 안의 6개의 별.

수정의 세계에 몰두했던 것이다. 그 여행은 내가 한 가장 아름다운 여행이었다. 우리들이 죽고 수만 년이 지난 그런 미래에 살고 있을 인간들에게도 여전히 북극의 별일 금좌 (琴座)의 그 큰 별이, 나의 머리 위에서 반짝이고 있었다. 쌍둥이좌[109]는 황혼의 마지막 미광 가운데 약하게 빛나고 있었고, 뱀좌는 사수좌[110]에 앞서 가고 있었으며, 독수리좌 는 두 날개를 편 채 천정점(天頂點)을 향해 올라가고 있었 는데, 그 발밑에 아직 천문학자들의 명명을 받지 못한, 그 래 그 밤 이래 내가 가장 귀중히 여기는 이름을 부여한 그 성좌가 있었다. 밤이란 방 안에서 생활하고 잠자는 사람들 이 생각하는 것처럼 결코 전적으로 그토록 완전한 것은 아 니어서, 더 어두워지기도, 그런 다음 더 밝아지기도 했다. 자칼들에게 겁을 주기 위해 타도록 내버려 두었던 모닥불 이 꺼졌다. 모닥불이 타고 남은 그 이글거리는 숯더미가 나에게, 자신의 포도밭 가운데 서 있는 나의 조부를, 그리 고 이젠 현재사(現在事)가 되어 있고 미구(未久)에 과거사 가 될 그의 예언을 회상시켰다. 나는 다양한 형식으로 신 성과 결합되려고 노력했는데, 법열(法悅)을 여러 번 체험했 다. 그 법열들 가운데는 지긋지긋한 것들도 있고, 기막히 게 감미로운 것들도 있다. 그런데 그날 밤 시리아에서 체 험한 것은 유달리 또렷했다. 그것은 나의 내부에, 어떤 부 분적인 천문 관측도 결코 나에게 도달하게 하지 못했을 그

---

109) 황도대의 한 부분을 가리키는 별자리.
110) 황도대의 한 부분을 가리키는 별자리.

런 정확성으로써 천체의 운행을 각인해 주었다. 나는 세손에게 이 글을 쓰는 이 시간, 어떤 별들이 여기 티부르에서, 화장(化粧) 회반죽과 귀중한 그림들로 장식된 저 천장 위로, 또 저 아래 다른 곳에서는, 한 무덤 위로 흘러가는지 정확히 알고 있다. 그 밤을 보낸 지 몇 년 후, 죽음이 나의 부단한 명상의 대상, ──나의 정신력에서 국가가 빼앗아 가지 못한 부분을 내가 모두 바치는 상념이 되게 된다. 그리고 죽음을 말하는 자는, 죽음을 통해 접근할 수 있는 신비로운 세계 역시 말하는 자이다. 그토록 많은 성찰과 더러는 비난받을 만한 그토록 많은 경험들을 하고 나서도, 나는 아직도 그 검은 장막 배후에 무엇이 일어나고 있는지 알지 못한다. 어쨌든 시리아의 그 밤은 내가 의식한, 불멸성의 나의 몫을 구현하는 것이다.

세계문학전집 195

하드리아누스 황제의 회상록 1

1판 1쇄 펴냄 2008년 12월 26일
1판 24쇄 펴냄 2023년 12월 18일

지은이 마르그리트 유르스나르
옮긴이 곽광수
발행인 박근섭, 박상준
펴낸곳 (주)민음사

출판등록 1966. 5. 19. (제 16-490호)
서울특별시 강남구 도산대로1길 62(신사동) 강남출판문화센터 5층 (우편번호 06027)
대표전화 02-515-2000 팩시밀리 02-515-2007
www.minumsa.com

한국어 판 © (주)민음사, 2008. Printed in Seoul, Korea

ISBN 978-89-374-6195-8 04800
ISBN 978-89-374-6000-5 (세트)

세계문학전집 목록

세계문학전집은 계속 간행됩니다.